Lisandra ist jung und wunderschön, Lisandra ist eine begnadete Tangotänzerin – und Lisandra ist tot. Im August herrscht Winter in Buenos Aires, und Lüge und Verrat bestimmen das Leben der Menschen, die Lisandra kannten. Jeder scheint davon überzeugt zu sein, dass ihr Ehemann Vittorio, der angesehene Psychiater, sie getötet hat. Nur seine Patientin Eva Maria, die schon lange heimlich in ihn verliebt ist, glaubt an seine Unschuld. Aber Eva Maria hat selber mit ihrem Leben zu kämpfen: Ihre Tochter Stella ist eine der »Verschwundenen«, ein Opfer der argentinischen Militärjunta. Als Eva Maria in die Rolle der Ermittlerin schlüpft, kommt ihr ein schrecklicher Verdacht: War Vittorio in die Machenschaften des Regimes verwickelt? Und warum war Lisandra so schrecklich eifersüchtig? Wie besessen erforscht sie das Leben des Paares, erfährt seine intimsten Geheimnisse. Mit psychologischer Raffinesse erzählt Hélène Grémillon von Liebe und Lüge und der Herausforderung zu vergeben.

Hélène Grémillon wurde 1977 in Poitiers, Westfrankreich, geboren. Sie studierte Literaturwissenschaft, arbeitete als Journalistin, Drehbuchautorin und Regisseurin und lebt heute in Paris. Ihr literarisches Debüt *Das geheime Prinzip der Liebe* war ein Bestseller und erschien in über zwanzig Ländern. *In Zeiten von Liebe und Lüge* ist ihr zweiter Roman.

Hélène Grémillon

In Zeiten von Liebe und Lüge

ROMAN

Aus dem Französischen
von Claudia Steinitz

ATLANTIK

Die Originalausgabe erschien 2013 unter dem Titel
La Garçonnière im Verlag Flammarion, Paris.

Das Motto auf Seite 7 stammt aus Samuel Beckett, *Erste Liebe*,
Deutsch von Elmar Tophoren, Suhrkamp Verlag 1971.

*Atlantik Bücher erscheinen im
Hoffmann und Campe Verlag, Hamburg.*

1. Auflage 2016

www.hoca.de www.atlantik-verlag.de
Umschlaggestaltung: Katja Maasböl, Hamburg
Umschlagabbildung: plainpicture/Hollandse Hoogte/Roger Cremers
Satz: pagina GmbH, Tübingen
Gesetzt aus der Sabon LT Std
Druck und Bindung: C.H. Beck, Nördlingen
Printed in Germany
ISBN 978-3-455-65090-7

HOFFMANN
UND CAMPE

Ein Unternehmen der
GANSKE VERLAGSGRUPPE

Für Julien, für Léonard

Aber was ändert das schon, ob ein Schrei leise ist oder laut? Wichtig ist, dass er aufhört. Jahrelang glaubte ich, dass sie aufhören würden. Nun glaube ich es nicht mehr. Ich hätte anderer Lieben bedurft, vielleicht. Aber Liebe gibt es nicht auf Verlangen.

Samuel Beckett, *Erste Liebe*

Dieser Roman beruht auf einer wahren Geschichte. Er spielt in Buenos Aires, Argentinien. Wir sind im August 1987, es ist Winter. Die Jahreszeiten sind nicht überall gleich. Die Menschen schon.

Lisandra war mit geröteten, vom Weinen verquollenen Augen und vor Kummer taumelnd ins Zimmer gekommen, die einzigen Worte, die sie hervorbrachte, waren: »Er liebt mich nicht mehr«, sie wiederholte sie unablässig, als wäre ihr Gehirn stehengeblieben, als könnte ihr Mund nichts anderes mehr aussprechen, »er liebt mich nicht mehr«, »Lisandra, ich liebe dich nicht mehr«, stieß sie plötzlich hervor, als kämen seine Worte aus ihrem Mund, so erfuhr ich ihren Namen und nutzte ihn, um sie aus ihrem Anfall zu reißen:

»Lisandra! Wer liebt Sie nicht mehr?«

Das war der erste Satz, den ich zu ihr gesagt habe; mit »Hören Sie auf zu weinen« oder »Erzählen Sie« wäre ich nicht zu ihr durchgedrungen. Sie hörte prompt auf, als habe sie mich erst in diesem Moment entdeckt, aber sie rührte sich nicht, verharrte mit vom Leid gebeugtem Rücken, den Kopf zwischen die Schultern gezogen, die Hände zwischen die übergeschlagenen Beine geklemmt, doch weil mein Satz Wirkung gezeigt hatte, wagte ich, ihn leiser zu wiederholen, wobei ich ihr in die Augen schaute, ihre Augen, die mich jetzt wahrnahmen:

»Wer liebt Sie nicht mehr?«

Ich hatte befürchtet, dass diese Worte die umgekehrte Wirkung haben, sie wieder in ihren Tränenfluss stürzen würden, aber es kam anders, Lisandra nickte und flüsterte: »Ignacio. Ignacio liebt mich nicht mehr.« Sie hatte aufgehört zu weinen, sie entschuldigte sich nicht – normalerweise entschuldigen sich die Leute dafür, geweint zu haben, oder sogar noch, während sie weinen, ein Rest von Stolz trotz des Kummers – aber sie hatte keinen Stolz oder hatte ihn verloren. Dann, etwas ruhiger, erzählte sie mir von ihm, von dem Mann, der sie nicht mehr liebte. So bin ich Lisandra begegnet, das war vor sieben Jahren.

Lisandra war schön, eigenartig schön, und das lag weder an der Farbe ihrer Augen noch an der ihrer Haare oder an ihrer Haut, es war eine kindliche Schönheit, obwohl ihre Figur sehr weiblich war, aber an ihrem Blick, ihren Bewegungen, ihrer schmerzverzerrten Mimik konnte ich ablesen, dass in dieser Frau das Kind noch nicht gestorben war, ich war verblüfft von ihrer Art zu lieben, über ihre Liebe zu diesem Mann hinaus, sie war eine Liebende, sie liebte die Liebe. Ich hörte ihr zu, der Mann, den sie so sehr liebte, erschien so wunderbar.

»Hören Sie auf, mir von ihm zu erzählen, Lisandra, erzählen Sie von sich!«

Ich wusste, dass dieser Satz sie vor den Kopf stoßen würde, ich hatte gezögert, mich aber nicht zurückhalten können, albern, jetzt schon eifersüchtig, ich ertrug nicht mehr, mit anzuhören, wie sie mir von diesem Mann erzählte. Sie antwortete, da gebe es nichts zu erzählen, und bevor mir ein verbindlicher Satz einfiel, um den Schaden, den ich an-

gerichtet hatte, zu vermindern, war sie aufgestanden, hatte nach der Toilette gefragt und war nicht wiedergekommen, weder an jenem Tag noch an den folgenden.

Jeden Abend gönne ich mir eine halbe Stunde Pause, eine halbe Stunde Einsamkeit, um aus dem Tunnel der Unzufriedenheit, der Frustration oder gar Verzweiflung herauszufinden, in den mich all das treibt, was ich am Tag gehört habe. Entschuldigen Sie, dass ich Ihnen das sage, das sollte ich nicht, aber so, wie es jetzt steht, haben Sie das Recht auf den Blick hinter die Kulissen. Ich gieße mir ein Gläschen Cognac ein und warte, bis ich eine ganz leichte Betäubung spüre, die mich paradoxerweise in meine eigene Realität, in mein eigenes Leben zurückführt, das habe ich immer schon gemacht. Aber an jenem Tag dauerte die halbe Stunde den ganzen Abend, ich hörte nicht auf, an Lisandra zu denken, an ihre verstörten Augen. Ich habe oft Menschen erlebt, die vor Liebeskummer am Boden zerstört waren, aber bei keinem habe ich das Leid so deutlich gespürt, und ihre Verzweiflung war weder romantisch noch aufgesetzt oder gewohnheitsmäßig, sondern ein organischer, tiefsitzender Teil ihrer Persönlichkeit, viele Seelen werden niemals so starke Verzweiflung spüren, dieses Gefühl, dem wir immer denselben Namen geben, das wir alle erfahren und empfinden können, hat ganz individuelle Abstufungen – weil man es für universell hält, vergisst man das allzu oft, aber mein Beruf erinnert mich tagtäglich daran: Leiden bedeutet nicht für alle das Gleiche.

Lisandra. Ich versuchte, ihr Alter zu schätzen, vielleicht fünfundzwanzig, braunes Haar, rosige, matte Haut, ihre Augen? Ich hatte nicht mal die Farbe erkannt, denn ich hat-

te nur das Leid darin gesehen, die Rötung ringsherum. Sie griff nicht nach der Schachtel mit den Taschentüchern, die zwischen uns stand, wischte sich Augen und Nase nervös mit dem Ärmel ihres Pullis ab, blau, an seine Farbe erinnerte ich mich. Bei dem Gedanken, dass ich sie vielleicht nie mehr wiedersehen würde, goss ich mir einen zweiten Cognac und dann einen dritten ein, schließlich ging ich nach draußen, um auf andere Gedanken zu kommen, ich kam auf keine anderen, eine tausendstel Sekunde reicht aus, damit dich eine Obsession überwältigt, das ist keine Frage von Zeit. Ich ging die Straße hinunter und wusste genau, dass ich nicht wusste, wohin ich ging – ohne es zu begreifen, hatte ich mich auf die Suche nach ihr gemacht …

Es klopft an der Tür. Eva Maria sitzt an ihrem Schreibtisch. Sie hört nichts. Sie ist in ihre Gedanken versunken.

… Lisandra. Ihr plötzliches Verschwinden hatte mich erschüttert, ich schlief nicht mehr, verfluchte mich, dass ich sie vertrieben hatte, das war mir noch nie passiert, dabei sind weiß Gott eine Menge Leute durch mein Sprechzimmer gegangen, niemand hat sich je auf diese Art davongemacht, natürlich ist es schon vorgekommen, dass Patienten nicht zum zweiten Termin erschienen, aber dass jemand auf diese Art verschwunden war, mitten in der Sitzung, hatte ich noch nicht erlebt. Sie hatte sofort die Flucht ergriffen, ich suchte in den wenigen mit ihr verbrachten Augenblicken ein Indiz, um sie wiederzufinden, ihr Vorname, ihr blauer Pulli, damit würde ich nicht weit kommen, ich wusste nichts von ihr, ich tastete in Gedanken das Bild ab, das sie mir von sich hinterlassen hatte, ganz präzise, wie mit einem scharfen Skalpell ausgeschnitten.

Lisandra, schräg auf dem Sofa sitzend, wie sie mit dem Ärmel ihres blauen Pullis das eine, dann das andere Auge trocknet, dank meinem selektiven und besessenen Gedächtnis entdeckte ich Details, die ich, weil ich an ihrem Gesicht und ihren Worten klebte, in dem Moment nicht erfasst hatte. Sie trug eine leichte Hose aus schwarzem Baumwollstoff und, wie konnte mir das in dem Moment entgangen sein?, schöne Schuhe, ebenfalls schwarz, erstaunlich elegant im Vergleich zum Rest ihrer Kleidung, Absatzschuhe mit einem Riemen, und unter ihren Füßen weiße Spuren auf dem Spannteppich. Ich musste es genau wissen, wollte mich nicht zu früh freuen, aber ich begab mich sogleich auf einen Rundgang durch die Tangosäle und Milongas in meiner Umgebung, sie musste direkt von dort gekommen sein, irgendwo hier in der Nähe, sonst wäre der Talk unter ihren Schuhsohlen völlig verschwunden gewesen. Sie hatte also trotz ihres Kummers noch die Kraft zu tanzen, das beruhigte mich, aber was mich am meisten beruhigte, war, dass ich jetzt eine Spur hatte, um sie wiederzufinden.

Sehen Sie mich nicht so an, ich weiß genau, woran Sie denken, doch, doch, in Ihren Augen, leugnen Sie es nicht, ein gewisser Vorwurf, ich kenne Sie, aber damit das klar ist, Lisandra hatte sofort die Flucht ergriffen, weil ich es herausgefordert hatte, und wenn ich mich beruhigen und mir einreden will, dass ich immer im Recht war – weil man das manchmal braucht, diese Gewissheit, immer im Recht gewesen zu sein, obwohl sie nur wenige Sekunden vorhält –, also, in diesen Momenten sage ich mir gern, dass ich sie am Tag unserer Begegnung unbewusst vor den Kopf gestoßen habe, um sie zu verjagen und so zu vermeiden, dass wir uns in eine Situation begeben, die uns aus den Ihnen bekannten ethischen Gründen jede andere Form von Vertraulichkeit verboten hätte. Also, damit es klar ist, als ich mich auf die Suche nach Lisandra machte, suchte ich eine Frau, keine Patientin, darauf bestehe ich, und ich habe mich niemals eines Verrats an meinem Beruf schuldig gefühlt, ich hatte Lisandra tränenüberströmt vor der Tür meiner Praxis gefunden, sie hatte auf der Straße im Vorbeigehen mein Schild gesehen, keine Terminvereinbarung, keine ganze Sitzung, kein Geld, aber der umwer-

fendste Moment meines Lebens. Sie glauben nicht an das augenblickliche Erkennen zwischen zwei Individuen? Komisch, ich hätte darauf gewettet.

Lisandra, ich fragte mich, wie sie als Tänzerin aussah, das lange glatte Haar zum Dutt aufgesteckt, würde ich sie von hinten erkennen? Nein, ich würde sie nicht erkennen, die Vertrautheit, die es möglich macht, jemanden von hinten zu erkennen, hatten wir noch nicht erreicht, darum wartete ich, bis sich die tanzenden Gestalten umdrehten oder mich ihr Profil sehen ließen, und fragte: »Kennen Sie eine gewisse Lisandra?« – »Ist Lisandra hier?« – »Tanzt Lisandra hier?« Womöglich hätte ich die junge Frau, die mir drei Tage zuvor gegenübergesessen hatte, nicht wiedererkannt, weil das zwischen den Schultern eingezogene Gesicht diesmal hinter dem aufrechten, stolzen Körper zurücktrat, der frei in seinen Bewegungen, selbstbewusst und vor allem so gelöst wirkte. Die junge Frau, die sich vor mir bewegte, war nicht mehr dieselbe, sie hatte den schönen Hals einer Tänzerin, jedes Misstrauen, jedes Zögern war verschwunden und sogar ihr Kummer, beim Tanzen strahlte sie eine Sicherheit, eine grenzenlose Freiheit aus, die mich verblüfften und in scharfem Kontrast zu der verliebten Unterwürfigkeit standen, deren brutales Gesicht sie mir gezeigt hatte, zu der Hörigkeit, mit der sie sich einige Tage zuvor herumgeschlagen hatte; sie tanzte nicht für die anderen, sie tanzte nur für sich, sie war die »Seele des Tangos«, ich weiß, das ist kitschig, aber genau das dachte ich in dem Moment über Lisandra, als sie mir gegenüberstand.

»Was machen Sie denn hier?«

Lisandra hat immer geglaubt, der »Zufall« hätte uns wieder zusammengebracht, und sie fand das so »bedeutungsvoll«, dass ich sie in dem Glauben ließ – sie hätte es weniger »wunderbar« gefunden, wenn sie von meinen emsigen Bemühungen gewusst hätte. So war Lisandra, sie zog das Surreale dem Realen vor, und jedes Mal, wenn sie sich über unsere Wiederbegegnung wunderte, ließ ich sie reden, was der Zufall ihr schenkte, stellte sie niemals in Frage, der Zufall als Lenker, als Garant, trauriges Sinnbild derer, die kein Selbstvertrauen haben, wir haben zusammen gegessen, dann haben wir uns wiedergesehen, dann haben wir beschlossen, uns nicht mehr zu trennen, und sehr bald, am 8. Dezember 1980, haben wir geheiratet. Ich liebte diese Frau, niemals hätte ich gedacht, dass man ihr Böses antun könnte, sie war nicht für das Gemeine geschaffen, für das Tragische vielleicht, aber nicht für das Gemeine, Lisandra war so zerbrechlich, ich hätte niemals gedacht, dass ich von ihr in der Vergangenheit sprechen würde …

Es klopft wieder an der Tür. Eva Maria reagiert nicht. Die Tür geht auf. Esteban steht auf der Schwelle.

»Entschuldige, dass ich dich störe, Mama, kommst du essen?«

Eva Maria dreht sich nicht um.

»Ich habe keinen Hunger.«
»Was machst du?«
»Nichts. Ich arbeite.«
»Bringst du dir jetzt Arbeit mit nach Hause?«

Eva Maria antwortet nicht. Esteban erstarrt.

»Gut, dann esse ich jetzt?«
»Ja, mach das.«

Esteban fährt sich mit der Hand durch die Haare, erst an der Seite, dann hinten. Er geht aus dem Zimmer. Schließt die Tür hinter sich. Eva Maria trinkt einen Schluck Wein.

… als ich zurückkam, stand die Wohnungstür offen, ein heftiger Durchzug packte mich an der Gurgel, laute Musik dröhnte aus dem Wohnzimmer, dort herrschte eine Unordnung, als hätte es einen Kampf gegeben, die Sessel waren umgekippt, die Lampe war runtergefallen, es war eiskalt, das Fenster stand weit offen, ich wusste sofort, dass etwas passiert war, Lisandra war so verfroren, selbst bei der größten Hitze deckte sie sich nachts mit dem Laken zu, sie sagte, sie könne nur mit dem Gewicht des Stoffes und mit meinem an sie geschmiegten Körper einschlafen, die Berührung der Luft, der Hauch der Luft war ihr unerträglich, auch wenn er nicht zu spüren war. Ich habe das Fenster zugemacht und sie überall gesucht, bin in die Küche, ins Schlafzimmer, ins Bad gerannt, und erst in dem Moment, als ich verstand, dass sie nirgends ist, habe ich kehrtgemacht und begriffen, fürchtete ich zu begreifen, ich machte einen großen Schritt über die zerbrochene Vase und das ausgelaufene Wasser, im selben Moment hörte ich draußen auf der Straße einen schrillen Schrei, ich habe das Fenster wieder aufgerissen, ich wagte nicht, mich hinauszubeugen, Lisandra, ihr Körper lag unten, da war sie, ausgestreckt auf dem Boden, auf dem Rücken, den Kopf zur Seite gedreht, ich konnte nicht sehen, ob sie noch atmete, ein junges Paar beugte sich über sie, sie hielten sich bei der Hand, ich brüllte ihnen zu, sie nicht zu berühren, sie nicht zu bewegen, und rannte zur Treppe, das Pärchen war zurückgewichen, hielt sich nicht mehr bei der

Hand, hatten sie sie berührt? Ihre Stirn war eisig, Blut rann aus ihrem Mund, ihre Augen waren offen, geschwollen, Lisandra, ich habe sie nicht getötet, ich hätte sie niemals töten können, Sie müssen mir glauben, Eva Maria.

Eva Maria rutscht auf ihrem Stuhl nach vorn. Sie gießt sich noch ein Glas Wein ein. Vittorio hatte ihr alles erzählt. Bis ins kleinste Detail. Er hatte keine Zeit gehabt zu reagieren, gleich darauf war die Polizei da, jemand musste sie gerufen haben, bestimmt ein Nachbar, alle Lichter im Haus brannten, er war mit den Polizisten wieder hoch in die Wohnung gegangen, dann hatten sie ihn aufgefordert, sie zum Revier zu begleiten, während andere den Ort abriegelten und Spuren sicherten, sie wollten seine Aussage aufnehmen. »Wir müssen uns beeilen, je weniger Zeit bei einer Ermittlung vergeht, desto größer die Chance, den Mörder zu finden, es dauert nicht lange«, das hatte man ihm gesagt, er hätte die Geistesgegenwart haben müssen, einen Anwalt zu verlangen, aber man wechselt nicht einfach so vom Schockzustand zu extremer Vorsicht, er jedenfalls nicht, außerdem hatte er sich nichts vorzuwerfen, also war er meilenweit davon entfernt, sich auszumalen, was ihn erwartete, auf dem Revier hatte man ihm den Ausweis abgenommen und ihn in einen kleinen Raum geführt, um seine Aussage aufzunehmen, dann hatte man ihn in einem noch kleineren Zimmer warten lassen, damit er das Protokoll unterschriebe, ehe er ging. Man hatte ihm einen Kaffee gebracht, um ihm die Zeit zu verkürzen, sie reichte für drei Kaffee, er war erschöpft, das grelle Licht im Raum betäubte ihn, die Wanduhr stand still, er hatte keine Ahnung, wie spät es war, sein Kopf schmerzte ganz entsetzlich, ihm kam es sehr lange vor, aber er hatte ja keine Erfahrung, außerdem brachte er keinen Gedanken zustande, also versuchte er es gar nicht erst. Schließlich waren sie zurückgekommen, diesmal waren sie viele, sie hätten ihm noch ein paar Fragen zu stellen. Und da nahm dann alles eine böse Wendung.

»Doktor Puig, wo haben Sie den Abend verbracht?«

»Im Kino, das sagte ich Ihnen schon.«

»Allein?«

»Das habe ich Ihnen doch schon gesagt. Ich begreife das nicht. Was soll dieses neue Verhör?«

»Doktor Puig, hier stellen wir die Fragen, wir sind nicht in Ihrer Praxis, begreifen Sie das? Gut, fassen wir zusammen: Ihre Frau hat keine Lust ins Kino zu gehen, und als Sie zurückkommen, ist sie tot, war es so?«

»Ja, die Wohnungstür stand offen, im Wohnzimmer waren Spuren eines Kampfes, das Fenster war …«

»Ja, ja, das wissen wir alles, das haben Sie uns schon gesagt.«

»Aber ich habe Ihnen alles schon gesagt.«

»Nein, Sie haben uns nicht gesagt, ob der Film gut war.«

»Ob der Film gut war? Machen Sie sich über mich lustig? Meine Frau ist gerade getötet worden, und Sie wollen, dass ich Ihnen von einem Film erzähle?«

»So war das nicht gemeint, wir wollten nur mal hören, schließlich gehen wir auch gern ins Kino, die Kleine an der Kasse war nicht übel, oder? Schöner breiter Mund, ein Negermund im Gesicht einer Weißen bringt mich immer auf Ideen, ich kann nichts dafür, Sie nennen das, glaube ich, Phantasma.«

»Ich pfeif auf Ihr Phantasma.«

»Darauf zu pfeifen ist aber nicht sehr schlau, denn dieser schöne breite Mund ist für Sie wichtig, sogar entscheidend. Abgesehen davon, dass er im Bett Wunder vollbringt – Pardon, ich muss einfach immer daran denken –, jedenfalls spricht dieser schöne breite Mund, und das, was er über Sie erzählt, nun ja, das gefällt uns gar nicht.«

»Was hat sie über mich gesagt?«

»Das war für mich der schönste Moment heute Abend, dieser Mund, der sich bewegte, manche Münder sind schön, wenn sie sprechen, andere, wenn sie schweigen, aber dieser ganz besondere Mund ist einfach immer schön.«

»Was erzählt sie über mich?«

»Dass sie Sie heute Abend nicht gesehen hat. Und Sie haben wirklich Pech, die Platzanweiserin hat Sie auch nicht gesehen, aber deren Mund, das kann ich Ihnen gleich sagen, ist uninteressant.«

»Das Foto auf meinem Ausweis ist mindestens zehn Jahre alt, man erkennt mich kaum, die können nicht nach diesem Ding urteilen. Das ist doch lächerlich.«

»Sie haben recht, hätten wir uns auf das Passbild beschränkt, wären wir, wie meinten Sie? Ja, ›lächerlich‹. Dazu kommt, dass Sie wirklich ein Stück älter aussehen – aber keine Sorge, wir verstehen unseren Beruf ganz gut, sehen Sie den Spiegel da? Die beiden hatten reichlich Zeit, Sie von allen Seiten zu betrachten, aber sie bleiben dabei: Weder die eine noch die andere erinnert sich, Sie heute Abend gesehen zu haben.«

»Sie erinnern sich nicht, mich gesehen zu haben, aber erinnern sie sich denn, mich nicht gesehen zu haben? Haben Sie sie danach gefragt? Sich zu erinnern, dass man jemanden gesehen hat, ist nicht dasselbe, wie sich zu erinnern, dass man jemanden nicht gesehen hat.«

»Sie wiederholen sich, Doktor Puig, wir sind nicht Ihre Patienten und begreifen die Dinge gleich beim ersten Mal, aber es stimmt, unter diesem Blickwinkel haben wir ihnen die Frage nicht gestellt, wir haben nicht Ihren scharfen Sinn für Fragen und Nuancen, Sie könnten uns noch viel beibringen, aber manchmal sind die Dinge viel einfacher, wissen Sie?«

»Einfacher als was? Sagen Sie doch, was Sie sagen wollen, hören Sie auf mit Ihren Andeutungen.«

»Wir machen keine Andeutungen.«

»Dann geben Sie mir meine Aussage, damit ich sie unterschreibe, und lassen Sie mich nach Hause gehen, ich bin todmüde.«

»Das wird schwierig.«

»Was heißt ›Das wird schwierig‹? Weil sich zwei Frauen, an denen jeden Abend eine Prozession von Gesichtern vorbeizieht, nicht an mich erinnern?«

»Nein, nicht deswegen.«

»Warum dann?«

»Weil diese beiden Frauen zwei *Männer* sind, Doktor Puig, und weil wir sehr erstaunt sind, dass Sie nicht darauf hingewiesen haben, Sie waren doch keiner ›Prozession von Gesichtern‹ ausgesetzt.«

»Sie haben von Anfang an von Frauen geredet, ich habe nur Ihre Worte wiederholt …«

»Und wenn wir von Anfang an gesagt hätten, dass Sie Ihre Frau getötet haben, würden Sie uns sagen, dass Sie Ihre Frau getötet haben?«

»Ich kann mich weder erinnern, wer mir die Eintrittskarte verkauft, noch, wer sie abgerissen hat. Eine Frau? Ein Mann? Keine Ahnung, ich kann mich nicht mehr erinnern …«

»Anscheinend sind heute Abend alle in ihren Erinnerungen sehr beeinträchtigt. Aber irgendwo müssen wir ja mit unseren Ermittlungen anfangen, und derzeit sind die Erinnerungen derjenigen, die sich erinnern, die einzigen konkreten Anhaltspunkte, über die wir verfügen. Das kennen Sie doch, Sie müssen mit der Psychoanalyse ja auch irgendwo ansetzen, schon ein paar undeutliche Erinnerungen reichen Ihnen, dabei überprüfen Sie die Aussagen nicht mal, Sie haben immer nur einen Zeugen, und es ist einfach, die Schuldigen sind bei Ihnen immer dieselben: die Eltern, der Vater und die Mutter, aber keine Angst, uns treibt allein die Suche nach der Wahrheit an, darum werden wir es nicht dabei belassen. Auch wenn die wenigen Erinnerungen leider nicht zu Ihren Gunsten sprechen, zweifeln wir keine Sekunde daran, dass die weitere Untersuchung Sie entlasten wird, machen Sie sich keine Sorgen, es kann sich nur um Stunden handeln, morgen Abend schlafen Sie sicher wieder in Ihrem eigenen Bett.«

»Das kommt überhaupt nicht in Frage, ich bleibe keine Sekunde länger hier! Ich gehe jetzt nach Hause.«

»Beruhigen Sie sich, Doktor Puig. Sie dürfen sich nicht so aufregen. Nicht auf einem Polizeirevier.«

»Was machen Sie denn da? Was soll das bedeuten? Nehmen Sie mir die Handschellen ab!«

»Das soll überhaupt nichts bedeuten, Sie regen sich auf, wir legen Ihnen Handschellen an, das ist normal. Im Leben hat nicht immer alles eine Bedeutung.«

»Sie überschreiten Ihre Befugnisse!«

»Wir überschreiten überhaupt nichts, jeder Verdächtige kann in Polizeigewahrsam genommen werden, so ist das Gesetz. Und ich muss sagen, dass Sie im Moment leider verdächtig sind.«

»Sie machen einen Riesenfehler. Ich will einen Anwalt! Ich verlange einen Anwalt!«

»Ich bitte Sie, beruhigen Sie sich. Sie tun allerdings sehr gut daran, die einzige Sache zu verlangen, auf die Sie im Moment ein Recht haben, Sie sehen, es ist gar nicht so schwer, sich zu einigen. Aber schlafen wir erst mal eine Nacht darüber, kommt Zeit, kommt Rat. Ach ja, das hätte ich fast vergessen: Welche Größe haben Sie?«

»Größe wovon?«

»Welche Jackengröße?«

»Warum fragen Sie danach?«

»Noch einmal, hier stellen wir die Fragen. Daran werden Sie sich gewöhnen müssen. Welche Jackengröße haben Sie?«

»52.«

»Das hatte ich vermutet. Also, gute Nacht. Und vielleicht erinnern Sie sich morgen früh an irgendetwas, mit den Träumen weiß man nie, die analysieren Sie doch so gern.«

Eva Maria zündet sich eine Zigarette an. Vittorio hatte ihr alles erzählt. Mit der Genauigkeit eines Menschen, der an lebhafte Dialoge gewöhnt ist. Sie hatte ihm fast eine Stunde lang zugehört. Normalerweise hörte er ihr fast eine Stunde lang zu. Wie sich die Rollen manchmal umkehren im Wein, denkt Eva Maria. Sie meinte, im Sein. Sie hört das Bandoneon. Esteban ist fertig mit Essen. Er wird bald losgehen. Eva Maria legt ihre Zigarette in die Kerbe des Aschenbechers. Sie kramt in ihrer Hosentasche und zieht ein Schlüsselbund hervor. Drei Schlüssel an einem Schlüsselanhänger, der selbst die Form eines Schlüssels hat. Eva Maria schaut sich diese vier Schlüssel an. Von denen einer eine Attrappe ist. Sie lächelt. Vittorio hat seinen Augen nicht getraut, als er sie auf der anderen Seite des Tisches gesehen hat. Auf der guten Seite des Tisches in diesem verdammten Besucherraum. Das war zu schön, um wahr zu sein. Aber wie hatte sie sich nur die Schlüssel zu seiner Wohnung beschafft? Der hat vielleicht geguckt, als sie ihm die ganze Geschichte erzählt hat.

»Guten Morgen, Mama. Gut geschlafen?«

Eva Maria antwortet nicht. Flüstert benommen:

»Das kann nicht sein. Irgendwas stimmt da nicht.«

Eva Maria kann sich nicht von der Zeitung losreißen. Nur ein paar Zeilen. Esteban geht zum Kühlschrank.

»Das war ein schöner Abend gestern … Du solltest mal mitkommen, wirklich … Tänzer sind wie schlafende Vulkane, nur dass sie wach sind … das musst du dir mal vorstellen …«

Eva Maria schlägt die Zeitung zu. Mit einer schroffen Geste. Also kann sich jeder von einem Tag auf den anderen in den Polizeimeldungen wiederfinden. Eva Maria steht auf. Geht in den Flur. Zieht den Mantel an. Bindet ihr Tuch um. Nimmt ihre Handtasche. Esteban folgt ihr.

»Alles in Ordnung, Mama?«

»Ja, ja …«

»Wann kommst du heute Abend nach Hause?«

»Um fünf.«

»Okay, ich bin da.«

Esteban beugt sich zu seiner Mutter herab. Umarmt sie. Sie ist abwesend. Also kann sich jeder von einem Tag auf den anderen in den Polizeimeldungen wiederfinden. Die Tür fällt ins Schloss. Esteban fährt sich mit der Hand durch die Haare, erst an der Seite, dann hinten. Er schiebt den Vorhang beiseite. Sieht, wie Eva Maria die Straße entlangrennt, in einer Hand die Tasche, in der anderen die Zeitung. Sie hält sie ganz fest. Das Papier in ihrer Faust ist zerknüllt. Der Bus hat die Türen schon geschlossen. Eva Maria klopft an die Scheibe. Die Tür geht auf, sie steigt ein. Der Bus fährt ab. Esteban lässt den Vorhang los. Setzt sich an den Tisch. Auf Eva Marias Platz. Sein Gesicht ist wieder verschlossen. Eva Maria steigt aus dem Bus. In einer Hand die Tasche, in der anderen die Zeitung. Sie umklammert sie nicht mehr so fest. Ihr Haar hat sich gelöst. Der Tag ist vorbei. Eva Maria geht schnell. Sie muss sich vergewissern. Sie geht an einem kleinen Café vorbei. El Pichuco. Der Kellner ruft sie. Eva Maria winkt ihm, ohne stehen zu bleiben. Sie muss sich vergewissern. Sie kommt zu einem Haus. Geht hinein. Läuft fünf Treppen hoch. Klingelt an der rechten Tür. Vittorio wird aufmachen. Keine Antwort. Sie klingelt noch einmal. Nichts. Das kann nicht sein. Sie trommelt gegen die künstliche Holztäfelung. Sie wartet lange. Steht da. Unbeweglich. Vor der verschlossenen Tür, die sich nicht öffnet. Ihre Hand verkrampft sich wieder um die Zeitung. Sie geht die Treppe runter. Überquert den Platz. Betritt das kleine Café. Der Kellner kommt. Stellt ein Glas Wein auf ihren Tisch. Er ist sehr aufgeregt.

»Du bist nicht die Einzige, die hier strandet. Weißt du nicht Bescheid? Sie ist tot. Tot, kannst du dir das vorstellen? Er hat sie umgebracht. Aber so einfach kommt der nicht davon, das kann ich dir sagen, er sitzt ganz schön in der Tinte, du kannst dir das Chaos hier nicht vorstellen, den ganzen Tag lang, überall Bullen … Ein Seelenklempner als Mörder, das gibt Gerede, kann ich dir sagen!«

Eva Maria stellt ihr Glas hin. Sehr heftig.

»Nein, das kannst du mir nicht sagen! Halt die Klappe, Francisco, halt einfach die Klappe, hör auf zu reden, wenn du nichts weißt.«

»Aber ich weiß …«

»Nein, du weißt nichts.«

Eva Maria steht auf. Wirft ein paar Münzen auf den Tisch. Ihr Ton ist scharf.

»Nur weil du am liebsten der ganzen Menschheit erzählen möchtest, dass du einen Mörder bedient hast, ist dieser Mann noch lange kein Mörder.«

Die Gäste an den Nachbartischen drehen sich um. Eva Maria verlässt das Café. Wirft die Zeitung in einen Papierkorb. Überquert den Platz, setzt sich auf eine Bank. Es ist kalt. Eva Maria zündet sich eine Zigarette an. Sieht zum Fenster hoch. Sieht auf den Boden. Da ungefähr muss ihr Körper gelegen haben. Der Bürgersteig ist so makellos, als wäre nichts geschehen. Kein Blut. Nichts. Orte bewahren keine Spur von Leichen, die dort irgendwann gelegen haben. Orte mögen keine Erinnerungen. Nicht die kleinste Aufschlagstelle im Asphalt. Nicht die kleinste Verformung im Beton. Ein Mensch, der stürzt, verändert den Boden nie. Eva Maria sieht hoch zum Fenster. Sieht nach unten.

Vom fünften Stock, es wäre ein Wunder gewesen, wenn sie überlebt hätte. Ist zuerst ihr Gesicht aufgeschlagen oder ihr Körper? Waren die Glieder so verrenkt, wie man sie lebendig nie verrenken kann? Verdeckten die Haare das Gesicht? Oder lagen sie auf der Seite, sodass eine Blässe sichtbar wurde, die die Frau als Tote kennzeichnete? War sie entstellt? Oder war sie tot ebenso schön wie lebendig? Eva Maria hatte sie mehrmals flüchtig in der Wohnung gesehen, eine zarte Gestalt, die sich ihren Blicken ebenso entzog wie bestimmt auch denen der anderen Patienten. Wie lautete ihre Absprache? Die Räume gehörten ihr natürlich ebenso wie ihm, außer wenn ein Patient hereinkam, außer wenn ein Patient hinausging. »Diskretion« nennt man das. Eva Maria denkt an die Zeitung im Papierkorb, schade, dass das nicht für Journalisten gilt, diese »Diskretion«, schade, dass man jeden beliebigen Menschen der Welt als Verdächtigen präsentieren kann, man sollte nur Schuldige in den Zeitungen erwähnen dürfen. Eva Maria erstarrt. Wenige Meter von ihr entfernt steht ein Junge, ein Halbwüchsiger, und starrt auf den Boden. Er sieht zu dem Fenster hoch, eine Hand steckt in der Tasche, die andere lässt er hängen. Eva Maria beobachtet ihn neugierig. Wenn er eine andere Haltung hätte, würde sie ihn vielleicht verdächtigen, aber sein Blick beschränkt sich auf ein unglückliches Hin und Her zwischen dem Fenster und dem Boden. Nach einer ganzen Weile geht der Junge zum Haus und hinein. Eva Maria steht auf. Nur weil man unglücklich aussieht, ist man noch lange nicht unschuldig. Eva Maria folgt dem Jungen. Sie hört seine Schritte im Treppenhaus. Er geht hoch. Sie geht hoch. Er bleibt stehen. Fünf Etagen, sie hat es geahnt. Ein Patient. Eva Maria tut, als wollte sie ihn überholen. Der Junge trommelt gegen die künstliche Holztäfelung. Wie viele wohl heute schon diese ungläubige Wallfahrt unternommen haben? Eva Maria dreht sich um.

»Suchst du jemanden, mein Junge?«

»Ich wollte den Mann besuchen, der hier wohnt.«

»Er ist nicht da.«

Der Junge rührt sich nicht. Ist hilflos. Eva Maria kommt eine Stufe hinab. Sie möchte ihn trösten. Auch wenn sie schwindeln muss.

»Kann ich dir helfen? Ich wohne eins höher.«

Der Junge zieht die Hand aus der Tasche. Es sieht so aus, als wüsste er nicht, was er damit machen soll. In seinem Handteller glänzt etwas.

»Ich wollte ihm seine Schlüssel zurückgeben, er hat sie gestern verloren, auf der Straße, neben … neben der …«

Der Junge bringt seinen Satz nicht zu Ende. Eva Maria kommt ihm zu Hilfe.

»Neben der Leiche?«

Der Junge nickt. Eva Maria versucht, ruhig zu bleiben.

»Warst du da?«

Der Junge senkt den Kopf.

»Wir haben sie gefunden, meine Freundin und ich, wir waren zum ersten Mal zusammen aus, ich meine, nur zu zweit, das war komisch, aber es ging gut, wir waren auf dem Rückweg, ich war glücklich, weil sie meine Hand genommen hatte, es war das erste Mal, wir haben nicht so viel gesagt, und ich kam mir irgendwie blöd vor, es ist verrückt, ich hab mir gewünscht, dass irgendwas passiert, ich schwör's, irgendwas, das uns aufhalten würde, ich hatte ziemlichen Bammel, sie bis zu ihrer Haustür zu bringen. Wir haben uns noch nie geküsst. Ich meine, so richtig«, er zeigt auf seinen Mund, »verstehen Sie ... deswegen bin ich langsam gelaufen. Meine Freundin hat sie zuerst gesehen. ›Guck mal da, auf dem Bürgersteig, da liegt jemand.‹ Zuerst dachten wir, da liegt ein Penner, aber das passt nicht in dieses Viertel, und als wir näher gekommen sind, haben wir gesehen, dass es eine Frau ist, in einem schönen Kleid, und dann das offene Fenster. Wir sind hingerannt. Im selben Moment kam der Mann ans Fenster, er hat irgendwas geschrien, wir haben uns nicht getraut, näher ranzugehen, nicht mal, sie richtig anzusehen, ich jedenfalls. Der Mann kam angerast, er hat dann gesehen, dass sie wirklich tot ist, und hat gebrüllt. Sie hat sich umgebracht, stimmt's?«

Der Blick des Jungen ist so verzweifelt. Eva Maria spürt, dass er einen Schlusspunkt unter die entsetzliche Szene braucht, mit der ihn das Leben ohne jede Vorwarnung konfrontiert hat: Der Tod vor seinen Augen. Eva Maria zögert keinen Moment. Auch wenn sie schwindeln muss.

»Ja, so ist es. Sie hat sich umgebracht.«

Eva Maria geht die paar Stufen zu ihm runter. Sie weiß, dass unter diesen Umständen Gesten besser sind als jedes sentimentale Geschwafel.

»Wenn du willst, kannst du mir die Schlüssel geben, ich bringe sie Vittorio.«

Er zögert keine Sekunde. Streckt Eva Maria das Schlüsselbund entgegen und lässt sich auf eine Stufe sinken, als könne er sich nach dieser Übergabe endlich entspannen. Er seufzt. Sein Körper ist erleichtert. Seine Seele noch nicht ganz.

»Ich hatte noch nie einen Toten gesehen.«

Eva Maria würde am liebsten nach seiner Hand greifen.

»Ich habe auch noch nie einen Toten gesehen.«

»Sie haben Glück.«

»Mir wäre es anders lieber gewesen.«

Der Junge starrt sie an.

»Sie sind ja komisch, dass Sie so was sagen.«

Eva Maria presst die Hände aneinander.

»Ich hatte eine Tochter, sie hieß Stella. Sie war ungefähr so alt wie du. Eine Morgens habe ich sie umarmt, um ihr einen schönen Tag zu wünschen, und sie ging zur Uni. Seitdem habe ich sie nicht wiedergesehen, vergangene Woche war es fünf Jahre her. Weißt du, ich glaube, ich hätte lieber ihre Leiche gesehen, als die Ungewissheit zu ertragen.«

Der Junge senkt den Kopf.

»Das tut mir leid. Die haben so viele Menschen getötet.«

Beide schweigen und starren ins Leere. Eva Maria versucht zu lachen. Sie möchte gern ablenken.

»Dieser Kuss wäre bestimmt gut geworden.«

Er lächelt kurz, aber er überlegt weiter.

»Kannten Sie die Frau?«

»Ich kenne vor allem ihren Mann.«

Das Lächeln des Jungen schwindet.

»Der Arme! Er ist um sie rumgerannt wie ein Irrer, hat mit den Fäusten gegen die Mauer geschlagen und gebrüllt, er war total erledigt.«

»Hast du das der Polizei gesagt?«

Er wehrt ab.

»Der Polizei? Was hat die Polizei damit zu tun? Ich habe der Polizei nichts zu sagen.«

Der Junge gerät in Panik. Er steht auf. Rennt die Treppe runter. Eva Maria kann ihn nicht aufhalten. Sie versucht es auch nicht. Der Junge ergreift die Flucht, so wie jeder Teenager bei dem Wort »Polizei« die Flucht ergreift, nicht wie ein Mörder. Auch wenn der Mörder immer an den Ort des Verbrechens zurückkehrt, er war es nicht, er hat nicht das Zeug dazu. Da ist sich Eva Maria sicher. Vielleicht hat er seinen Eltern einfach verschwiegen, dass er mit seiner Freundin aus war, dann hätte er ihnen alles erklären müssen, und in seinem Alter den Eltern zu gestehen, dass man mit einem Mädchen ausgeht, ist nahezu undenkbar. »Wie für Eltern, ihrem Kind zu gestehen, dass sie gestern Sex hatten«, hätte Vittorio vielleicht gesagt. Eva Maria schüttelt den Kopf. Sie hört die Haustür ins Schloss fallen. Die Polizisten hätten seine Aussage über Vittorios Schmerz und seine Verzweiflung ohnehin mit einer Handbewegung abgetan. »Heuchelei, Theater«, hätten sie erklärt. »Alle Männer, die ihre Frauen töten, sehen zuerst verzweifelt aus, rennen um sie rum wie die Irren, schlagen mit den Fäusten gegen die Mauer und brüllen. Bevor sie gestehen.« Eva Maria bleibt allein auf der Treppe zurück. Sie schaut auf die Schlüssel, die in ihrer Hand liegen, wie ein Körper am Boden. Aus dem fünften Stock. Der Körper des armen Mädchens muss voller Knochenbrüche gewesen sein, wie bei allen Opfern eines Sturzes aus großer Höhe. Diese Knochenbrüche hatten auch die Leichen der *Desaparecidos*, der Verschwundenen, die das Meer vor einiger Zeit angespült hat, Brüche, wie niemand sie einem anderen mit bloßer oder bewaffneter Hand zufügen kann. Auch wenn er mit aller Kraft zuschlägt. Eva Maria stellt sich vor, dass Neptun die Leichen zurückgibt, um die Schuld der arroganten, bislang unangreifbaren Folterknechte zu beweisen. Neptun der Strenge, Neptun der Gerechte, der den Beweis für die Verbrechen der Junta erbringt. Die Natur hilft den

Menschen, über die Menschen zu richten. Ein Teil von Eva Maria ist sicher, dass Neptun ihr Stellas Körper zurückgegeben hätte, aus Mitleid mit ihrem Mutterherz, das an der Ungewissheit zugrunde geht. Der andere Teil von Eva Maria weiß, dass Neptun nicht existiert, und fragt sich, ob Stellas Körper immer noch in der Tiefe des Wassers liegt. Stella, ihr geliebtes Kind, haben sie sich ihrer entledigt wie der anderen? An einem Mittwochabend, eine Spritze Penthotal, ein Flugzeug, die Luke geöffnet und ihren lebendigen Körper von da oben in den Rio de la Plata geworfen? War sie bei Bewusstsein? Weinte sie? Flehte sie? Hat sie geschrien, als sie ins Leere stürzte? Hat sie gespürt, wie ihre Kleider abfielen? Oder war sie schon nackt? Wusste sie, dass ihr Körper auf die Oberfläche des Wassers prallen würde, von der sie bislang nur die sanfte Durchlässigkeit erlebt hatte? Sie, die das Wasser so liebte. Warum spürt eine Mutter nicht, wenn ihr Kind stirbt? Stella kann nicht tot sein, das ist nicht möglich. Eva Maria schüttelt den Kopf, um das unerträgliche Bild des mit Steinen beschwerten Körpers ihrer Tochter in der Tiefe des Wassers zu verjagen. Die Tränen fließen. Eva Maria starrt auf die Stufen, die vor ihr nach unten führen. Wenn die Treppe sprechen könnte, würde sie ihr sagen, wer Vittorios Frau getötet hat. Sie würde alles geben, um die Identität des Mörders zu erfahren. Eva Maria hofft, dass man das Verbrechen in wenigen Tagen aufklärt und dass Vittorio entlastet wird. Sie hofft vor allem, dass sie bald wieder alleine mit ihm ist, wie vorher, sie braucht das so sehr. Nie und nimmer kann sie ohne ihn weitermachen, ohne ihn weiterleben. Eva Maria verlässt das Haus.

Die Tage waren vergangen. Sie hatte beschlossen, Vittorio zu besuchen. Sie hatte befürchtet, dass ihr das Gefängnis die Besuchserlaubnis verweigern würde. Aber man hatte ihr keinerlei Schwierigkeiten gemacht. Sie musste nur die obligatorische Leibesvisitation über sich ergehen lassen. Das war zu schön, um wahr zu sein.

Eva Maria öffnet die Augen wieder. Sie starrt auf die vier Schlüssel. Einer davon eine Attrappe. Vittorio hatte seinen Augen nicht getraut, als er sie auf der anderen Seite des Tisches gesehen hatte. Auf der guten Seite des Tisches in diesem verdammten Besucherraum. Die Schlüssel zu seiner Wohnung in Eva Marias Händen. Endlich der Schatten einer Hoffnung. »Und das nur, weil ein junger Mann sich vor einem Kuss fürchtete.« Vittorio hatte gelacht. Sehr nervös. »Sie werden mir helfen, nicht wahr? Ich habe Lisandra nicht getötet, ich hätte sie niemals töten können, Sie müssen mir glauben, Eva Maria, Sie sind meine einzige Hoffnung, ich kann nichts machen, ich bin in dieser verdammten Zelle eingesperrt, die Bullen haben sich an mir festgebissen. Jetzt sind sie endgültig überzeugt, dass ich Lisandra getötet habe, sie haben am Tatort die Scherben einer kleinen Porzellankatze gefunden, eine ganz harmlose kleine Figur, sie haben die Sammlung im Bücherregal entdeckt, aber auch – was noch belastender für mich ist – eine Weinflasche und zwei zerbrochene Gläser am Boden: Ein Tête-à-Tête mit meiner Frau, das eine schlechte Wendung genommen hat, so was kommt öfters vor, Abende, die gut anfangen, aber schlecht enden, ich kann noch so oft sagen, dass die Gläser vielleicht seit Tagen da gelegen hatten, dass das nichts zu bedeuten hat, ich kann versuchen, mich damit zu verteidigen, dass wir nicht sehr ordentlich waren. Sie antworten jedes Mal, ich sei nicht der Erste, der sich seiner Frau entledigt habe, wenn man sie hört, ist es geradezu banal, reine Routine, dass ein Mann seine Frau tötet, sie weiden sich daran, sie grinsen, es liege in der Natur des Mannes, ein Trieb, der jeden Mann mindestens einmal im Leben überkommt, und damit haben sie sogar recht, ich hätte mich von meinen Gefühlen überwältigen lassen, dabei sollte doch gerade ich so gut in der Lage sein, sie zu kanalisieren, zu beherrschen, zu hinterfragen, ich brächte Schande über meine Zunft, sie wären wirklich nicht stolz auf mich. Ich musste mir anhören, wie sie sich über mein Motiv austauschten, warum ich zur Tat geschritten sei, nicht einmal der Hauch eines Zweifels in ihrer Argumentation, egal was ich sage, sie glauben mir nicht, sie suchen nicht nach Lisandras Mörder, sie versuchen, mich anzuklagen, *sich einen Irrendoktor vorzunehmen*, ein Segen, zu selten, um sich die Gelegenheit entgehen zu lassen, wenn man ausnahmsweise in der Zeitung über sie schreibt, mal was anderes, diese Bullen sind bekloppt, aber beharrlich. Ich bin allein gegen alle, sogar mein Anwalt sieht mich misstrauisch an, heute Nachmittag erst sagte er, dass es nicht allzu gut aussehe, nicht mal er scheint an meine Unschuld zu glauben, noch eine Ungeheuerlichkeit in dieser ganzen Sache, seit meiner Verhaftung habe ich das Gefühl, nur gegen Ungeheuerlichkeiten anzukämpfen, Sie sind meine einzige Chance, und Sie haben die Schlüssel zu meiner Wohnung, das ist das Wichtigste. Wir müssen Lisandras Mörder finden, die Bullen werden ihn nicht suchen, aber Sie können suchen, Sie werden mir helfen, nicht wahr? Sind Sie einverstanden?« Eva Maria hört das Bandoneon nicht mehr. Esteban muss schon losgegangen sein. Eva Maria legt die Schlüssel auf ihren Schreibtisch. Sie starrt auf die Zigarette, die gerade, aber grau auf der Aschenbecherablage balanciert, der lange, noch zusammenhängende

Aschewurm hält sich mit der Zerbrechlichkeit des Wandelbaren in der Luft. Eva Maria denkt über die Zerbrechlichkeit des Wandelbaren nach. Sie fragt sich, wie lange diese Partikel noch aneinander haften werden. Sie achtet darauf, den Schreibtisch nicht zu bewegen. Ein Schluck Wein. Zwei Schlucke. Eva Maria überlegt. Die Ermittler sind Vollidioten, natürlich kann man sich nicht erinnern, ob die Person, die einem eine Kinokarte verkauft hat, ein Mann war, aber sie sehen das anders, die Willkür der Erinnerungen als Beweisstück, das ist ihr Standpunkt, ihre Strategie, und gleichzeitig wird hier der Einsamkeit der Prozess gemacht, es läuft darauf hinaus, dass man niemals allein sein darf, dass man jede Stunde, jede Minute seines Lebens in Gesellschaft verbringen muss, um ganz sicher ein Alibi zu haben, falls man eines Tages zu Unrecht angeklagt wird wie Vittorio heute, das ist absurd und unmöglich. Die Ermittler suchen nicht weiter als bis zu ihrer Nasenspitze, sie reduzieren alles auf das Häufigkeitsprinzip, bei ihnen ist nicht die Realität Grundlage für Statistiken, sondern die Statistiken unterwerfen die Realität, aber das ist auch normal, da sie sich in ihrem Beruf nicht auf die Menschen verlassen können, verlassen sie sich auf Zahlen. »Berufskrankheit« sagen manche, »Justizirrtum garantiert«, denkt Eva Maria. Nein, nicht alle Ehemänner töten ihre Frau. Eva Maria trinkt einen Schluck Wein. Anscheinend projizieren die Polizisten ihre eigenen Phantasien, ihre eigenen Mordgelüste in solche Dramen. Wenn sie die Frau von einem dieser Polizisten wäre, würde sie sich jedenfalls vorsehen. Dass sie Vittorio verdächtigen, gut, das gehört zu ihrem Job, aber die Vorverurteilung ist unannehmbar. Zahlen dienen der Untersuchung, nicht der Verallgemeinerung. Das ist so, als würde sie im Institut einzelne Messungen als allgemeingültige

Werte interpretieren, aber jeder Vulkan, jeder Ausbruch hat eigene Zahlen, so sieht es aus. Warum macht man nicht das Gleiche mit den Menschen? Ganz einfach, weil man sich mit einem Menschen identifiziert; Ermittler, Richter, Geschworene und Sonntagskommentatoren tun nichts anderes, als ihre eigene Verfassung auf den Angeklagten zu übertragen, dann hat der Irrtum freies Spiel, sich einzumischen. Ebenso wenig, wie man sich mit einem Vulkan identifiziert, sollte man es mit einem Menschen tun. Dabei ist leicht zu erkennen, dass dieser Mann seine Frau liebte. Eva Maria stellt ihr Glas wieder ab. Die Zigarette zerbricht, die Asche ist abgefallen. Eva Maria seufzt. Sie muss ihn da rausholen, muss allein an seiner Seite kämpfen, wo die Zahlen keinen Platz haben, wo nur die Intuition herrscht, denn wir sind mehr Instinkt als Logik, und sie spürt, dass Vittorio seine Frau nicht getötet haben kann. Sie muss so vorgehen wie bei den Vulkanen, jeden Tag eine andere Untersuchung einleiten, jeden Tag neue Elemente sprechen lassen, falls es welche gibt, sich darauf verlassen, versuchen, sie zu interpretieren, und warten, dass sich der Mensch, wie der Vulkan, jeden Tag etwas mehr offenbart. Eva Maria greift nach ihrer Brille. Sie öffnet ein kleines schwarzes Lederheft mit festem Einband. Sucht eine leere Seite. Schreibt hastig.

Wohnungstür offen
laute Musik im Wohnzimmer
Wohnzimmerfenster offen
Sessel umgekippt
Lampe runtergefallen
zerschlagene Vase auf dem Boden
Wasser aus der Vase verschüttet
kaputtes Figürchen (Porzellankatze)

Weinflasche
zwei zerbrochene Gläser
auf dem Rücken liegend
Kopf zur Seite gedreht
eisige Stirn, Blutrinnsal
Augen offen, geschwollen

Eva Maria schließt ihr kleines schwarzes Heft. Sie steht auf. Steckt die Schlüssel wieder in ihre Hosentasche. Es ist entschieden. Sie wird tun, worum Vittorio sie gebeten hat. Obwohl sie Angst hat.

»Esteban? Esteban?«

Eva Maria öffnet ihre Zimmertür. Esteban ist nicht mehr da. Der Haken, an dem sonst sein Fahrrad hängt, ist leer. Er hat sein Bandoneon mitgenommen. Im Flur ruft sie noch einmal. Niemand da. Eva Maria zuckt mit den Schultern. Wieder unterwegs bis zum Ende der Nacht. Sie zieht ihren schwarzen Mantel über. Wickelt sich in ihr Tuch. Das Weiß hebt sich vom Schwarz ab. Ihr Blick fällt auf den Küchentisch. Da wartet das Abendessen auf sie. Sie zieht ihre Handschuhe glatt. Ebenfalls schwarz. Esteban hat ihr einen Teller hingestellt. Er hat ihn zugedeckt, damit das Essen nicht kalt wird. Auch zugedeckt wird es jetzt abgekühlt sein. Alles kühlt irgendwann ab, sogar die Vulkane. Eva Maria geht in die Küche. Öffnet den Wandschrank. Schenkt sich ein Glas Wein ein. Leert es in einem Zug. Macht das Licht hinter sich aus. Draußen ist es kalt. Eva Maria zieht das weiße Tuch über die Haare. Seit Monaten ist sie nicht mehr im Dunkeln rausgegangen. Sie steigt in den Bus. Sieht die Lichter am Fenster vorüberziehen, wie hübsch, die Lichter in der Nacht, so ruhig. Sie spürt die Schlüssel in ihrer Hosentasche. Sie denkt an den Jungen, sieht wieder seine kurze Geste, wie er auf seinen kindlichen Mund zeigt. Sie fragt sich, ob er sich schließlich getraut hat, seine Freundin zu küssen, ob es geglückt ist. Ihr Blick heftet sich an die vorbeiziehenden Straßenlaternen. Ihr eigener erster Kuss fällt ihr ein. Der war missglückt. Sie lächelt trotzdem. Bei der Erinnerung an den ersten Kuss lächelt man immer. Wenn er einvernehmlich war. Die Bewegung ihrer Lippen verstärkt die Falten um ihre Augen. Das weiße Tuch streift ihre Wangen. Ein Neonlicht blinkt. Aber was für ein Schock, diese Leiche, für die beiden Kinder, die nur einen möglichen Kuss im Kopf hatten. »Und als wir näher gekommen sind, haben wir gesehen, dass es eine Frau ist, in einem schönen Kleid.« Das hatte Vittorio nicht erwähnt. Eva Maria holt ihr kleines Heft aus der Tasche. Schreibt zu den bisherigen Notizen:

in einem schönen Kleid

Der Bus bleibt stehen. Eva Maria zuckt zusammen. Noch zwei Haltestellen. Sie geht zur Tür. Denkt an Vittorio. Dunkelheit muss in seiner Zelle herrschen, ohne eine Möglichkeit, sie zu durchbrechen, kein Schalter, den man bedienen, keine Tür, die man öffnen könnte. Er hat sich gleich gewundert, dass ihre Wohnungstür offen stand, Lisandra hat immer abgeschlossen, wenn sie alleine war, und auch tagsüber den Riegel vorgeschoben, sie hatte Angst, auch vor dem Unmöglichen, dass jemand hereinkommt, sich hinter einer Tür, in einem Wandschrank versteckt und ihr nachts etwas antut, Lisandra war so ängstlich, sie fürchtete die Nacht, als vereinte sie alle Voraussetzungen für ein mögliches Drama; wenn sie in Gedanken versunken war und er ins Zimmer trat, um mit ihr zu sprechen, zuckte sie zusammen, unterdrückte einen Schrei. Als er sie zum ersten Mal gesehen hatte, war ihm diese Verletzlichkeit sofort aufgefallen, allerdings weinte sie da gerade, aber nur weil jemand weint, muss man ihn nicht zerbrechlich finden, man kann traurig sein, ohne zerbrechlich zu wirken. Lisandra hätte niemals einem Unbekannten aufgemacht, das stand für Vittorio fest, sie machte nie die Tür auf, wenn es klingelte, immer musste er hingehen, manchmal machte er sich darüber lustig, in dieser Hinsicht waren sie so verschieden, sie sperrte sich ständig ein, er träumte von einer Welt ohne Türen, er hätte niemals darüber lachen dürfen, am Ende hatte Lisandra mit ihrer Angst recht behalten; hatte ihr der Instinkt gesagt, wie sie eines Tages sterben würde? Und wenn wir alle im tiefsten Innern wüssten, wie uns der Tod eines Tages forttragen wird, wenn sich unsere Neurosen nicht, wie man immer glaubt, auf unsere Vergangenheit bezögen, sondern auf unsere Zukunft, wenn es Warnrufe wären? Der Bus hält. Es gab keine Spuren von Einbruch, also hatte Lisandra aufgemacht, Vittorio ging eine schreckliche Idee durch den Kopf, eine Vorstellung wurde er nicht mehr los, er sah nur diese Spur: ein Patient. Lisandra war daran gewöhnt, dass manche spätabends klingelten, das kam vor, wenn auch selten. Lisandra machte nie auf, wenn Vittorio nicht da war, aber an dem Abend hatte er vielleicht darauf bestanden, oder *sie*, schließlich töten nicht nur Männer, und Lisandra hatte aufgemacht, vielleicht aus Angst vor seinem Spott, bei seiner Rückkehr hätte er ihr sicher Vorwürfe gemacht, nicht geöffnet zu haben. Vittorio konnte sich nur schwer vorstellen, dass es einer seiner Patienten gewesen war, aber er fand keine andere Erklärung, der Terror der Junta war vorbei, und dass ein Unbekannter bei ihnen geklingelt hatte, um Lisandra zu töten, glaubte er auch nicht, wenigstens damit hatten die Bullen recht: Dass ein Mörder aus dem Nichts auftaucht, um jemanden ohne Grund zu Hause zu töten, das gibt es nicht oder nur extrem selten, und nichts fehlte, das musste er auch zugeben, er war mit den Polizisten durch die ganze Wohnung gegangen, und abgesehen von der Unordnung im Wohnzimmer war alles in Ordnung, das hatte Vittorio festgestellt, nichts war gestohlen. Ganz sicher hatte es einen Kampf gegeben, das stand fest, wahrscheinlich war die Musik so laut, um die Geräusche, die Schreie zu übertönen, aber was konnte wohl der Grund für einen Streit gewesen sein? Eine Frage quälte ihn: War Lisandra vergewaltigt worden? Voller Angst wartete er auf die Ergebnisse der Autopsie. Es schien ihm undenkbar, dass jemand ihr so übel gesonnen war, dass er sie tötete, andererseits hatte sie vielleicht nur als Sündenbock gedient, das war schließlich möglich, man kann niemanden daran hindern, seine ganze Frustration, seine Verbitterung, seinen Hass auf eine bestimmte Person zu richten, man musste sie wirklich hassen, um sie zu töten, denn es war kein Unfall, man öffnet nicht ohne Vorsatz mitten im Winter ein Fenster, eine Übertragung, ja, eine Übertragung auf ihn, auf sie – wenn Lisandra seinetwegen gestorben war, würde er es sich nie verzeihen. Der Bus hält an. Eva Maria steigt aus.

Eins zwei drei vier fünf sechs sieben acht neun zehn elf
Sie hat diese Stufen schon so oft gezählt, seit sie jeden

zwölf dreizehn vierzehn fünfzehn sechzehn siebzehn
Dienstag herkommt seit mehr als vier Jahren, das ist wohl

achtzehn neunzehn zwanzig einundzwanzig zweiundzwanzig
mindestens so hoch, als hätte sie einmal den Vulkan

dreiundzwanzig vierundzwanzig fünfundzwanzig
Copahue, den Payun Matru oder einen höheren bestiegen,

sechsundzwanzig siebenundzwanzig achtundzwanzig
hoffentlich macht sie keine Dummheit, Esteban hatte so

neunundzwanzig dreißig einunddreißig zweiunddreißig
darauf gedrungen, du musst dir helfen lassen, Mama, ich

dreiunddreißig vierunddreißig fünfunddreißig
bitte dich, man hat mir jemanden empfohlen, der gut ist, geh

sechsunddreißig siebenunddreißig achtunddreißig
zu ihm, Mama, ich bitte dich, geh zu ihm, mach es für

neununddreißig vierzig einundvierzig zweiundvierzig
mich, hoffentlich macht sie jetzt nicht doch eine Dummheit

Eva Maria stolpert.

dreiundvierzig vierundvierzig fünfundvierzig
Vittorio war der Richtige, sie hat es sofort gespürt,

sechsundvierzig siebenundvierzig achtundvierzig
seine Fragen, seine Antworten und sogar ihr Schweigen,

neunundvierzig fünfzig einundfünfzig zweiundfünfzig
ihre Meinungsverschiedenheiten, sie hat sich immer wohl

dreiundfünfzig vierundfünfzig fünfundfünfzig
bei ihm gefühlt, er war niemals dumm oder arrogant,

sechsundfünfzig siebenundfünfzig achtundfünfzig
wenn sie lachen musste, war es ein freundliches Lachen,

neunundfünfzig sechzig einundsechzig zweiundsechzig
kein spöttisches, kleinliches Lachen über ihn, über seine

dreiundsechzig vierundsechzig fünfundsechzig
Auslegungen, wie sie es mit den anderen erlebt hatte, ein

sechsundsechzig siebenundsechzig achtundsechzig
Ausbruch, der tief in ihrem Innern sagte, du Armer hast

neunundsechzig siebzig einundsiebzig zweiundsiebzig
nichts begriffen, du liegst völlig daneben, du hast mich

dreiundsiebzig vierundsiebzig fünfundsiebzig
zum letzten Mal gesehen, Vittorio traf immer ins

sechsundsiebzig siebenundsiebzig achtundsiebzig
Schwarze, so genau, er lehrte sie auch, die Dinge unter

neunundsiebzig achtzig einundachtzig zweiundachtzig
einem anderen Blickwinkel zu sehen, einem schönen

dreiundachtzig vierundachtzig fünfundachtzig
Blickwinkel, es ist komisch, sie zählt die Stufen immer

sechsundachtzig siebenundachtzig achtundachtzig
beim Hochsteigen, niemals beim Runtergehen, hoffentlich

neunundachtzig neunzig
macht sie keine Dummheit

Eva Maria ist außer Atem. Neunzig Stufen. So viele sind es immer. Nicht eine ist zu einer Treppe mit besserem Ruf abgehauen. Orte sind unempfindlich. Schnell, niemand darf sie sehen. Eva Maria befolgt Vittorios Anweisungen. Sie steckt den allerkleinsten Schlüssel in das Schloss und zieht die Tür dabei zu sich. Der Türknauf gibt dem Druck nach. Eva Maria schleicht sich in die Wohnung. Schnell. Sie schließt die Tür hinter sich. Die Angst raubt ihr den Atem. Sie lehnt sich an die Tür. Ihre Augen gewöhnen sich an die Dunkelheit. Sie unterdrückt einen Schrei. Eine Gestalt presst sich an die Wand. Eva Maria schluckt. Es ist ein Garderobenständer. Sah wirklich aus wie ein Mann. Mit dieser grauen Jacke, die darüberhängt. Eva Maria streift sie im Vorbeigehen. »Du hast mir vielleicht Angst eingejagt.« Sie öffnet die Tür zum Arbeitszimmer, sie berührt die Klinke zum ersten Mal. Gewöhnlich war Vittorio der alleinige Herrscher über die Klinke, war es sein Privileg, sie im Rhythmus des Patientenstroms zu öffnen und zu schließen. Sie setzt sich auf das Sofa. Um sich wieder zu fangen. Dieser gemütliche Platz ist ihr so vertraut. Eva Maria betrachtet den großen Pfau an der Wand. Sie konnte sich Vittorio niemals woanders als vor diesem riesigen Bild sitzend vorstellen. Eva Maria erinnert sich an das schmutzige Beige der Wände im Besucherraum des Gefängnisses. Sie schließt die Augen. Öffnet sie wieder. Sie wünscht sich Vittorio ihr gegenüber, sein beruhigendes Lächeln. Stattdessen spiegelt sich das Lächeln einer Mondsichel in den Federn des Pfaus. Eva Maria steht auf. Sie befolgt Vittorios Anweisungen. Der kleine Wandschrank neben der Heizung. Hinter seinem Schreibtisch. Eva Maria kniet sich hin. Öffnet die Tür. Rutscht nach hinten, um das Mondlicht hereinzulassen. Eva Maria kann Vittorios Anweisungen nicht mehr befolgen. Sie kann nicht mehr schnell machen. Sie kann den Blick nicht von den beiden Regalen mit Kassetten losreißen. Ist wie hypnotisiert. Aneinandergereiht. Senkrecht. Weiße Etiketten auf dem Rücken. Darauf jeweils ein Vorname. Eva Maria greift eine heraus. »Bianca«. Eine andere. »Carlos«. Insgesamt dreiundzwanzig Kassetten. Alphabetisch geordnet. Hier ist ihre. Eva Maria ist unbehaglich zumute. Die letzte Sitzung aufnehmen, um sie allein wieder anzuhören, sich jedem noch einmal zuzuwenden, mit ausgeruhtem Kopf, auf diesen Kassetten den Satz, das Wort zu suchen, die ihm während der Sitzung entgangen wären und die ihm die Erleuchtung bringen, ihn diese Seele erkennen lassen würden, deren Funktionieren, deren Neurosen er Woche für Woche, Monat für Monat zu begreifen sucht. Das hatte ihr Vittorio im Besucherraum erklärt. Für jeden Patienten eine Kassette. Nur von der letzten Sitzung, weil jede Aufnahme die vorhergehende löscht. Er hörte sie nicht systematisch ab, aber er wollte die Möglichkeit dazu haben, wenn ihm ein Gedanke, ein Satz wieder aufstieß, er wollte ihn noch einmal im Kontext hören, er nannte es »das späte Erwachen«, sein »spätes Erwachen«, denn er machte sich nichts vor, er war nicht immer aufmerksam, diesen Grad extremer Aufmerksamkeit und maximaler geistiger Offenheit kann kein Mensch über Stunden durchhalten, zwischendurch entspannt man sich, wird abgelenkt. Es wäre Heuchelei zu behaupten, dass er immer aufmerksam war, er wäre ein unaufrichtiger Analytiker, kein Mensch kann sich einer unfehlbaren Aufmerksamkeit rühmen, der Rekorder war sein Mittel, um diese Schwäche auszugleichen. Eva Maria erschrickt. Sie hört Stimmen, dreht sich zur Tür. Der Fernseher der Nachbarn. Schnell. Sie legt alle Kassetten in ihren Rucksack. »Eva Maria«. Sie starrt ihre Kassette an. Sie erinnert sich nicht mehr genau, worüber sie bei ihrer letzten Sitzung gesprochen haben, es ist lange her, sie könnte es nicht ertragen, sich zu hören, entsetzlich! Sich anzuhören, wie sie ihre Gefühle preisgibt, ihre Seelenzustände kommentiert, sich nur mit sich selbst beschäftigt, nur mit sich, eine Dreiviertelstunde lang, schon das Prinzip war ihr immer unangenehm gewesen, sie muss sie zum Glück nicht noch einmal abspielen. Sie hasst es, ihre eigene Stimme zu hören. Eva Maria schaut ihre Kassette an. Verzieht das Gesicht. Beeilt sich. Befolgt Vittorios Anweisungen. Alle Kassetten sicherstellen. Vielleicht enthalten sie ein Indiz? Eine Spur? Etwas, das ihm entgangen ist, er kann sich nicht mehr an alles erinnern, was ihm seine Patienten in den letzten Wochen gesagt haben, an Tausende von Wörtern, bedeutende Schweigemomente, Versprecher, mögliche Andeutungen, und wenn einer von ihnen ihn gewarnt hätte? Oder bedroht? Ohne dass er es bemerkt hat, Eifersucht, Rache, immerhin war das möglich, auf alle Fälle schien ihm das die wahrscheinlichste aller Hypothesen, die er in dieser verdammten Zelle immer wieder aufstellte, wo ihm bald nichts weiter übrigbleiben würde, als die Mauersteine zu zählen. Eva Maria schließt den Schrank. Sieht ihren Rucksack an. Vittorios Schatz. Diese Kassetten dürften vor allem nicht den Polizisten in die Hände fallen, die in ihm den Mörder sähen, hatte er ihr erklärt. Denen sei zuzutrauen, dass sie Beweise zerstören, weil sie sich offensichtlich lieber *einen Irrendoktor vornehmen*, als den wahren Schuldigen einzusperren; er muss schon genug für ihre Kurzschlüsse, ihre vermeintlichen Beweise, ihre grotesken Schlüsse zahlen, klar, dass er sie fürchtet. Vittorio hat bestimmt recht. Eva Maria zieht die Augenbrauen hoch. Fast hätte sie es vergessen. Eine Sache noch. Sie dreht die Schachtel mit Taschentüchern um, die auf dem kleinen Tisch zwischen dem Sofa und dem Ledersessel steht, auf dem Vittorio immer saß. Da ist der Rekorder, versteckt in einer maßgeschneiderten Vertiefung. Das Kassettenfach ist leer. Eva Maria nimmt auch die Schachtel mit den Taschentüchern mit, zur Sicherheit, aus Vorsicht. Vittorio hat darauf bestanden. Wenn die Bullen sie fänden, würden sie ihn gewiss nach diesem leeren Platz fragen, andererseits würde das bedeuten, dass sie ermitteln, was nicht so bald zu erwarten sei, aber dann müsste Vittorio diese Aufnahmen erklären, sich vor allem dafür rechtfertigen, und er wusste schon jetzt, wohin das führen würde: Aus dem Prozess gegen den Mann, der seine Frau getötet hat, würde der gegen den Psychoanalytiker werden, der seine Patienten mit dem Rekorder aufnahm. In der Tat widersprach es dem Berufsethos, war aber gut und nützlich für seine Arbeit, davon war er überzeugt, er hatte wiederholt festgestellt, dass ihm diese Praxis half, und das war das Wichtigste. Er speicherte wie ein perfekter Archivar, wie ein unfehlbares Gedächtnis des fehlbaren Gedächtnisses seiner Patienten und seines eigenen fehlbaren Gedächtnisses, er überließ nichts dem Zufall, seit wann ist das Prinzip des Konservierens etwas Schlechtes? Aber natürlich sagte er seinen Patienten nichts davon, es hätte sie befangen, verlegen gemacht, eingeschüchtert, übrigens sagt kein Analytiker seinen Patienten, was er während der Sitzung in ihrer Akte festhält, aber an diesem Geheimnis stört sich niemand, so ist die Methode, na gut, seine Methode bestand darin, auf diese Aufnahmen zurückzugreifen. Er hatte schon lange aufgehört, während einer Sitzung Notizen zu machen, das war total kontraproduktiv, das Aufschreiben bewirkte sofort einen Abstand, seine Patienten zogen sich zurück, wenn sie ihn schreiben sahen, oder sie verloren den Faden, weil sie sich fragten, ob das, was sie gerade gesagt hatten, wichtig genug war, damit er es notierte, die Sitzung verlor an Lebhaftigkeit und an Wirksamkeit, was mit den Kassetten nicht passierte. Ein Beruf wird durch sein Ziel, nicht durch seine Methode charakterisiert, alle Polizisten haben unterschiedliche Methoden, ihren Zeugen, ihren Verdächtigen Informationen zu entlocken, das erlebte er jeden Tag am eigenen Leib, und so ist das auch bei den Analytikern. Man darf eine Wissenschaft niemals in eine Methodologie einsperren. Übrigens, wäre der Rekorder zu Freuds Zeiten ausgereift und diskret gewesen, hätte sich dieser Pionier solch ein kostbares Werkzeug ganz gewiss nicht versagt. Aber Vittorio wusste, dass alle Erklärungen, alle denkbaren Rechtfertigungen vergebens sein würden, ein Analytiker, der seine Patienten aufnimmt, eine Schande! Ein Skandal! Das Watergate seines Berufs! Alle würden über ihn herfallen, er hörte schon, wie sich seine Kollegen empörten und sich von ihm lossagten, seiner Funktion als Ehemann war er bereits enthoben, ein paar Zeugenaussagen würden ausreichen, um ihn seiner Funktion als Analytiker zu entheben, er würde zur Geißel des Berufs werden und bei der Gelegenheit durch ein makabres Spiel kommunizierender Röhren ganz sicher zur Geißel seiner Frau: ihrem Mörder.

»Guten Morgen, Mama. Gut geschlafen?«

Die Zeitung liegt zusammengefaltet auf dem Tisch. Eva Maria sieht Esteban an.

»Kannst du mir bitte deine Kopfhörer borgen?«

Esteban geht zum Kühlschrank.

»Welche Kopfhörer?«
»Die zum Musikhören.«
»Womit willst du denn Musik hören?«

Eva Maria pustet auf ihren Mate-Tee. Ihre Augen irren über die Flüssigkeit.

»Stimmt, du hast recht … Leih mir doch bitte auch deinen Rekorder.«

Eva Maria stellt ihre Kalebasse ab. Sie steht auf.

»Kann ich ihn mir nehmen?«
»Jetzt?«
»Ja.«
»Gehst du nicht arbeiten?«
»Ich arbeite zu Hause.«

»Wie kommt's?«

»Ich muss Dinge erledigen … Dokumente durchsehen. Hier habe ich mehr Ruhe.«

»Ach so … ist das neu?«

»Ja, das ist neu.«

Esteban fährt sich mit der Hand durch die Haare, erst an der Seite, dann hinten. Eva Maria wird ungeduldig. Geht vom Tisch zur Tür. Von der Tür zum Tisch.

»Kann ich ihn mir jetzt nehmen?«

»Ich hole ihn dir.«

Eva Maria folgt ihm auf dem Fuß. Sie gehen beide aus der Küche. Wenige Minuten später kommt Esteban zurück. Allein. Er setzt sich an den Tisch. Gießt sich ein Glas Orangensaft ein. Schlägt die Zeitung auf. Lauscht. Er hört nichts. Kaum das Klappern der Schreibmaschine. Esteban sieht zum Fenster. Auf der Gardine zieht der Schatten des Busses vorbei. Esteban lächelt. Sein Gesicht ist ruhig. Seine Hände auch. Er stellt sich Eva Marias Gesicht eingerahmt von seinen Kopfhörern vor. Er fragt sich, was sie wohl für Musik hört. Wo sie schon so lange keine Musik mehr gehört hat.

ALICIA

VITTORIO
Guten Tag, Alicia.

ALICIA
Guten Tag.

VITTORIO
Na, wie geht es Ihnen heute?

ALICIA
Es geht. Bis auf diese Langeweile. Sie verschwindet einfach nicht. Tut mir leid, dass ich nichts Neues erzählen kann, ich werd die Langeweile einfach nicht los.

VITTORIO
Sie brauchen sich nicht zu entschuldigen.

ALICIA
Sie wissen ja, dass ich auf dem Weg hierher an der Plaza de Mayo vorbeikomme, liegt auf der Strecke. Natürlich waren sie alle da, wie jeden Donnerstagnachmittag, ich bin langsamer gegangen, und wissen Sie, was ich gedacht habe, als ich sie so völlig uneitel mit ihren hässlichen weißen Kopftüchern herumlaufen sah – Sie müssen zugeben, dass diese Tücher hässlich sind –, na ja, da habe ich mich dabei ertappt, wie ich bedauerte, dass ich nicht auch ein Kind ver-

loren habe. Eine Mutter, die sich wünscht, sie hätte ein Kind verloren, merken Sie, wie weit es mit mir gekommen ist? Ich hab das Gefühl, ich werde verrückt.

VITTORIO
Sie werden nicht verrückt, ich kann Sie beruhigen, aber warum haben Sie das gedacht? Können Sie das genauer erklären?

ALICIA
Warum? Na, um meine ganze Energie in diesen Verlust, diese Trauer zu stecken. Ich denke, wenn ich jeden Donnerstagnachmittag inmitten dieser Frauen über die Plaza de Mayo laufen und vor aller Welt das Kind zurückverlangen würde, das mir die Junta genommen hätte, wäre ich von dieser Trauer, von diesem Wunsch nach Gerechtigkeit so erfüllt, dass ich den Rest nicht wahrnehmen würde.

VITTORIO
Welchen Rest denn?

ALICIA
Dass ich so allein bin. Wissen Sie, wenn sich diese Frauen im Spiegel ansehen, durchforschen sie ihre Züge nach dem, was sie an ihr verlorenes Kind erinnert, ich dagegen suche nur nach neuen Falten, nach weiter erschlafftem Fleisch, neuen sichtbaren und erschreckenden Anzeichen des Alterns. Ich denke, dass man sich vielleicht weniger langweilt, wenn man trauert, dass man sich auf jeden Fall weniger betrachtet und vielleicht sogar – mein Traum – überhaupt nicht mehr sieht. Die Tragödie, ein Kind verloren zu haben, verdrängt alle anderen Tragödien. Sie finden es widerwärtig,

dass ich so denke, nicht wahr? Sie denken, wenn mir so etwas wirklich passieren würde, geschähe es mir recht.

VITTORIO
Nein, das denke ich überhaupt nicht. Ich frage mich, ob Sie nicht wirklich empfinden, dass Sie »ein Kind verloren haben«, seit Ihr Sohn verheiratet ist? Er ist Ihr einziges Kind, und es ist noch nicht lange her, natürlich erschüttert Sie das. Ein Kind, das fortgeht, verändert das Leben einer Mutter. Vielleicht stellen Sie deshalb unbewusst den Zusammenhang zu den Müttern der Plaza de Mayo her. Es ist Ihre Art, auf die Tatsache zu reagieren, dass Ihr Sohn fortgeht. Diese Erklärung scheint mir persönlich sehr wahrscheinlich. Was meinen Sie dazu?

ALICIA
Ein Kind, das fortgeht, »verändert nicht das Leben einer Mutter«, es bringt sie um. Seit Juan weg ist, hat sich alles verschlimmert, vorher war wenigstens ein Anschein von Leben in diesem Haus, er war nicht immer da, aber sein Kommen und Gehen genügte mir. Zur Verdrängung. Entschuldigen Sie, kann ich Ihr Telefon benutzen? Ich muss ihn anrufen.

VITTORIO
Mein Telefon funktioniert nicht mehr, der Techniker war schon dreimal da, und mein Telefon ist immer noch gestört.

ALICIA
Haben Sie kein anderes? In der Wohnung? Entschuldigen Sie, ich muss ihn wirklich anrufen.

VITTORIO
Warten Sie einen Moment. (Lange Stille) Gehen Sie, ich habe meine Frau gebeten, Ihnen das Wohnzimmer zu überlassen, damit Sie anrufen können. (Lange Stille) Geht es Ihrem Sohn gut? Sind Sie beruhigt?

ALICIA
Ich kann immer noch nicht begreifen, wie er im selben Leben von einem Zustand der Abhängigkeit als Baby, wo er keine Sekunde ohne mich auskam, in diesen Zustand der Unabhängigkeit wechseln konnte, wo es ihn sogar Überwindung kostet, zwei Minuten mit mir zu telefonieren.

VITTORIO
Also geht es Juan gut. Sie sehen, ein Drama tritt nicht ein, weil man es sich vorstellt oder sogar wünscht. Beruhigen Sie sich, wir alle haben Gedanken, die uns schrecklich vorkommen, man darf sie nicht wörtlich nehmen, man muss nur versuchen herauszufinden, was sie tatsächlich für uns bedeuten.

ALICIA
Wie alt sind Sie?

VITTORIO
Einundfünfzig.

ALICIA
Und Ihre Frau? Ich habe sie eben kurz gesehen, sagen Sie mal, sie ist ja so jung, das hätte ich nicht von Ihnen gedacht.

VITTORIO
Alicia, bitte … setzen wir unser Gespräch fort.

ALICIA
Wollen wir Rätsel raten? Spielen soll die Langeweile vertreiben, wollen Sie immer noch wissen, warum ich diese Handschuhe trage?

VITTORIO
Diese Frage habe ich mir oft gestellt, aber ich gestehe, ich weiß es nicht.

ALICIA
Los, raten Sie, machen Sie einen Vorschlag.

VITTORIO
Ich weiß es wirklich nicht.

ALICIA
Sie sind kein guter Spieler, dabei muss man doch ein bisschen spielen können, wenn man so eine junge Frau hat. Fällt Ihnen wirklich nichts ein? Achtung, heute ist der große Tag! Taraaa! Bitte sehr. Sehen Sie nichts?

VITTORIO
Nein.

ALICIA
Eigentlich ganz normale Hände, denken Sie, nicht wahr? Eigentlich ganz normale Hände für mein Alter, und genau da liegt das Problem: *für mein Alter.* Sehen Sie, diese Falten, die ganzen Flecken, ich kann in Echtzeit zusehen, wie sie sich vermehren. Die Hände sind der Teil des eigenen Körpers, den man am meisten sieht, dazu sind sie da, diese Falten, diese Friedhofsblüten, damit man niemals vergisst, dass

man älter wird, wie bei den Giraffen, an der Farbe unserer Flecken können wir unser Alter ablesen.

VITTORIO
Sie übertreiben, Ihre Hände sind sehr schön.

ALICIA
Sie sind barmherzig. Aber sie sind trotzdem weniger schön als die Ihrer Frau.

VITTORIO
Seien Sie nicht dumm …

ALICIA
Ich bin nicht dumm, alt schon, aber nicht dumm, hängen Sie mir nicht alle Übel an. Wissen Sie, woher das Wort »Menopause« kommt?

VITTORIO
Ich weiß nicht … bestimmt aus dem Lateinischen …

ALICIA
Es ist griechisch. Verloren. Fünfzig Prozent Gewinnchance. So wie ich damals, als Frau zur Welt zu kommen. »Menopause« klingt wie der Name einer Muse, finden Sie nicht? Nur dass diese Muse niemanden inspiriert, keinen Dichter zum Lobgesang verleitet, aber Namen von Krankheiten haben in der Tat noch niemanden inspiriert.

VITTORIO
Aber hören Sie, Alicia, das ist doch keine Krankheit …

ALICIA
Sie haben recht, es ist keine Krankheit, sondern viel schlimmer, es ist unheilbar. Meno: Monat, Pause: Aufhören. *Das Aufhören der Monate*, eindeutig, oder? Aber nicht schnell genug. Wissen Sie, was ich meine? Eine Frau dürfte ihre Menopause nicht überleben.

VITTORIO
Finden Sie nicht, dass Sie dramatisieren?

ALICIA
Ich dramatisiere nicht, ich theoretisiere. Wenn man nicht poetisieren kann, muss man theoretisieren, irgendwas muss man doch tun, man muss doch darüber sprechen, oder? Und mir tut es gut, darüber zu sprechen. Aber vielleicht stört Sie das? Vielleicht ekeln Sie sich?

VITTORIO
Ich wüsste nicht, warum ich mich ekeln sollte. Aber da fällt mir etwas ein: »Plaza de Mayo« und »Menopause«, sehen Sie da nicht eine offensichtliche Verbindung?

ALICIA
Nicht die geringste. Aber ich bin neugierig auf Ihre Erklärung.

VITTORIO
Sie haben mir doch gesagt, dass »Menopause« das »Aufhören der Monate« bedeutet, nicht wahr? »Plaza de Mayo«, Platz der Mairevolution. In beiden Fällen geht es um Monate, verbinden Sie nichts mit dieser Assoziation?

ALICIA
Sie haben nur den einen Wunsch, dieses Gespräch zu beenden, nicht wahr? Mich durch eine Interpretation zu verblüffen, die nur Sie verstehen, damit ich mit meiner traurigen Bestandsaufnahme aufhöre, aber das Altwerden kann man nicht analysieren, dagegen kann man nichts tun, das Altwerden beschreibt man, das ist alles. Ekeln Sie sich?

VITTORIO
Ich wiederhole: Nein, ich ekle mich nicht. Hören Sie auf, Ihre Fragen gleich selbst zu beantworten.

ALICIA
Soll ich weitermachen?

VITTORIO
Machen Sie weiter.

ALICIA
Gestern früh habe ich mich gemessen, und was glauben Sie? Ich bin kleiner geworden: schon zwei Zentimeter. Es ist so weit, die Schlussphase ist eingeleitet. Zuerst schrumpft man, die Natur hat das wirklich gut durchdacht, man nimmt nach und nach immer weniger Platz im Raum, im Blickfeld des anderen ein, ein physisches Merkmal, das mit bloßem Auge nicht wahrnehmbar ist, wodurch das Schwinden unserer Bedeutung, der Beginn des Verschwindens eingeläutet wird. Jetzt wird alles enger. Ich sehe es an meinen Brüsten. Man sagt, dass die Brüste der Alten hängen, aber das ist es nicht, sie leeren sich, Taschen aus weicher, schlaffer, toter Haut. Das Sterben beginnt bei der Haut. Wissen Sie, früher hatte ich eine schöne Brust, prall und voll, so

voll, auch nach Juans Geburt füllten meine Brüste meine Hände, es machte mir Spaß, sie zusammenzudrücken, ich mochte dieses Gefühl, jetzt rollt Leere durch meine Finger, ich kann an meiner Haut ziehen und sie dehnt sich, so wie ein Luftballon, der früher in den Himmel geflogen ist, aber jetzt durchlöchert am Boden kleben bleibt, endgültig am Boden kleben bleibt. Wenn ein Mann mich berühren würde, könnte er sich in meine Haut einwickeln. Ganz zu schweigen von meinem Gewicht, ich nehme zu, auch wenn ich nichts esse, als ob die Menopause in uns frisst, sie isst alles weg, was unsere Form ausmachte, um uns zu deformieren, sie frisst uns von innen auf, ich nehme mir deine Brüste und packe sie auf deine Hüften, ich nehme mir das, was deine hübschen Pobacken ausmachte, und verteile es auf deinen Bauch, deinen Rücken, deine Nieren. Warum blicken Sie ständig auf diese Wanduhr? Sie wünschen sich sehnlichst, dass diese Sitzung zu Ende geht, nicht wahr? Ein Mann weidet sich an der Schönheit eines Frauenkörpers, seinen Verfall erträgt er nicht, weder in Worten noch in Bildern, deshalb haben Sie sich auch eine jüngere Frau gesucht, um sich vor dieser Horrorvision zu bewahren. Sie enttäuschen mich. Man wünscht sich immer einen Therapeuten, der anders, besser ist als die anderen, der von den schlimmsten Makeln des Menschengeschlechts verschont bleibt. Aber faktisch sind alle gleich. Rasiert sich Ihre Frau? Die jungen Mädchen sollen sich jetzt rasieren, sogar die Zwanzigjährigen sehnen sich schon nach ihrer Jugend zurück. Dabei wird es immer schlimmer, die Armen, wenn sie wüssten! Ich hasse sie. In ihren Körpern strömt das Wasser, das rauschende Wasser eines Stroms, während in uns, in unsere Glieder das stagnierende Wasser eines Tümpels eindringt und sie entstellt. Noch könnt ihr lachen, ihr Mädchen, ihr habt keine Ahnung, was euch bevorsteht, ihr seid auch mal dran, also los, zeigt eure Beinchen, entblößt eure Brüste und eure drallen Unterarme, bald müsst ihr sie verstecken, unter weiten und langen Kleidungsstücken vergraben, die bald sommers wie winters eure Schränke füllen werden, sie werden sich an euren hübschen Blusen, euren Nachthemdchen, euren Strümpfen und euren Röckchen rächen; noch bevor euer Körper von der Erde begraben ist, wird er unter Stoff begraben, der immer schwerer wird, euer Schmollmund wird bald niemanden mehr reizen. Ich hasse sie. Ich darf nicht mehr hinausgehen, weil es mich wahnsinnig macht, sie so frisch und neu zu sehen. Gestern lief ich hinter einer sich wiegenden Silhouette her, ein Bus raste vorbei: Am liebsten hätte ich sie unter die Räder geschubst, und das passiert mir nicht zum ersten Mal. Macht Ihre das auch? Rasiert sich Ihre Frau?

VITTORIO
Lassen Sie meine Frau aus dem Spiel, Alicia.

ALICIA
Ich habe mich gestern Abend auch rasiert, natürlich die Geschlechtsgegend, davon spreche ich, also das, was mir da bleibt. Ich würde alles geben, um noch mal ein dickes, dichtes Haarbüschel zu bekommen, stattdessen sind nur ein paar einzelne gräuliche Haare in die Badewanne gefallen. Selbst der Mantel der Nacht kann mich nicht mehr täuschen, nicht mal flackernder Kerzenschein kann meinem Körper oder meinem Geschlecht noch einen erotischen Reiz verleihen, es scheint auch zu fallen, es hängt, meine Schamlippen sind ganz weich, wie die kleinen Schwestern der dünnen Zöpfchen, die ich mir an den Seiten geflochten hatte,

wie zwei Ohrläppchen, die mir auf die Möse gefallen sind, und meine Klitoris, o Gott!, das müssten Sie sehen ... Ich habe ein Foto gemacht ... wollen Sie es sehen?

[Herumkramen in einer Handtasche]

VITTORIO
Hören Sie auf, Alicia, nein, ich will kein Foto sehen.

ALICIA
Das war ein Scherz, ich habe kein Foto gemacht ... Sie haben einen Schreck bekommen, was? Sie müssten Ihr Gesicht sehen, na bitte, endlich ekle ich Sie an, aber ich muss nun mal mit jemandem darüber sprechen, alles wird kleiner, bis auf meinen Durchblick, der wächst. Es ist so ungerecht. Mag Ihre Frau Tango? Ich habe das Stück im Wohnzimmer nicht erkannt, ein schönes Lied, tanzt sie? Ich auch, früher war ich ganz gut, aber wenn ich jetzt tanze, fühle ich mich wie verkleidet, ich höre, wie mich mein Körper anfleht aufzuhören: »Hör auf, sag ich dir, du siehst doch, dass ich überhaupt keine Anmut mehr habe, begreifst du denn gar nichts, Alte? Dein Platz, mein Platz ist fortan da in der Ecke, auf diesem Stuhl, in Zukunft werden nur noch die Stühle unseren Arsch ertragen, der Tanz, meine Alte, ist wie die Männer, er taugt nur für junge Mädchen.« Hätte ich mich bloß von allen lieben lassen, die mich irgendwann mal begehrt haben, dann könnte ich mich wenigstens mit dem Reichtum meiner zahlreichen Erinnerungen trösten, ficken, ficken, mein Kopf wäre voll vom Ficken. Dann wäre die Leere in meiner Möse gar nicht so schlimm. Vielleicht würden Erinnerungen genügen, um sie auszufüllen.

VITTORIO
Sie sind nicht alt, Alicia, hören Sie auf damit, Sie haben noch schöne Jahre vor sich.

ALICIA
Das ist ja das Problem. Was soll ich damit anfangen?

VITTORIO
Man kann viele Sachen machen auf Erden.

ALICIA
»Man kann viele Sachen machen auf Erden«, da bin ich aber Besseres von Ihnen gewöhnt. Nein, es gibt nicht »viele Sachen zu machen auf Erden«. Nur Kinder kann man »machen auf Erden«. Ein langes Leben ist für Frauen das schlimmste Drama, man gewährt uns einen Aufschub, in dem man uns alles wegnimmt, einen Aufschub, der uns in Brei verwandelt. Der Fortschritt ist das beste Folterinstrument für Frauen, früher starb man wenigstens, ohne das alles ertragen zu müssen, wie viele Frauen erreichten die Menopause? Welche musste es als Erste ausbaden? Frauen müssen lernen, zu leben, ohne fruchtbar zu sein, das ist ein Widerspruch. Die Frauen werden Eunuchen. Eine natürliche Vermännlichung. Und der Verschleiß des sexuellen Verlangens, weil die Sexualität der Zeugung dient, denn man kann noch so oft behaupten, Sexualität habe nichts mit Kinderzeugung zu tun, es stimmt nicht, keine Menstruation mehr, kein Sex mehr, Eingang gesperrt, danach ist alles trocken, kein Platz mehr für gar nichts. Muss man sich also jahrelang als wandelnde Leiche weiter ertragen? Ist es so? Während die Männer ihr ganzes Leben lang zeugungsfähig bleiben. Wie soll man unter diesen Bedingungen die Gleichheit

von Mann und Frau fordern, wir haben doch von vornherein verloren! Kann man den Männern vorwerfen, dass sie dahin gehen, wo Frauen sich fortpflanzen können, dahin, wo ihr Sperma zu etwas gut ist? Das ist ein Atavismus, das ist nicht einmal wirklich ihre Schuld, der reine Fortpflanzungsinstinkt. Man kann ihnen keinen Vorwurf machen, sie können nichts dafür, das ist wieder eine Frage der Natur, sie führt uns an der Nase rum, sie ist Gott und niemand anders. Das Leben ist uns böse, anders kann es nicht sein, und keine Feministin wird dagegen ankommen. Die Welt gehört den Männern und den jungen Frauen.

VITTORIO
Die Männer stehen vor anderen Problemen, Alicia, vor einem anderen Welken.

ALICIA
Ach, endlich angemessene Worte, Sie fingen schon an, mich zu enttäuschen. »Welken«, Sie meinen »schlappen Pimmel«, ja? Merken Sie, es gibt nicht mal einen wissenschaftlichen Begriff, wenn die Realität weniger präsent ist. Und wenn, selbst das ändert nichts, schlapper Pimmel hin oder her, Sie können noch. Warum können Männer bis zu ihrem Tod Kinder zeugen, und warum ist uns dieses Recht schon Jahre vorher entzogen? Warum hört es nicht für alle gleichzeitig auf? Ist nicht die schlimmste Strafe, der Frau den Sinn ihres Daseins zu entziehen? Darauf haben Sie keine Antwort, nicht wahr? Euthanasie für unfruchtbar gewordene Frauen schiene mir eine gute Lösung. In ihrem eigenen Interesse. Ein Jahr ohne Regel, und hopp, ab zum Schlachthof. Und um sie zu überzeugen, sollte man ihnen einen Film vorführen, in dem man das Erektionsvermögen

ihres Liebsten, Gatten, Lebensgefährten bei zwei Kategorien von Frauen messen würde, bei Jungen und bei Alten. Dann würden sie ihr Glas mit tödlichem Gift gierig runterkippen, die Kehle ausgedörrt vom Bild dieses Penis, den sie schon so lange nicht mehr so steif gesehen haben. Man wüsste nicht, warum, aber die Frauen würden verschwinden, zwei Fliegen mit einer Klappe, man würde ihrem Unglück ein Ende setzen und die Überalterung der Bevölkerung reduzieren, die bekanntlich zur Plage des Planeten wird. Die Wölfe töten die kranken Mitglieder des Rudels, wussten Sie das? Wir sollten es ihnen nachmachen, wir sollten uns vom Verhalten der Tiere inspirieren lassen, sie haben mehr Verstand als wir. Also, wie wollen Sie mich jetzt aufrichten? Eine kleine Erektion? Das kriegen Sie nicht hin, stimmt's? Ich kann Sie so gut verstehen. Mein Körper widert mich an. Warum sollte er es bei anderen nicht tun? Entschuldigung.

VITTORIO
Das macht nichts.

ALICIA
Ich habe schon lange nicht mehr hier geweint.

VITTORIO
Das stimmt.

ALICIA
Frauen besitzen viermal mehr Tränen als Männer, wussten Sie das? Das hat die Natur so eingerichtet, damit klar ist, welchem Geschlecht sie den Kummer zugedacht hat.

VITTORIO
Der Kummer ist nicht nur das Schicksal der Frauen, das wissen Sie genau.

ALICIA
Das sage ich gar nicht, ich sage nur, dass unser Leid in der Menge der Tränen vorausbestimmt ist, die die Natur uns zur Verfügung stellt, es ist viermal so groß wie das der Männer.

VITTORIO
Das ist Unsinn.

ALICIA
Nein, das steht in den Büchern, wenn Sie wüssten, wie viel ich jetzt lese. Ein Buch kannst du festhalten, einen Mann nicht. Dann sagen Sie mir mal, wodurch man die Liebe ersetzen kann, wenn man sie nicht mehr im anderen weckt, nicht durch die Kinder, die verschwinden auch, denken Sie an Juan, er ist weggegangen. Anscheinend verlassen uns alle gleichzeitig, die Männer und die Kinder, und ich weiß immer noch nicht, warum Luis mich verlassen hat. »Ich werfe dir nichts vor, es ist einfach vorbei.« Er hat nicht mal den Mut gehabt, den Grund zuzugeben: »Du bist mir zu alt. Du hast nichts mehr mit der jungen Frau auf unserem Hochzeitsfoto gemeinsam.« Aber er hat auch nichts mehr von dem jungen Mann auf diesem Foto, trotzdem gefällt er den Frauen immer noch. Angeblich empfindet ein Mann eine Frau als alt, sobald sie das Alter überschreitet, das seine Mutter hatte, als er ein Halbwüchsiger war, ich bin sicher, das wussten Sie auch nicht. Mein Ex-Mann hat sich gehütet, mir zu sagen, dass er jetzt mit einer Dreißigjährigen zu-

sammen ist, aber ich weiß es, Juan hat es mir gesagt, Juan ist der Meinung, dass ich das Recht habe, es zu wissen, mein lieber Junge, der mich nur einmal im Monat besucht, und dann nur, um mir solche Nachrichten zu verkünden, sein Vater hat sich eine Dreißigjährige geangelt, ich hätte das Recht, es zu erfahren!, verkündet er. Er hat mich nicht gefragt, ob ich es wissen möchte, aber das ist kein böser Wille, sondern Naivität. Können wirklich nur junge Frauen den Männern die Köpfe verdrehen? Sagen Sie es mir! Aber natürlich sind Sie der Falsche, um mich vom Gegenteil zu überzeugen. Sie mit Ihrer jungen Frau.

VITTORIO
Ich verstehe vor allem, dass Sie die Trennung von Ihrem Ex-Mann noch nicht verwunden haben, das ist der wahre Gegenstand unseres Gespräches, Ihr Ex-Mann lebt mit einer anderen Frau zusammen, ja? Und sie ist dreißig Jahre alt. Antworten Sie mir, Alicia, hat Ihr Ex-Mann eine andere Frau?

ALICIA
Das Einzige, womit ich Luis durcheinanderbringen könnte, wäre, irgendwas Abscheuliches zu machen, zum Beispiel seiner neuen Verlobten etwas anzutun, das habe ich ihm gestern angedroht, und er hat geantwortet: »Wenn du ihr auch nur ein Haar krümmst, mach ich dich kalt.« Das ist das Einzige, was ihn bei mir noch heißmacht. »Irgendwann werden die blonden, braunen oder roten Haare, die du mit solcher Leidenschaft und Bewunderung streichelst, auch mal weiß, mein Alter, es bleibt ihr nicht erspart, da kannst du noch so viel streicheln, das wird das Weiß nicht aufhalten, und denk daran, beim nächsten Mal genauer hinzu-

schauen, vielleicht ist das Übel schon im Anmarsch, schieb ihre Haare auseinander anstatt ihrer Beine, und sieh genau hin.« Und wissen Sie, was er mir geantwortet hat? Darin zeigt sich sein ganzer Egoismus: »Dann bin ich nicht mehr da, um es zu sehen.« Dasselbe gilt für das Kind, er wird nicht da sein, um es aufwachsen zu sehen, aber das ist ihm schnuppe, er …

VITTORIO
Moment, Moment, Alicia, von welchem Kind sprechen Sie da? Welches Kind wird Ihr Mann nicht aufwachsen sehen?

ALICIA
Von dem, das er seiner Hure gemacht hat. Einfach so, wie ein Weihnachtsgeschenk. Juan bekommt ein Brüderchen oder ein Schwesterchen, und ich habe damit nichts zu tun, können Sie sich das vorstellen?

VITTORIO
Das tut mir leid, Alicia, wirklich leid. Es ist ungerecht, das stimmt. Aber das Leben ist nun mal so, man kann viele Dinge beeinflussen, aber bestimmte Elemente sind starr, festgelegt, man kann sie nicht ändern. Versuchen Sie doch, die Dinge unter einem positiven Blickwinkel zu betrachten, Ihr Sohn wird bestimmt mit seiner Frau Kinder haben, und Sie werden sehen, wie glücklich Sie das machen wird, Sie werden sich um die Kleinen kümmern, und …

ALICIA
Begreifen Sie denn gar nichts? Ich will nicht Großmutter sein, ich will noch Mutter sein können! Anscheinend ist Ihnen die Bedeutung der Mutterschaft für eine Frau nicht klar.

VITTORIO
Doch, sie ist mir klar.

ALICIA
Nein, sie ist Ihnen nicht klar. Sie haben von Anfang an keinerlei Anteilnahme gezeigt. Ich merke doch, dass Sie nichts empfinden, Sie sind distanziert. Sie wollen doch mit Ihrer Frau Kinder haben, oder? Ist sie auch schwanger? Deswegen sind Sie so betreten …

VITTORIO
Meine Frau ist nicht schwanger, sie will kein Kind.

ALICIA
Das ist unmöglich, dieser Satz klingt wie die »dunkle Helligkeit« des Dichters, das gibt es nicht, eine Frau, die kein Kind will … das ist …

VITTORIO
Alicia, Sie irren sich, das gibt es.

ALICIA
Nein, das gibt es nicht, und ich würde mir an Ihrer Stelle Sorgen machen, Ihre Frau verbirgt etwas vor Ihnen, Sie sollten …

VITTORIO
Meiner Frau geht es sehr gut, Alicia, vielen Dank, Sie sind nicht der Maßstab des weiblichen Geschlechts, übrigens sollten Sie aufhören, von »wir« zu sprechen, sagen Sie doch besser »ich«, das ist weniger bequem, aber zutreffender, sonst haben Sie das Gefühl, kollektive Tränen zu vergie-

ßen, eine Sache zu vertreten, »die Frauen«, das klingt geradezu, als setzten Sie sich für die Menschenrechte ein. Aber ich erlaube mir, Ihnen eins zu sagen: Sie weinen nur um sich selbst, Ihre Tränen gehören Ihnen und sind kein Symbol für irgendjemand anderen außer Ihnen. Zahllose Frauen in Ihrem Alter sind glücklich, nicht alle denken so wie Sie, hören Sie auf, sich das einzureden, Sie versuchen, Ihren Zorn durch eine Vielzahl zu rechtfertigen, dabei geht es um Ihren Zorn, Ihren ureigensten Kummer, ich wiederhole: Zahllose Frauen in Ihrem Alter sind glücklich, Sie machen einen großen Schritt nach vorn, wenn Sie das begreifen. Das Leben bleibt nicht stehen, Alicia, wer den Lauf des Lebens aufhalten will, bleibt immer Verlierer, mir tut leid, was Ihnen passiert ist, aber es ist nur eine schlechte Phase, die Sie überstehen müssen, Sie haben das Gefühl, dass für Ihren Ex-Mann alles möglich ist und für Sie gar nichts mehr, aber das renkt sich wieder ein, Sie müssen nur ein bisschen Geduld haben. Sie ergehen sich in ihrer Niedergeschlagenheit und Verbitterung. Sehen Sie lieber der Realität ins Auge, nicht alle Frauen langweilen sich so wie Sie. Verzeihen Sie, Alicia, aber Sie brauchen nicht Ihr Kind zu verlieren, um die Langeweile loszuwerden, sondern sollten lieber Ihr Geld unter die Leute bringen.

ALICIA
Sie haben recht, es wird Zeit, dass ich meine Sitzung bezahle, aber darauf hätten Sie mich auf eine feinere Art aufmerksam machen können.

VITTORIO
Das wollte ich Ihnen nicht damit sagen.

ALICIA
Natürlich wollten Sie das!

VITTORIO
Sie irren sich, Alicia.

ALICIA
Ich habe mich ganz sicher geirrt. Ich hätte dieses Gespräch niemals mit Ihnen, mit einem Mann, führen sollen. Ich hätte früher darauf kommen müssen. Man sollte sich immer einen Analytiker des eigenen Geschlechts suchen.

Eva Maria betrachtet sich im Spiegel. Sie beugt sich vor. Fährt sich mit den Händen über das Gesicht. Ihre Tochter hatte ihre Nase und ihre Augen, nicht die Farbe, aber die Form. Stella hatte auch dieses Grübchen im Kinn. Ein Bett für einen Kischkern. An sich selbst hat Eva Maria es nie gemocht, bei Stella fand sie es hübsch und niedlich, als sie ein Kind war, schön, als sie heranwuchs. Paradox der Mütterlichkeit: Heute ist dieses Grübchen das, was Eva Maria in ihrem eigenen Gesicht am besten gefällt. Eva Maria geht noch dichter an den Spiegel heran. Ihre Finger wandern über ihre Wangen, den Hals. Die Haut wird welk, das stimmt. Seit Jahren hat sie sich nie im Spiegel angeschaut. Sie hat sich selbst nicht mehr gesehen. Eva Maria legt beide Hände auf den Waschbeckenrand. Sie lässt sich nicht aus den Augen. Sie öffnet die Spiegeltür des Badezimmerschranks. Holt eine kleine weiße Tasche heraus. Ein wenig vergilbt von der Zeit. Sie nimmt ihre Wimperntusche. Versucht, sich die Wimpern zu tuschen. Die Gewohnheit zu weinen hat die Gewohnheit, sich zu schminken, vertrieben. Die Paste ist vertrocknet. Eva Maria verzichtet. Nicht ganz. Sie trägt ein wenig Lippenstift auf. Betrachtet sich im Spiegel. Ausnahmsweise betrachtet sie nicht ihr Grübchen. Auch nicht ihre Nase. Und auch nicht die Form ihrer Augen. Trotzdem würdigt sie das Ergebnis nicht, verzieht nicht den Mund, lächelt nicht. Man kann beim ersten Mal nicht alles schaffen. Eva Maria schließt die kleine weiße Tasche. Ein wenig vergilbt von der Zeit. Sie lauscht dem Geräusch des Reißverschlusses. Ihre Augen ohne Wimperntusche glänzen. Eva Maria ist mit Vittorio verabredet. Er wird staunen, was sie gefunden hat.

»Ich hätte früher darauf kommen müssen. Man sollte sich immer einen Analytiker des eigenen Geschlechts suchen.«

Eva Maria schmettert diese letzten Sätze. Mit Nachdruck. Wie eine schlechte Schauspielerin, die übertreibt, obwohl der Text für sich spricht. Eva Maria hat einen trockenen Mund vom Vorlesen. Der Lippenstift ist nicht mehr zu sehen. Von den Worten aufgegessen. Sie sammelt die maschinengeschriebenen Blätter ein. Sieht Vittorio auf der anderen Seite des Tisches an. Wie ein Kind, das auf Lob wartet. Vittorio lächelt unwillkürlich. Reine Nervensache.

»Alicia ist eine verzweifelte Frau. Keine Mörderin.«

»Ist töten nicht der Höhepunkt der Verzweiflung?«

Vittorio schüttelt den Kopf.

»Nicht immer. Und schon gar nicht im Fall von Alicia.«

Eva Maria richtet sich auf.

»Sie redet aber unentwegt von ihrem Hass auf junge Frauen und auch unentwegt von Ihrer Frau. Diese letzte Sitzung zeigt doch ganz deutlich, wozu sie fähig ist.«

»Bei dieser Sitzung hat Alicia Lisandra zum Vorwand genommen, um alles auszusprechen, was sie mir sagen musste. Aber mit Lisandra selbst hatte Alicia absolut nichts zu tun, glauben Sie mir. Ich verstehe allerdings, dass diese Kassette Sie erschüttert hat, sie spricht gewissermaßen von Ihnen, von den Müttern der Plaza de Mayo, vom Verlust eines Kindes …«

Eva Maria beugt sich vor.

»Aber vielleicht war diese Fokussierung gar nicht so zufällig, wie Sie gerne denken würden! Vielleicht hatte sie beschlossen, sich an Ihnen zu rächen. Weil sie sich als Opfer der Männer sieht. In einem Anfall von Wahnsinn. Vielleicht hat sie beschlossen, das Symbol für das Drama ihres Lebens anzugreifen, indem sie Ihre Frau angriff, die so jung war, jedenfalls bedeutend jünger als Sie? Sie sagt selbst, dass sie töten könnte.«

Vittorio lächelt, dieses Mal unverhohlen.

»Nicht alle Menschen, die behaupten, dass sie töten können, töten auch.«

»Vittorio, hören Sie auf zu lachen, diese Frau ist gewalttätig, Sie erinnern sich wohl nicht an den Ton ihrer Stimme? Mich schauderte, als ich die Kassette abgeschrieben habe.«

»Die Stimme trügt. Wenn Sie Alicia kennen würden, hätten Sie das nicht gesagt, sie ist ein ganz kleines Ding.«

»Na und? Auch ganz kleine Dinger können töten, sogar die ›alten kleinen Dinger‹, sie war furchtbar wütend auf Sie, als sie gegangen ist. Sie sind sich anscheinend nicht darüber im Klaren, in welchem Zustand Sie diese Frau verlassen haben, Sie haben ihr nicht einmal ein tröstliches Wort gesagt, um die Situation zu entschärfen.«

Vittorio trommelt auf der Tischkante herum.

»Ich habe sie in keinem Zustand verlassen, sie ist in diesem Zustand weggegangen, und wie eine Sitzung endet, ist niemals Zufall, der Patient kommt dahin, wohin er kommen sollte. Im Sprechzimmer eines Therapeuten gibt es keinen Zufall, da ist alles eine Geschichte von Willen oder, wenn Sie wollen, von Unbewusstem, und das ist gut so, auch wenn der Patient wütend weggeht. Wenn Sie wüssten, wie oft ich das erlebt habe.«

Vittorio hört auf, auf der Tischkante zu trommeln.

»Natürlich, sogar mit Ihnen.«

Eva Maria rutscht zurück.

»Mit mir?«

»Ja, erinnern Sie sich … an dem Tag, wo wir uns über Ihren Sohn gestritten haben, als ich Ihnen sagte, dass Sie sich nicht genug um ihn kümmern, dass Sie ihn zu sehr vernachlässigen. Die Sitzung war absolut mit Alicias vergleichbar, erinnern Sie sich nicht?«

Eva Maria senkt den Kopf. Ein Schleier legt sich über ihre Augen. Vittorio fährt fort.

»Alicia wäre wiedergekommen, wissen Sie, sie hat Zeit vergehen lassen, das stimmt, aber sie wäre wiedergekommen. Solche Pausen sind bei einer Analyse häufig von Vorteil, glauben Sie mir.«

»Liegt diese Sitzung denn schon lange zurück?«

»Ich weiß nicht mehr … etwa zwei Monate.«

»Sehen Sie, ich habe recht! Ich bin sicher, irgendwas stimmt da nicht, ich sage es Ihnen, diese Frau war zum Äußersten bereit. Vielleicht war sie in Sie verliebt?«

»Nicht doch, wie oft muss ich es Ihnen noch sagen? Diese Sitzung war einfach sehr belastend, sehr peinlich für sie, und Alicia schämt sich sicher bis heute sehr über das, was sie mir erzählt hat, aber das ist alles, Alicia hat nichts mit dem Mord an Lisandra zu tun. Ist das alles, was Sie gefunden haben? Haben Sie alle Kassetten angehört?«

Eva Maria tut so, als würde sie die bereits sortierten Seiten ordnen. Sie starrt die Falten auf ihren Händen an. Sieht sie so wie noch nie zuvor. Glaubt sogar zwei braune Flecken zu erkennen.

»Und Sie haben sie nicht einmal angerufen, als sie in der Woche darauf nicht wiederkam?«

»Das widerspricht dem Berufsethos.«

»Ich dachte, man darf dieses Ethos nicht allzu streng sehen? An Ihren Aufnahmen hat es Sie jedenfalls nicht gehindert. Aber die Regeln für eine arme Frau zu übertreten, die mit ihrem rasanten Altern hadert, das fällt Ihnen nicht ein, nicht mal ein kleiner Telefonanruf? Und wenn sie sich das Leben genommen hätte, haben Sie daran gedacht? Sie enttäuschen mich.«

Vittorio antwortet nicht sofort. Er schaut Eva Maria an.

»Ich *enttäusche* Sie. Hören Sie, was Sie da sagen? Sie klingen genau wie Alicia. Bei einer Analyse darf man sich nicht mit dem Unglück oder der Verzweiflung eines Patienten identifizieren, so wie Sie jetzt. Dabei liegt es auf der Hand, dass diese Frau nicht mir, sondern dem Leben in seinem wichtigsten Bestandteil, der Natur, grollt, das wiederholt sie oft genug, oder? Nichts könnte sie aufrichten oder sie mit sich selbst aussöhnen, außer wenn sie eines Tages als Zwanzigjährige aufwachen und im Spiegel ihr Gesicht von einst sehen würde, und da, tut mir leid, wenn ich Sie *enttäusche*, da bin ich machtlos. Was sollte ich denn für sie tun? Los, zeigen Sie mir eine Lösung! Ich bin gespannt. Was hätte ich für Alicia tun sollen?«

Eva Maria senkt den Kopf. Sie schweigt. Vittorio legt beide Hände auf den Tisch. Er beugt sich vor.

»Hätte ich vielleicht mit ihr schlafen sollen? Sie bei jeder Sitzung bumsen, um ihr ein bisschen von ihrer Weiblichkeit zurückzugeben, damit sie ihr Selbstvertrauen wiedererlangt? Und auch gleich auf mein Honorar verzichten, damit sie nicht denkt, dass ich für Geld mit ihr schlafe, sondern aus reiner Lust? Das reicht! Mir ist nicht danach, Stammtischanalyse zu betreiben, wir sind hier im Gefängnis, genauer gesagt, *ich* bin im Gefängnis, und auf die Gefahr hin, abfällig zu klingen, ein Gefängnis ist nicht ganz so naturgegeben wie das Alter. Diese Unterhaltung hat keinen Sinn. Erst verteidigen Sie Alicia, und dann greifen Sie mich auch noch an. Sie greifen mich an, weil ich Sie an etwas erinnert habe.«

»Sie haben mich an gar nichts erinnert!«

»Doch. Ich habe von Ihrem Sohn gesprochen. Und das vertragen Sie nicht. Aber das ist nichts Neues. Es war mein Fehler, Sie in diese Geschichte hineinzuziehen, Sie sind zu empfindlich, Sie können mir nicht helfen, niemand kann mir helfen, ich sitze in der Falle.«

Vittorio hebt die Hand, um dem Wächter zu winken. Eva stoppt die Bewegung.

»Entschuldigen Sie, Vittorio, Verzeihung, bleiben Sie, Sie haben recht, Alicia hat Ihre Frau nicht getötet, wenn Sie es sagen, Sie kennen sie besser als ich, ich weiß nicht, was mir eingefallen ist, entschuldigen Sie. Aber ich habe nichts anderes gefunden, überhaupt nichts, und ich habe schon mehr als die Hälfte der Kassetten abgehört. Und als ich dann diese Kassette hörte, dachte ich, ich hab's, ich dachte, ich hätte eine Spur gefunden, die Sie hier rausholen könnte, entschuldigen Sie, Vittorio.«

»Mehr als die Hälfte der Kassetten.« Vittorio sinkt auf seinem Stuhl zusammen. Sein Rücken wölbt sich.

»Ich muss mich entschuldigen. Ich hätte mich nicht derart über Sie aufregen sollen, aber ich habe heute zu viele schlechte Nachrichten bekommen. Ich bin am Ende. Sie müssen mir glauben, Alicia hat nichts mit Lisandras Tod zu tun, aber ich verstehe, weshalb Sie sie verdächtigt haben, an Ihrer Stelle hätte ich sicher auch so reagiert wie Sie.«

»Dann sagen Sie es doch der Polizei. Was ich vermutet habe, werden die auch glauben, es gibt genug Indizien, die gegen Alicia sprechen: dass sich der Streit zwischen Ihnen um Ihre Frau entspann, dass sie immer wieder auf sie zurückkam, Ihnen ihretwegen Vorwürfe machte. Die Polizisten werden sie verhören, und auch wenn sie es nicht war, wenn schon nach den ersten Fragen ihre Unschuld offensichtlich wird, kommen sie endlich darauf, woanders zu suchen. Lehren Sie sie Ihre Unschuld, Vittorio, indem Sie die Schuld einer anderen Person suggerieren, auch wenn Sie nicht daran glauben, ich bitte Sie, sonst werden sie auf Ihrer Schuld beharren. Da können sie sich auch im Unschuldigen irren und Alicia an Ihrer Stelle einsperren.«

»Reden Sie kein dummes Zeug.«

»Ich übertreibe … aber im Gefängnis hätte diese Frau wenigstens keinen Spiegel mehr, um sich zu betrachten, vielleicht wäre sie glücklicher. Und was haben Sie erfahren? Von welchen schlechten Nachrichten sprechen Sie?«

»Die letzten Ergebnisse der Autopsie sind eingetroffen: Lisandra ist an den Folgen ihres Sturzes gestorben. Auf der Stelle. Als Erstes trafen ihre Füße auf den Boden. So heftig, dass die hohen Absätze ihrer Schuhe ihre Sprunggelenke durchbohrten. Ihre Oberschenkelknochen brachen. Ihr Körper prallte vom Boden ab, und dann knallte der hintere Teil ihres Schädels auf den Asphalt. Schädelbasisbruch. Innere Blutungen. Die Autopsie zeigt keinerlei Kampfspuren. Keine Würgemale. Weder Kratzer noch blaue Flecke. Niemand hat sie geschlagen. Zumindest nicht so, dass Spuren zurückgeblieben wären. Die Blutuntersuchungen weisen keine Anomalien auf. Keine Spur von Alkohol, Drogen oder Medikamenten. Aber vor allem, und da ist der Bericht eindeutig: Lisandra ist nicht vergewaltigt worden. Ich war so erleichtert, als mein Anwalt mir das gesagt hat, ich war den Gedanken nicht mehr losgeworden, dass sie das durchgemacht hatte, die Vorstellung versetzte mich in Angst und Schrecken, ich hätte es nicht ertragen. Aber während ich mich wenigstens diesbezüglich beruhigte, flüsterte mir der Anwalt zu, dass sei keine gute Nachricht. Er fragte, ob ich denn nicht begreifen würde, was das für mich bedeute?«

»Vittorio, besinnen Sie sich. Hören Sie auf, so zu denken, als wären Sie draußen, in Freiheit, Sie müssen so denken wie die Ermittler. Die Frage, die *sie* stellen, ist sehr einfach: ›Wer kann töten, ohne zu vergewaltigen?‹ Natürlich viele Leute. Aber wer speziell? Wer am ehesten? Ein *Ehemann* natürlich. Logisch, ein Ehemann hätte sich nicht mit Gewalt genommen, was er haben konnte, wann er wollte. Und außerdem hat ein Ehemann, der seine Frau tötet, wahrscheinlich keine große Lust mehr auf sie. Die Ergebnisse der Autopsie erhärten ihren Verdacht. Das Netz um Sie zieht sich enger zusammen. Sie haben keine Beweise, aber in ihrer Logik verwandelt sich alles in Beweise, jedes Detail ihrer Schlussfolgerungen klagt Sie an. Wachen Sie auf, Vittorio, ich bitte Sie, besinnen Sie sich. Bin ich Ihr Anwalt oder nicht? Sie müssen mir vertrauen.«

»Ich komme da nie wieder raus. Hätten sie bei Lisandra mein Sperma gefunden, hätten sie geschlussfolgert, die Tatsache, dass man gerade mit seiner Frau geschlafen hat, beweise nicht, dass man sie nicht getötet hat. Ich kann sie förmlich hören, sie hätten eine Version der Tatsachen entwickelt, die abermals gegen mich gesprochen hätte, weil das die einzige Geschichte ist, die sie schreiben wollen, eine Geschichte, in der ich der Schuldige bin, der Mörder. Sie haben mich schon fast so weit gebracht, zu bedauern, dass Lisandra nicht vergewaltigt wurde, dass man kein Sperma eines anderen in ihr gefunden hat, dann hätte ich wenigstens meine Ruhe gehabt, nein, nicht Ruhe, das meine ich nicht, sondern Entlastung, zwangsläufig Ent-las-tung. Ich bin schon so weit, mir vorzustellen, wie ich Lisandra getötet hätte, ihnen sagen zu wollen, dass ich meine Frau niemals aus dem Fenster gestoßen hätte … Ich hätte sie vielleicht vergiftet … Oder weiß Gott was, ich hätte einen Autounfall inszeniert … Auf alle Fälle hätte ich dafür gesorgt, ein wasserdichtes Alibi zu haben … Ich wäre niemals am Tatort gewesen, so dumm und einfältig bin ich nicht, ich bin intelligenter, als sie glauben, ich hätte Sachen verschwinden lassen, um einen Raubüberfall vorzutäuschen … Aber auf jeden Fall hätte ich mich nicht auf frischer Tat ertappen lassen …«

»Vittorio, darf ich Sie unterbrechen? Sie sprechen von Mord, die Polizei spricht von Totschlag. Und bei Totschlag ist nichts vorsätzlich. Das lässt allen Raum für Wahnsinn, Ungeschicklichkeit, Fahrlässigkeit und alles, was häufig zu einer offensichtlichen und unvertretbaren Schuldhaftigkeit führt, genau das wirft man Ihnen vor: *Totschlag*. Nicht mehr und nicht weniger. Ein Streit, der tragisch geendet hat. Warum haben Sie mir nicht gesagt, dass Sie sich an dem Abend mit Ihrer Frau gestritten haben?«

»Wovon sprechen Sie?«

»Oder behaupten Sie, Ihre Nachbarin hätte gelogen? Ich frage Sie noch mal: Warum haben Sie mir nicht gesagt, dass Sie sich mit Ihrer Frau gestritten haben?«

»Ich hielt das nicht für wichtig.«

»Sie hielten das nicht für wichtig? Dass Sie sich an dem Abend, als Ihre Frau starb, mit ihr gestritten haben? Also, Sie haben die Wahl, entweder sagen Sie mir, was sich an dem Abend wirklich zwischen Ihrer Frau und Ihnen abgespielt hat, oder ich sage Ihnen geradeheraus: Wechseln Sie

Ihren Anwalt, das wird besser für Sie sein. Und auch für mich, ich verschwende nicht gerne meine Zeit.«

»Können Sie sich vorstellen, wie ich mich fühle, weil mein Leben mit Lisandra im Streit zu Ende gegangen ist? Mein schlechtes Gewissen, einfach so weggegangen zu sein! Ich ertrage es nicht, aber es stimmt. Je weniger ich an diesen Streit denke, desto besser fühle ich mich.«

»Jetzt werden Sie wohl oder übel daran denken müssen. Man kann sich seine Nachbarinnen nicht aussuchen.«

»Dieses Miststück … bei der wundert mich das nicht, für sie war das bestimmt ein Riesending, echte Polizisten, eine richtige Leiche – mal was anderes als die kleinen Alltagsvergehen, wenn jemand Müll im Treppenhaus liegen lässt oder der Kinderwagen aus dem Zweiten immer wieder in der Eingangshalle rumsteht, eine Leiche, sie hat bestimmt ihre ganze Energie, ihre ganze Boshaftigkeit da reingesteckt, dieses hinterhältige Weib, eine Zeugin, die nur belastet, die nur Dreck auskippen kann, den Dreck, den sie erfindet, damit ihr widerliches Weltbild stimmt. Was hat sie denn gesagt? Was hat sie gehört, als sie ihr verfluchtes Ohr an die Wand gepresst hat?«

»Kehren Sie die Frage nicht um, mich interessiert Ihre Darstellung: Noch einmal, Vittorio, warum haben Sie sich mit Ihrer Frau gestritten?«

»Wegen irgendwelcher Kleinigkeiten.«

»Ich nehme an, dass sich die Ermittler mit dieser Antwort nicht zufriedengeben werden.«

»Mir war nicht aufgefallen, dass sie ein neues Kleid trug, mir fiel gar nichts mehr auf, behauptete sie, ich schaute sie nicht mehr an, ich liebte sie nicht mehr, darum haben wir uns gestritten, reicht Ihnen das?«

»Stimmt es denn?«

»Dass mir nicht aufgefallen war, dass sie ein neues Kleid trug, stimmt, das andere nicht, natürlich nicht.«

»Sind Sie deswegen ins Kino gegangen? Um dem Streit zu entfliehen?«

»Nein, ich wollte gerade gehen, als Lisandra anfing, mir Vorwürfe zu machen.«

»Ihre Nachbarin sagt, dass Sie sich oft gestritten haben.«

»Meine Nachbarin sucht überall Beweise dafür, dass das Leben der anderen ebenso gescheitert ist wie ihr eigenes. Was soll ich Ihnen denn sagen? Diese Frau ist ein Giftzwerg, ich musste immer über ihre Verleumdungen lachen, ich hätte nie gedacht, dass sie sich eines Tages gegen mich richten würden. Ein Lästermaul unter Millionen auf dieser Erde, eine Hysterikerin. Jedes Mal, wenn Lisandra und ich miteinander schliefen, hämmerte diese Verrückte an die Wand, geradeso als würde sie uns von Zimmer zu Zimmer verfolgen, als würde sie sich in ihrer Wohnung parallel zu uns bewegen, sie hämmerte und hämmerte, als wollte sie uns für unsere Liebe töten, aber das hat sie natürlich nicht gesagt, denn das wäre der Beweis dafür gewesen, dass wir uns liebten – wobei die Ermittler prompt verkündet hätten, dass eine Menge Leute miteinander schlafen, ohne sich zu lieben.«

»Ich kann Sie beruhigen, sie hat es erwähnt, aber in einer etwas anderen Version.«

»Ach ja?«

»Sie sagt, dass Ihre wiederholten Streitereien ihr wenigstens die – ich zitiere – ›anstößigen Liebesschreie‹, das ›Brüllen brünstiger Tiere‹ ersparten und dass sie alles in allem Ihre Streitereien vorzog, die weniger obszön waren, sie sagt, dass sich Ihr Geschrei seit einigen Monaten auf Hassausbrüche beschränkte und dass keine Schreie anderer Art auf irgendeine Aussöhnung hingedeutet hätte, aber sie hätte natürlich niemals angenommen, dass die Streitereien mit einem Verbrechen enden könnten, sie nahm an, dass Sie zu den zahllosen Paaren gehörten, bei denen sich die Lust am Körper des anderen erschöpft hat und die sich nun hassen, sich gegenseitig zerfleischen, weil sie sich nicht mehr begehren. ›Nach den Schreien des Körpers kommen die Schreie der erschöpften Seele‹, das waren ihre Worte, und ich kann Ihnen versichern, dass ihre Aussage die Ermittler sehr beeindruckt hat.«

»Böse Zungen können auch poetisch sein.«

»Problematisch wird es nur, wenn sie überzeugend sind.«

»Aber wenn man sich mit seiner Frau streitet, bringt man sie deshalb nicht um. Es stimmt, wir haben uns in der letzten Zeit oft gestritten, sie war reizbar, ich war bekümmert, oder umgekehrt, in solchen Momenten weiß man nie, wer schuld ist, man hofft einfach, dass dieser Streit der letzte war und dass die glücklichen Tage wiederkommen, aber Sie müssen doch solche Auseinandersetzungen kennen, ich höre in meiner Praxis jeden Tag mindestens ein Mal davon, und weiß Gott von deftigeren, alle Paare machen so etwas durch, glauben Sie mir.«

»Ich weiß. Aber wenn einer der beiden Partner tot aufgefunden wird, gehört der Streit nicht mehr zum Wesen einer Liebesgeschichte, sondern wird zum Beweisstück.«

»Nur dass ich Lisandra nicht getötet habe, wie es mir diese Wahnsinnigen unterstellen – aber was hat sie an dem Abend noch gehört, meine liebe Nachbarin? Ich hoffe doch, dass Sie ihr die Frage gestellt haben?«

»Natürlich.«

»Und?«

»Nichts. Ihre Aussage ist eindeutig. Sie sagt, dass sie nach Ihrem Streit nichts gehört habe außer lauter Musik, das sei alles, was sie gehört habe, laute Musik.«

»Das kann nicht sein.«

Eva Maria schaut Vittorio an. Vittorio drückt seine Finger gegen die Schläfen.

»Das sind die schlechten Nachrichten des Tages, jetzt verstehen Sie, dass ich mit den Nerven am Ende bin. Sehen Sie mich nicht so an, Eva Maria.«

»Und warum sollte es nicht Ihre Nachbarin gewesen sein, die Lisandra getötet hat? Das wäre die Erklärung dafür, dass sie nicht vergewaltigt worden ist, eine Frau kann eine andere Frau nicht vergewaltigen.«

Vittorio stößt ein bitteres Lachen aus.

»Bei Ihnen merkt man wenigstens, dass Sie auf meiner Seite sind. Leider kann man sich nicht auf jeden stürzen, als wäre er ein potenzieller Mörder, und die Ermittler haben immerhin ihren Job gemacht: Sie hat ein Alibi, ihre Tochter war bei ihr. O nein … sagen Sie jetzt nicht, sie und ihre Tochter könnten sie zusammen umgebracht haben. Wir müssen den Tatsachen ins Gesicht sehen, da hat mein Anwalt recht, alles verbündet sich gegen mich, schrittweise, endgültig, die Umstände, die Zeitabläufe und jetzt die Ergebnisse der Autopsie und die Zeugenaussagen. Ich erwache nachts schweißgebadet mit dem Gefühl, in einem Gewitter eingesperrt zu sein, das nicht aufhört zu donnern, alles läuft aus dem Ruder … Und das Schlimmste ist Lisandras Beerdigung …«

»Was ist mit der Beerdigung?«

»Sie findet morgen statt. Und sie wollen mich nicht hinlassen. Nach dem Gesetz hätte ich nicht das Recht, dabei zu sein. Können Sie sich vorstellen, wie weit sie gehen? Es ist unmöglich, dass man nicht zur Beisetzung der eigenen Frau gehen darf. Sie hat kein Testament gemacht. Sie bekommt die *übliche Behandlung*, die in solchen Fällen angewendet wird, eine Standardmesse, und ich darf nichts sagen, darf um nichts bitten, kein Lied, keinen Text, kein Gebet, auf nichts habe ich Anspruch, sie tun so, als wäre ich ein Schwerverbrecher und würde Lisandras Beisetzung zur Flucht nutzen. Das Einzige, was sie mir zugestehen, ist ein Blumenstrauß. Sie sind bereit, für mich einen Strauß Lilien abzulegen, das waren ihre Lieblingsblumen, die habe ich ihr immer an unserem Jahrestag geschenkt …«

»Was ist los, Vittorio? Ist Ihnen nicht gut?«

»Doch, doch, es geht schon. Ich bin nur erschöpft. Der Kommissar hasst mich, er kann mich nicht riechen, er verhält sich, als wäre es seine Privatangelegenheit – wissen Sie, was er mir ins Gesicht geschleudert hat? Ich könne ja meine Frau ausgraben lassen und eine neue Beerdigung ganz nach meinem Geschmack veranstalten, wenn meine Unschuld bewiesen sei, aber jetzt solle ich mich besser auf meine Verteidigung konzentrieren. Ich kann ihn noch so anflehen, ihm sagen, dass ich bereit bin, mit Eskorte zu gehen, er grinst nur und sagt, ich solle logisch denken, man werde keinen Verdächtigen an der Beisetzung des Opfers teilnehmen lassen, als Psychoanalytiker fehle mir wohl der gesunde Menschenverstand, aber das wundere ihn gar nicht, allen Analytikern fehle der gesunde Menschenverstand.«

Eva Maria ist als Erste da. Sie legt die Lilien auf die Stufen. Die Farbe hat sie selbst ausgewählt. Weiß. Das entspricht ihrer Vorstellung von Lisandra, vielleicht auch vom Tod. Nur wenig Leute sind gekommen. Wahrscheinlich weiß kaum jemand davon, in der Zeitung war nur eine Notiz. Da liegt noch ein Lilienstrauß. Rot. Ganz sicher der von Vittorio. Das entspricht seiner Vorstellung von Lisandra, vielleicht auch von ihrer Liebe. Die Farbe, die er ihr jedes Jahr an ihrem Jahrestag geschenkt hat. Vittorio weiß nicht, dass Eva Maria dort ist. Ein Adjektiv schießt ihr durch den Kopf. *Eigenartig*. Eine von Amts wegen bestellte Kirche. Ein von Amts wegen bestellter Priester. Am Eingang die Polizei in ihrem Wagen mit getönten Scheiben. Eva Maria ist als Erste gekommen. Sie hat sich nach hinten gesetzt. Hat alle reinkommen sehen. An einer Trauerfeier ergötzt man sich nicht wie an einer Hochzeit. Man spricht weder über Kleidung noch über Hüte, die Schönheit der einen oder die Geschmacklosigkeit der anderen. Man kommentiert die Gäste nur für sich selbst. Geladene Gäste gibt es sowieso nicht, es kommt, wer will, wer Bescheid weiß. Eva Maria versucht am Verhalten der Gäste abzulesen, welche Beziehung sie zu der Verstorbenen hatten. Manche Gesichter sind von Trauer gezeichnet, andere undurchdringlich. Das sind wohl Lisandras Eltern, ganz vorne, in Tränen aufgelöst. Aber die anderen? Freunde? Andere Patienten wie sie? Die Nachbarin? Heute dürfte sie das Geschrei nicht sehr stören, vielleicht noch dessen Echo, böse Zungen finden immer einen Anlass. Eva Maria schaut sich diese Ansammlung von Körpern an, alles ausgewachsene Körper. Ihr geht durch den Kopf, dass Kinder bei Begräbnissen fehlen. Eva Maria fühlt sich fremd. Jeder Beliebige kann sich in einen Trauerzug einschleichen, und genau darum ist sie hier, vielleicht ist auch der Mörder da, versteckt zwischen den Verwandten, um bei der letzten Konsequenz seiner Handlung dabei zu sein. Verrückt. Ein unsichtbarer Deus ex Machina. Eva Maria sieht zu, wie alle am Sarg vorbeiziehen. Sie würde sich wünschen, dass über dem Mörder ein rotes Licht aufleuchtet. Ein älteres Paar bleibt lange stehen, sie halten sich an der Hand, sie sind schön. Vielleicht Vittorios Eltern? Eva Maria fragt sich, ob sie jetzt an der Seite ihres Mannes alt werden würde, wenn Stella nicht gestorben wäre. Das Verschwinden ihrer Tochter hatte in schrecklicher Konsequenz das Verschwinden der Liebe nach sich gezogen, jedenfalls ihrer Liebe. Eva Maria blickt auf den »von Amts wegen bestellten« Sarg. Wie bequem und beruhigend er ihr vorkommt, verglichen mit dem Nirgendwo, in dem sich ihr Kind befindet. Stella. Man zähmt den Körper eines Toten, bringt ihn in Ordnung, schminkt ihn, man gibt ihm einen Teil seiner Menschlichkeit wieder, bevor man sie ihm für immer entzieht. Ihre Tochter dagegen musste in der unmenschlichen Verfassung verharren, in der der Tod sie ereilt hat. Eva Maria denkt wie so oft an diejenigen, die von Lava überrascht wurden, an die Männer, Frauen, Kinder, an den Hund, der an seiner Leine zerrt, aber seine Besitzer sind geflüchtet. Alle mitten in der Bewegung überrascht, lebende Statuen, die Lava ihr Sarkophag. Das Wasser ist Stellas Sarkophag. Ein flüssiger Sarkophag, der sie vielleicht sanft wiegt, sie aber nicht wieder hergibt. Bei der Vorstellung, dass ihre Tochter irgendwo in der Tiefe des Rio de la Plata noch die Augen offen hat, schließt Eva Maria ihre eigenen. Mit geschlossenen Augen sieht sie das Bild noch deutlicher, also macht sie sie schnell wieder auf. Die Tränen fließen. Eva Maria gehört zu den Usurpatoren von Begräbnistrauer. Zu denen, die nicht den Toten beweinen, der vor ihnen ruht, sondern den Tod eines anderen, an den er sie erinnert, oder den, vor dem sie sich dabei fürchten. Sie hätte so gerne ihre Tochter beerdigt. Sie fragt sich, was wohl Vittorio, eingesperrt in seiner Zelle, sich in diesem Moment vorstellt. Lisandra, zwischen vier Holzbrettern. Er kann sich nichts vorstellen. Er weiß nicht einmal, wie sie gekleidet ist. Wer hat ihre Kleider ausgewählt? Bestimmt ihre Eltern. Eva Maria ist nicht die Einzige, die an Vittorio denkt. Alle denken an ihn. In der ersten Reihe ist sogar ein Platz leer geblieben, dem Sarg am nächsten. Als würden alle erwarten, ihn hereinkommen zu sehen. Man spürt in der Kirche die Verlegenheit, vielleicht noch mehr als die Trauer. Als würde derjenige fehlen, dem die Trauer am meisten zusteht, Vittorio, der untröstliche Ehemann, der vermeintliche Mörder. Verkehrte Welt. Die Beerdigung einer Toten ist eine Sache, einer Getöteten eine andere. Der Schmerz, nicht zu wissen, wie diejenige gestorben ist, die man beerdigt, stört den Abschied, aber man darf den Abschied niemals stören, sonst findet er nicht statt. Kann sich irgendjemand hier vorstellen, wie Vittorio seine Frau aus dem Fenster stößt? Glaubt irgendjemand hier felsenfest daran? Eva Maria war als Erste da, sie geht als Erste raus. Die Polizisten warten. Sie unterhalten sich, sie lachen. Eva Maria versteckt sich hinter einem Baum. Sie beobachtet den Auszug aus der Kirche. Bei Beerdigungen macht man keine Fotos. Das Geräusch ihres Fotoapparats erinnert an den Ruf eines kranken Vogels. Sie will niemanden verpassen. Eva Maria spürt wieder den Geschmack des Verdachtes, das beklemmende Gefühl, jeder könnte Stella getötet haben. Sie meinte, Lisandra. Sie vermischt. Sie verwechselt. In ihrem Geist überlagern sich die beiden Toten. Die eine, deren Verlust sie so schmerzt, dass sie nicht daran denken möchte, die andere, ohne Schmerz, über die sie stundenlang nachdenken kann. Da ist der Bettler, der am Eingang Geld sammelt, der Bettler, dem sie etwas Kleingeld dafür gegeben hat, dass er allen Frauen mit Handschuhen sagt, dass sie schön sind, man kann nie wissen, wenn Alicia da ist, wird sie glücklich, aufgerichtet, vielleicht ausgesöhnt von dannen ziehen. Und wenn er es war? Dieser Bettler, der Wahnsinnige, der unsichtbare Deus ex Machina, der sich in den Trauerzug einreiht? Eva Maria wünscht sich, dass ein rotes Licht über ihm aufleuchtet. Der Fotoapparat, der an ihrem Hals hängt, drückt gegen ihre Brust. Sie presst die Hand ganz fest an die Baumrinde. Zu stark. Ein paar Tropfen fallen auf ihre Schuhe. Rote Tropfen. Ihr Blut fließt. Der Schmerz kann nicht nachlassen, solange der Zorn herrscht.

Eva Maria trinkt einen Schluck Mate. Die Zeitung liegt zusammengefaltet auf dem Tisch. Esteban kommt in die Küche, um sich Frühstück zu machen.

»Guten Morgen, Mama. Nicht zu müde?«

Esteban geht zum Kühlschrank.

»Entschuldige wegen heute Nacht ... dass ich einfach in dein Schlafzimmer ... aber weil ich Licht sah, dachte ich, dass ...«

Esteban unterbricht sich. Verlegen. Er fährt sich mit der Hand durch die Haare, erst an der Seite, dann hinten. Eva Maria sieht ihn an.

»Was hast du gedacht?«
»Nichts.«

Eva Maria trinkt einen Schluck Mate.

»Ich habe gearbeitet.«
»Das habe ich gesehen. Du hast viel zu tun zurzeit.«
»Ja.«

Esteban macht sich am Toaster zu schaffen. Eva Maria steht auf.

»Ich gehe jetzt.«

Esteban dreht sich um.

»Heute ist doch Sonnabend.«

»Na und?«

»Du arbeitest am Sonnabend nicht …«

»Ich will ein paar Besorgungen machen.«

»Besorgungen?«

»Ja, ich habe Lust, eine Runde zu drehen.«

»Oh, gute Idee … ich komme mit! Ich habe auch Lust, eine Runde zu drehen.«

»Ich möchte lieber alleine gehen, entschuldige … ich … ich will mir was zum Anziehen kaufen. Und das Warten wird dir bestimmt langweilig.«

»Was zum Anziehen? Du hast dir doch ewig nichts gekauft.«

»Ja, siehst du, was es alles gibt.«

Eva Maria geht aus der Küche. Die Tür fällt zu. Esteban dreht sich um. Er schiebt den Vorhang beiseite. Er sieht, wie Eva Maria die Straße entlangläuft. Mit einem Rucksack über der Schulter. Diesen Rucksack kennt er nicht. Oder doch. Sieht aus wie Stellas. Esteban sieht, wie Eva Maria in den Bus steigt. Er kann es nicht fassen. Zum ersten Mal seit Jahren steigt sie in den Bus, ohne zur Arbeit zu fahren. »Ja, siehst du, was es alles gibt.« Esteban schmunzelt. Der Schatten des Busses zieht über sein Gesicht. Esteban ist schön.

Eva Maria legt ihren Rucksack auf den Tisch. Vittorio setzt sich ihr gegenüber.

»Ich bin so froh, Sie zu sehen.«

»Sie werden enttäuscht sein, ich habe nichts gefunden.«

Eva Maria holt eine dicke Mappe heraus.

»Ich habe alle Kassetten angehört, auch die neutralsten Gespräche, auch die freundschaftlichsten, aber ich habe nichts gefunden, es tut mir leid, vielleicht habe ich etwas überhört, das ist gar nicht so einfach, alles ist Auslegungssache, und vor allem kenne ich Ihre Patienten nicht genug, das ist schon bei Alicia schiefgegangen. Ich habe Ihnen alle Niederschriften mitgebracht, Sie sind der Einzige, der bei diesen ganzen Sitzungen durchblickt, vielleicht finden Sie etwas, ich werde sie dem Wärter übergeben, damit Sie sie in Ruhe lesen können.«

»Bloß nicht, die würden sie selbst lesen und mir dann unangenehme Fragen stellen, lassen Sie sie mir besser über meinen Anwalt zukommen. Und Sie haben wirklich alle?«

Eva Maria zögert. Kaum. Den Bruchteil einer Sekunde.

»Ja.«

Vittorio legt die Hände aneinander. Die Geste eines flehenden Gebets.

»Dann haben Sie auch die von Felipe?«
»Felipe?«

Eva Maria überlegt.

»Der Kerl, der Probleme mit seiner Frau hat?«
»Das kann man so sagen. Sie haben sie, nicht wahr? Ich muss da etwas überprüfen, das fiel mir vor zwei Nächten ein, und seitdem treibt es mich um, ich muss wissen, ob ich recht habe.«

Eva Maria schlägt die Mappe auf. Sucht zwischen den vielen Schreibmaschinenseiten. Sie erinnert sich dunkel an diese Sitzung, etwas angespannt, aber nichts wirklich Schlimmes. Vittorio scheint sich seiner Sache dagegen sehr sicher zu sein.

»Würde es Ihnen etwas ausmachen, mir Ihre Abschrift vorzulesen? Ich bin immer stärker im Zuhören als beim Lesen. Lesen Sie mir alles vor, ich möchte alles hören, vom ersten bis zum letzten Wort.«

Eva Maria fängt an zu lesen. Vittorio schließt die Augen. Er sieht Felipes Gesicht vor sich. Seinen Körper. Seine Gesten. Wie wenn er abends, allein in seinem Zimmer, die Kassetten abhört. Instinktiv umfasst Vittorios Hand ein Glas, ein Cognacglas, an das er nicht einmal denkt. Seine ganze Aufmerksamkeit ist auf Eva Marias Stimme gerichtet.

FELIPE

VITTORIO
Guten Tag.

FELIPE
Guten Tag.

VITTORIO
Sie sehen wütend aus, oder täusche ich mich?

FELIPE
Wie Borges sagte: »Nur eine verlorene Sache kann einen Gentleman interessieren.« Wir haben uns wieder gestritten.

VITTORIO
Sie und Ihre Frau?

FELIPE
Wer sonst?

VITTORIO
Worüber?

FELIPE
Über alles, das ist ganz einfach, sie wirft mir alles vor.

VITTORIO
Aber worüber haben Sie konkret gestritten bei diesem letzten Streit?

FELIPE
Ich sagte doch, ich weiß nicht mal mehr, wie der Streit angefangen hat. Alles, was ich weiß, ist, dass es immer gleich endet.

VITTORIO
Und zwar?

FELIPE
Sie fängt an zu heulen, brüllt und beschimpft mich endlos.

VITTORIO
Und was machen Sie dann?

FELIPE
Nichts. Ich gehe in mein Arbeitszimmer und warte, dass es vorbeigeht. Da ist nichts zu machen.

VITTORIO
Sie sollten vielleicht reden, sich verteidigen, wenn Sie meinen, dass sie Sie zu Unrecht angreift.

FELIPE
Natürlich greift sie mich zu Unrecht an! Aber da kann man nichts machen. Haben Sie schon mal versucht, mit einer brüllenden Frau zu sprechen?

VITTORIO
Sie nicht?

FELIPE
Was wollen Sie damit sagen?

VITTORIO
Ging es bei diesem Streit wieder um Ihren Sohn?

FELIPE
Ich weiß nicht mehr, vielleicht.

VITTORIO
Ja oder nein?

FELIPE
Sie wollte nicht mit ihm in den Park gehen. Ich habe ihr gesagt, dass der Junge nicht den ganzen Tag eingesperrt bleiben kann. Ein Junge muss sich bewegen. »Ein gesunder Geist in einem gesunden Körper.«

VITTORIO
Dieser Vorwurf hat ihr nicht gefallen.

FELIPE
Offensichtlich nicht.

VITTORIO
Wie hat sie reagiert?

FELIPE
Wie gesagt: genau wie immer. Sie war außer sich, weinte,

brüllte mich an und beschimpfte mich. Noch dazu vor dem Kleinen.

VITTORIO
Sie sind also in Ihr Arbeitszimmer gegangen.

FELIPE
Nein. Ich habe sie gebeten, still zu sein. Wegen des Kleinen. Aber sie schrie noch lauter. Ich hatte sie gewarnt. Sie hätte bloß still sein müssen.

VITTORIO
Wovor haben Sie sie gewarnt?

FELIPE
Dass ich ihr eine runterhaue.

VITTORIO
Sie haben Ihre Frau geohrfeigt?

FELIPE
Sie hat es darauf angelegt.

VITTORIO
Das ist Ihr Standpunkt. Darauf kommen wir noch zurück. Erzählen Sie erst, was dann passierte.

FELIPE
Da gibt es nichts zu erzählen. Sie ist weggegangen.

VITTORIO
Sind Sie nicht hinterhergerannt, um sich zu entschuldigen?

FELIPE
Der Kleine war so verängstigt, als ich aufgestanden bin, aber ich habe mich entschuldigt. Ich habe ihm erklärt, dass so was vorkommt, wenn sich Erwachsene streiten.

VITTORIO
Und haben Sie sich bei Ihrer Frau entschuldigt?

FELIPE
Sie geht an mir vorbei, als wenn ich nicht da wäre. Sie hat ihre Sachen genommen und schläft im anderen Zimmer. Wenn sie sich einbildet, dass ich nachgebe …

VITTORIO
Ist das zum ersten Mal passiert?

FELIPE
Ja. Wir haben immer in einem Zimmer geschlafen.

VITTORIO
Ich meinte, ob Sie sie zum ersten Mal geohrfeigt haben?

FELIPE
Was glauben Sie denn? Dass ich meine Frau schlage?

VITTORIO
Ich glaube gar nichts, ich wollte nur wissen, ob Sie zum ersten Mal handgreiflich geworden sind. Vielleicht irre ich mich, aber ich habe den Eindruck, dass es zwischen Ihrer Frau und Ihnen seit der Geburt Ihres Kindes schlecht läuft.

FELIPE
Sie haben recht, Sie irren sich.

VITTORIO
Wie verlief eigentlich die Schwangerschaft Ihrer Frau? Von dieser Zeit haben Sie mir noch nichts erzählt.

FELIPE
Ihre Schwangerschaft verlief sehr gut, danke! Schon Hieronymus sagte: »Die Schwangerschaft ist nur eine Schwellung der Gebärmutter.«

VITTORIO
Um Gottes willen, hören Sie auf mit den Zitaten, das habe ich Ihnen schon hundert Mal gesagt, ich will Ihre eigenen Worte hören.

FELIPE
Was soll ich Ihnen denn sagen? Sie werfen mir vor, Ihnen nichts von der Schwangerschaft meiner Frau erzählt zu haben, ich erzähle davon, wie ich kann.

VITTORIO
Ich werfe Ihnen gar nichts vor. Ich erlaube mir nur, zu bemerken, dass Sie sich oft wegen Ihres Sohnes streiten.

FELIPE
Ich wiederhole, Sie sind auf der falschen Fährte.

VITTORIO
Ich bin nicht auf der falschen Fährte, ich suche eine Erklärung.

FELIPE
Es gibt keine Erklärung, wir streiten, wir streiten, das ist alles.

VITTORIO
Warum sollte es nicht wegen Ihres Kindes sein? Das kommt bei Paaren oft vor.

FELIPE
Sie wollte dieses Kind, weshalb sollten wir uns deswegen streiten?

VITTORIO
»Sie wollte dieses Kind.« Was heißt das? Sie nicht?

FELIPE
Doch, natürlich.

VITTORIO
Einen winzigen Moment hat das anders geklungen.

FELIPE
»Winzigen Momenten« darf man niemals trauen.

VITTORIO
Hier schon. Sie wollten das Kind nicht?

FELIPE
Hören Sie mit dieser Frage auf! Wie gesagt: Doch, ich wollte es!

VITTORIO
Es ist nicht sehr angenehm, wenn ich Ihnen die Würmer aus der Nase ziehen muss, wissen Sie?

FELIPE
Ihr Ton gefällt mir nicht, Doktor.

VITTORIO
Nicht mein Ton missfällt Ihnen, sondern meine Frage. Sie wollten kein Kind, nicht wahr? Sie haben es widerwillig akzeptiert, vielleicht um Ihrer Frau eine Freude zu machen. Und jetzt wird Ihrer Frau allmählich klar, dass sie Sie gezwungen hat, dieses Kind zu haben, und das erträgt sie nicht. Sie lässt Sie für Ihre Gleichgültigkeit und für ihre eigenen Gewissensbisse büßen.

FELIPE
Natürlich wollte ich ein Kind, vielleicht nicht so sehr wie sie, aber ich wollte ein Kind, wer will denn kein Kind?

VITTORIO
Und warum sind Sie nicht selbst mit ihm in den Park gegangen? Kümmern Sie sich um Ihren Sohn?

FELIPE
Natürlich kümmere ich mich um meinen Bruder.

VITTORIO
Um Ihren Bruder?

FELIPE
Was ist mit meinem Bruder?

»Langsamer, Eva Maria!«

VITTORIO
Sie haben gerade gesagt: »Natürlich kümmere ich mich um meinen Bruder.«

FELIPE
Ich habe gesagt, »um meinen Sohn«.

VITTORIO
Nein, Sie haben gesagt, »um meinen Bruder«.

FELIPE
Na gut, ich habe meinen Sohn gemeint, hab mich versprochen, das passiert jedem mal.

VITTORIO
Nein, das passiert nicht jedem mal. Egal bei welchem Thema, wir kommen immer wieder auf Ihren Bruder.

FELIPE
Nein, wir kommen nicht immer auf meinen Bruder, ich habe mich versprochen, da müssen wir doch nicht so ein Theater drum machen.

VITTORIO
Fehlt er Ihnen?

FELIPE
Wer?

VITTORIO
Ihr Bruder.

FELIPE
Absolut nicht.

VITTORIO
Wie lange liegt sein Tod jetzt zurück?

FELIPE
Ich zähle nicht die Tage.

VITTORIO
Erinnert Ihr Sohn Sie an Ihren Bruder?

FELIPE
Überhaupt nicht, warum sagen Sie das?

VITTORIO
Wie alt ist Ihr Sohn jetzt? Ungefähr vier, stimmt's? Als Ihr Bruder vier war, waren Sie sechs, das Alter der ersten Erinnerungen. Vielleicht erinnert Sie Ihr Sohn unbewusst an Ihren Bruder.

FELIPE
Nein, er erinnert mich nicht an meinen Bruder. Kein bisschen.

VITTORIO
Sie haben Ihrer Mutter vorgeworfen, dass sie Ihren Bruder

mehr geliebt hat als Sie. Vielleicht finden Sie, dass Ihre Frau Ihr Kind mehr liebt als Sie?

FELIPE
Wenn Sie das glauben wollen.

VITTORIO
Ich will das nicht glauben, Felipe. Wie soll ich Ihnen helfen, wenn Sie mir nicht alles sagen? Ich habe das Gefühl, dass Sie mir etwas verheimlichen.

FELIPE
Ich verheimliche Ihnen gar nichts.

VITTORIO
Sie verheimlichen mir gar nichts?

FELIPE
Nein.

VITTORIO
Na gut, wenn Sie mir nichts verheimlichen, werde ich Ihnen sagen, was ich denke. Ich denke, dass Ihre Frau Sie verlassen will und sich nicht traut, es Ihnen zu sagen. Dass die häufigen Auseinandersetzungen ihre Art sind, Ihnen das begreiflich zu machen. Sie traut sich nicht, die Verantwortung für den Bruch auf sich zu nehmen, und wartet, dass Sie die Initiative ergreifen, sie versucht, Sie so weit zu treiben.

FELIPE
Sie glauben, dass sie wegwill? Und der Kleine?

VITTORIO
Ich glaube, dass es für eine Frau nicht einfach ist, ihr Kind zu verlassen. Vielleicht kann sie sich nicht an ihr Muttersein gewöhnen, ihren Platz nicht finden. Es kommt vor, dass eine Frau ihr eigenes Kind nicht annimmt. Zumindest nicht so sehr, dass sie ihm ihr eigenes Leben opfern würde. Vielleicht ist sie mit Ihnen nicht mehr glücklich. Vielleicht hat sie einen Geliebten.

FELIPE
Sie hat keinen Geliebten.

VITTORIO
Woher wissen Sie das?

FELIPE
Das wüsste ich.

VITTORIO
Die Spezifik eines Liebhabers liegt darin, dass der Ehemann nichts von seiner Existenz weiß.

FELIPE
Das kann nicht sein. Ich habe immer gesagt, ich will, dass du dieses Kind hast, sie kann nicht deswegen weggehen.

VITTORIO
Sie wollten, dass sie dieses Kind hasst?

FELIPE
Nein, dass sie es hat, dass sie es erhält, wenn Ihnen das lieber ist, hören Sie mit diesen Wortspielereien auf!

VITTORIO
Und wenn Sie sagen, »dass sie es erhält«, das sind jetzt Ihre Worte, wie soll ich das verstehen?

FELIPE
Gar nicht. Sie sollen gar nichts verstehen.

VITTORIO
Entschuldigen Sie, wenn ich darauf bestehe, aber »dass sie es erhält« ist doch ein komischer Ausdruck im Zusammenhang mit einer Schwangerschaft.

FELIPE
Was wollen Sie von mir hören? Dass wir unser Kind adoptiert haben, also gut, ich sage es Ihnen, wir haben unser Kind adoptiert, das ist doch kein Verbrechen.

VITTORIO
Aber Sie hatten mir doch gesagt, dass Ihre Frau schwanger war.

FELIPE
Sie war nicht schwanger. Wir haben es zwei Jahre lang versucht, und letztendlich haben wir ein Kind adoptiert.

VITTORIO
Warum haben Sie mir das nicht erzählt?

FELIPE
Ich erzähle Ihnen von meinen Problemen, und das war kein Problem.

VITTORIO
Vielleicht war diese Adoption für Ihre Frau gar nicht so einfach.

FELIPE
Sie war außer sich vor Freude, als sie das Baby gesehen hat. Sie wünschte sich so sehr ein Kind. Sie hat sich erst danach verändert. Später. Nach einigen Monaten.

VITTORIO
Sie sollten wirklich mit ihr darüber sprechen. Das ist nicht dasselbe, ein eigenes Kind oder das Kind einer anderen, das ist nicht dasselbe, egal was man darüber sagt. Mann muss das Kind wollen, damit dieser Unterschied verschwindet. Das erfordert eine psychische Annahme. Eine große Klarheit. Weiß Ihre Frau immer noch nicht, dass Sie zu mir kommen?

FELIPE
Nein.

VITTORIO
Warum sagen Sie es ihr nicht?

FELIPE
Das geht sie nichts an.

VITTORIO
Sie sollten es ihr sagen, vielleicht könnten Sie sie auch mitbringen.

FELIPE
Soll das ein Witz sein? Sie hat hier nichts zu suchen.

VITTORIO
Ich habe manchmal Paare hier. Sie sollten sie mitbringen. Wenigstens ein Mal. Vielleicht können in meiner Gegenwart Dinge ausgesprochen, aufgeklärt werden.

FELIPE
Das fehlte noch! Sie würde die Situation nutzen, um Ihnen Fragen über mich zu stellen.

VITTORIO
Was für Fragen?

FELIPE
Keine Ahnung, sie würde versuchen, irgendwas rauszukriegen. Aber es gibt nichts rauszukriegen. Ich liebe sie, ich habe sie niemals betrogen, habe ihr nie wehgetan.

VITTORIO
Abgesehen von dieser Ohrfeige.

FELIPE
Sie hat es darauf angelegt, sie brüllte vor meiner Nase rum, ich konnte sie nicht zum Schweigen bringen, und da war der Kleine, es war, als hätte sie nur darauf gewartet.

VITTORIO
Vielleicht.

FELIPE
Was heißt »vielleicht«?

VITTORIO
Vielleicht hat sie nur darauf gewartet. Vielleicht wollte sie sich beweisen, dass Sie gewalttätig sein können.

FELIPE
Wie das?

VITTORIO
Sie sollten wirklich mit ihr sprechen.

FELIPE
Sie glauben, dass sie mich verlassen will?

VITTORIO
Das weiß ich nicht, ich habe das vor allem gesagt, um Sie aus der Reserve zu locken.

FELIPE
Sie auch.

VITTORIO
Ich auch. Sie sollten ihr ganz einfach die Frage stellen. Das kann nur durch ein Gespräch geklärt werden.

FELIPE
Sie redet nicht mehr mit mir.

VITTORIO
Sie haben schon ganz andere zum Reden gebracht.

FELIPE
Was sagen Sie da?

VITTORIO
Nichts. Die Zeit ist um, Felipe, mein nächster Patient kommt in fünf Minuten. Denken Sie über alles nach, was wir besprochen haben, und wir reden bei der nächsten Sitzung darüber. Sie kennen den Weg.

FELIPE
Ja, ich kenne ihn. Kann ich Ihnen vertrauen?

VITTORIO
Mir vertrauen?

FELIPE
Sie werden nichts erzählen.

VITTORIO
Wovon?

FELIPE
Na, davon.

VITTORIO
»Davon«?

FELIPE
Von der Adoption.

VITTORIO
Dann sagen Sie es doch! Nennen Sie die Dinge beim Namen. Eine Adoption ist tatsächlich »kein Verbrechen«, wie Sie ganz richtig sagen. Nein, ich werde nichts erzählen. In meinem Beruf muss ich schweigen können.

»Die Tür Ihres Arbeitszimmers geht wieder zu, und man hört Sie flüstern: ›Dreckskerl.‹«

Eva Marias Gesicht ist grau. Wie ihre Haare. Sie fragt sich, ob das das Geheimnis – der Grund – ist, ob ein graues Gesicht die Haare grau werden lässt. Der poetische Teil ihres Gehirns gerät in Bewegung. Wenn das Unmenschliche auf sie zukommt, muss sich Eva Maria hinter dem Absurden verkriechen. Oder trinken. Aber jetzt kann sie nicht trinken. Sie zerknüllt die Blätter. Sie kann sie nicht mehr umdrehen. Ihr Finger ist trocken. Eva Maria hat keinen Speichel mehr. Die Sätze hallen in ihrem Kopf. In ihrer ausgetrockneten Kehle.

Haben Sie schon mal versucht, mit einer brüllenden Frau zu sprechen?

Es ist nicht sehr angenehm, wenn ich Ihnen die Würmer aus der Nase ziehen muss, wissen Sie?

Vielleicht hat sie nur darauf gewartet. Vielleicht wollte sie sich beweisen, dass Sie gewalttätig sein können.

Sie haben schon ganz andere zum Reden gebracht. Dreckskerl.

Eva Marias Blick ist getrübt. Vittorio starrt auf den Tisch. Den Kopf zwischen den Händen. Seine Haare sind so schwarz, denkt Eva Maria. Sie hat Angst, zu verstehen. Sie stellt ihm die Frage, Vittorio antwortet nicht. In seine Gedanken versunken, wiederholt er: »Ich hatte recht. Ich hatte recht.« Also wiederholt Eva Maria ihre Frage. Lauter, heiserer.

»Dieser Typ gehörte zur Junta, nicht wahr?«

Vittorio hebt den Kopf. Er nickt. Eva Maria schreckt zurück.

»Und Sie kümmern sich um ihn?«

»Ja.«

»Wie können Sie so ein Schwein empfangen?«

»Weil er zu mir gekommen ist.«

»Weil er zu Ihnen gekommen ist? Sie hätten ihm ins Gesicht spucken, ihn mit Fußtritten und Faustschlägen rausschmeißen müssen, das ist alles, was er verdient. Und nach ihm haben Sie mich begrüßt? Als wenn nichts wäre. Sie haben versucht, mich nach Stellas Verschwinden aufzurichten, während Sie wenige Minuten zuvor vielleicht ihrem Mörder Mut zusprachen.«

»Jeder Patient ist ein einmaliges Wesen, unabhängig von meinen anderen Patienten, er kommt mit seinen Problemen, und ich versuche, ihm zu helfen, das ist mein Beruf. Er hat bei der ESMA gearbeitet, das ist alles, was ich weiß, wir haben das Thema nur gestreift und sofort beendet.«

»Die Marinehochschule, das waren doch die Schlimmsten. In dieser Hölle wurden mehr als fünftausend Menschen gefoltert und ermordet …«

Vittorio winkt ab.

»Die Schlimmsten waren überall, das wissen Sie ganz genau. Aber Felipe hat mir damals nicht mehr von seiner Arbeit erzählt als heute.«

Eva Marias Entsetzen wird immer größer.

»›Damals‹, ›von seiner Arbeit‹ … Ich verstehe Sie nicht … Seit wann ist er Ihr Patient?«

»Sie brauchen nicht zu rechnen, wenn Sie das wissen wollen, ja, es war schon während … während dieser Jahre …«

Eva Maria springt auf. Sie schreit ihn an.

»Sie sind genau wie die!«

Der Wärter kommt zu Eva Maria.

»Wenn Sie sich nicht beruhigen, Señora, muss ich den Besuch abbrechen.«

Eva Maria setzt sich wieder. Der Wärter entfernt sich. Eva Maria sinkt in sich zusammen.

»Wenn Sie sich um einen Henker gekümmert haben, waren Sie ein Teil ihres mörderischen Systems. Wie viele von denen haben Sie noch behandelt?«

Vittorio beugt sich vor.

»Was stellen Sie sich vor? Dass sich Felipe bei mir Hilfe

zum Töten holte? Seien Sie nicht lächerlich. Seine einzigen Probleme waren seine Kindheit, sein Bruder und seine Frau. Wie gesagt, er sprach nie von seiner Arbeit.«

»Dieser Mann kommt nicht zu Ihnen, weil er ein schlechtes Gewissen hat, zu foltern und zu töten, sondern weil er Probleme mit seiner Frau hat, und dieser Folterknecht, dieses Arschloch findet jemanden, dem er sich anvertrauen kann, und dieser Jemand sind Sie! Meine Tochter wurde von einem Kerl wie ihm getötet, vielleicht sogar von ihm selbst, und Sie wollen, dass ich mich damit abfinde, dass Sie sein Therapeut sind?«

»Wer sagt Ihnen, dass Felipe nicht noch mehr Schaden angerichtet hätte, wenn ich ihn nicht zur Behandlung angenommen hätte? Ich hatte immer die Hoffnung, ihn zu verändern, aber nicht indem ich ihn direkt mit dem konfrontierte, was für mich ebenso unannehmbar ist wie für Sie. Ich habe einmal versucht, ihm die Augen zu öffnen, aber dann nahm das Gespräch sehr schnell eine schlechte Wendung. Ihn packte die kalte Wut, er war in seiner Denkweise unbeirrbar, in seinen Überzeugungen unerschütterlich, er sagte, er wirke für die ›nationale Sicherheit‹, die Kommunisten und alle *Subversiven* seien gefährlich, man müsse sie daran hindern, Schaden anzurichten, müsse sie neutralisieren. Felipe glaubt, er habe mit diesen Methoden nur seinen Job gemacht. Er bereut nichts. Felipe gibt und empfängt seine Befehle ohne Gewissensbisse, nur der Erfolg zählt. In all diesen Jahren habe ich begriffen, wie er funktioniert. Ich dachte, wenn ich ihm über seine Kindheitstraumata hinweghelfe, könnte ich auch dem Mann helfen, der er geworden war. Ich hatte das Gefühl, eine gewisse Kontrolle über ihn zu erlangen, aber ich habe mich gründlich getäuscht. Ich hätte mir niemals vorstellen können, dass er so etwas fertigbringt. Warum habe ich den Zusammenhang nicht viel früher erkannt? Jetzt erscheint es mir so offensichtlich. Und ich habe nichts gesehen, nichts geahnt. Ich musste erst im Gefängnis sitzen, um zu begreifen.«

Eva Maria richtet sich auf.

»Was begreifen?«

»Ich kann es nicht beweisen, aber alles spricht dafür. Man weiß, dass sie für Offiziere reserviert wurden.«

»Wovon sprechen Sie?«

»Dieses Kind. Sein Sohn. Er hat ihn nicht adoptiert. Er ist ein gestohlenes Kind.«

Eva Maria unterdrückt einen Schrei. Vittorio starrt vor sich hin.

»Und falls ich recht habe mit dem, was ich mir vorstelle, ist alles noch viel schlimmer.«

Eva Maria sieht Vittorio an, Vittorio sieht Eva Maria an. Er nimmt sie nicht mehr wahr. Er benutzt sie als optische Gedankenstütze. Seine Gedanken sind verwirrt; um logisch zu denken, muss er sprechen. Aussprechen. Vittorio spricht nicht zu Eva Maria. Er überlegt laut.

»Felipe hasste seinen Bruder seit jeher, eine versteckte Eifersucht aus Kindertagen, das kommt ziemlich häufig vor, der Ältere ist eifersüchtig auf den Jüngeren, konnte die Geburt des Geschwisterkindes nicht akzeptieren. Er meinte, seine Eltern würden den Bruder bevorzugen, ob Einbildung oder Realität, das weiß ich nicht. Felipe und seine Frau versuchten schon seit einer ganzen Weile vergeblich, ein Kind zu bekommen, daran erinnere ich mich sehr gut, er sprach oft darüber. Eines Tages kam er sehr verstört in meine Praxis, er hatte gerade erfahren, dass die Frau seines Bruders schwanger war, wieder einmal hatte sein Bruder da Erfolg, wo er scheiterte. Das hat er wohl nicht ertragen. Wenige Monate später, ich weiß nicht mehr genau, wie lange, verkündete er mir ihren Tod, den Tod seines Bruders und seiner Schwägerin. Brutal. Bei einem Autounfall. »Natürliche Auslese«, erklärte er eiskalt, aber da er kaum Gefühle für seinen Bruder hegte, wunderte mich seine Ungerührtheit nicht. Ich dachte nicht im Traum daran, dass er etwas damit zu tun haben könnte. Als er mir sehr bald nach diesem Unfall mitteilte, dass seine Frau schwanger sei, dachte ich mir nichts Böses, wie hätte ich auch darauf kommen sollen? Die bevorstehende Vaterschaft seines Bruders muss ihn blind gemacht und zum Handeln getrieben haben. Der Konkurrenzdruck war so groß, dass er zu allem fähig war. Unvorstellbar widerwärtig und doch stimmig. Darum auch sein Versprecher. »Natürlich kümmere ich mich um meinen Bruder.« Dieses Kind, das Kind, das er angeblich adoptiert hat. Es ist das Kind seines Bruders. Er hat es ihm weggenommen. Nachdem er ihn getötet oder ihn zum Selbstmord gezwungen hat, das weiß ich nicht. Und seine Schwägerin hat sicher in einer dieser Spezialzellen entbunden, wie die meisten sogenannten *Subversiven*, in Zellen, die für Schwangere reserviert waren, und danach haben sie sie auch verschwinden lassen, wie alle Mütter der gestohlenen Babys. Nachdem sie sich das Kind angeeignet hatten. Es war zu einfach, zu verlockend, das funktionierende System, die existierende Organisation zu nutzen, um persönliche Probleme zu lösen. Felipe war sicher nicht der Einzige, der so gehandelt hat.

Gewalt war seine Antwort auf alle Probleme. Er hat seine Frau geohrfeigt, und auch die Ermordung seines Bruders war keine Frage der Ideologie, sondern blanke Wut. Er wollte nicht, dass sein Bruder ein Kind hat und er nicht. Kindliche Eifersucht, die mit den Waffen des Erwachsenen ausgefochten wird.«

Eva Maria bringt kein Wort hervor, ihr analytischer Verstand ist gelähmt. Der von Vittorio dreht auf vollen Touren.

»An jenem Abend könnte also Folgendes passiert sein. Schon beim Verlassen meiner Praxis bereut Felipe, dass er mir sein Geheimnis verraten hat, und vor allem glaubt er, dass ich begriffen habe, was tatsächlich hinter dieser sogenannten *Adoption* steckt: dass sein Sohn ein gestohlenes Kind ist. Vielleicht denkt er sogar, dass ich begriffen habe, dass der Junge das Kind seines Bruders ist. Wenn man fürchtet, enttarnt zu sein, denkt man, dass alles ans Licht kommt, man überlegt nicht, dass die Wahrheit selten vollständig zutage tritt. Vielleicht hat er auch hinter der Tür gehört, wie ich ihn als ›Dreckskerl‹ bezeichnet habe, die Beschimpfung trifft ihn zutiefst, auch meine Andeutungen, ich konnte es mir nicht verkneifen, manche Gedanken rutschen mir einfach raus, er wusste genau, was ich im tiefsten Innern von ihm dachte.«

Vittorio schließt die Augen.

»Also. Nehmen wir an, Felipe meint, dass ich gefährlich geworden bin. Sein Feind, oder auf alle Fälle eine Bedrohung seines Geheimnisses. Er beschließt also, mich zu beseitigen. Aber am Abend bin ich nicht zu Hause.«

Vittorio öffnet die Augen.

»So ist es abgelaufen. Felipe traf in der Wohnung auf Lisandra. Vielleicht war es ein Unfall. Eine Panne.

Nein, Felipe ist ein Profi.

Vielleicht hat er jemanden geschickt, um die Drecksarbeit an seiner Stelle zu erledigen? Um sich nicht die Finger schmutzig zu machen. Und dann ist es schiefgegangen.

Nein, Felipe hätte niemanden in dieses Verbrechen einbezogen, ein Komplize birgt das Risiko, eines Tages verraten zu werden, und das hätte Felipe gewiss niemals riskiert, er weiß nur allzu gut, wie spontan der Verrat sein kann. ›In jedem Freund schlummert ein halber Verräter‹, hat er oft wiederholt.«

Vittorio formuliert die Fragen und die Antworten. Wie bei einer Sitzung. Nur dass es heute nicht um einen Patienten geht, sondern um ihn selbst. Um ihn allein. Um seine Freiheit. Das weiß Vittorio zwar, aber er hat noch nie so deutlich empfunden, wie schwer es ist, für sich selbst zu überlegen. Wenn man selbst in Gefahr ist.

»Oder sollte Felipe seinen Coup vorbereitet haben, um mich zum Schuldigen zu machen? Wenn ich im Gefängnis sitze und für den Mord an meiner Frau verurteilt werde, kann ich ihm nicht mehr schaden.

Nein. Wieso sollte ich ihm im Gefängnis nicht mehr schaden können? Außerdem ist es zu kompliziert, da wäre es wirklich einfacher gewesen, mich zu töten.«

Vittorio sieht nur eine einzige Spur, um seine Haut zu retten. Er kann sie nicht aufgeben. Er analysiert sie. Zerkleinert sie. Zerpflückt sie. Sein Scharfsinn verlässt ihn. Getrieben von dem Drang, einen anderen Schuldigen zu finden, führen ihn seine Überlegungen in die Irre. Ihn quält nicht mehr der Durst nach Wahrheit, sondern die Angst, im Gefängnis zu bleiben. Seine Gedanken rasen.

»Hat er mit seiner Frau gesprochen, wie ich ihm geraten habe? Hat er ihr gesagt, dass er mir von der Adoption erzählt hat? Was weiß sie überhaupt von diesem Kind? Felipe hatte ihr sicher nichts gesagt. Sie hat sicher von selbst begriffen, einige Wochen oder Monate nach der Ankunft dieses *Wunderkindes* hatte sie die entsetzliche Wahrheit vermutet. Denn sie muss es wissen, nur so erklärt sich ihr Verhalten gegenüber Felipe, ihr ständiger Zorn, sie weiß, dass ihr Sohn zu den Kindern gehört, die während der Junta gestohlen wurden, zu den Kindern, die der Staat sucht, um sie ihren biologischen Eltern zurückzugeben. Also hat sie von ihm verlangt, mich zu beseitigen, aus Angst, ihr Kind zu verlieren. Wenn man gelernt hat, aus Ideologie zu töten, kann man auch aus Liebe töten. Er funktionierte auf Befehl, das war er so gewohnt. Er kommt also nach Hause. Er spricht mit seiner Frau. Und sie fordert ihn auf, uns beide zu töten. Lisandra und mich. Ich höre sie förmlich, wie sie ihm mit ihrer weiblichen Psyche, geschärft durch den mütterlichen Wahn, ihr Kind zu verlieren – also definitiv kriminell –, einschärft, dass nicht nur ich beseitigt werden müsse, dass ich zwangsläufig mit meiner Frau darüber gesprochen hätte, das sei sicher, diese Geschichte sei viel zu schön für einen Mann, der während eines sonst eher schweigsamen Abendessens seine Frau unterhalten wolle, um ihr die Langeweile zu vertreiben, eine schreckliche Geschichte mit einem Kind, niemand könne der Versuchung widerstehen, sie zu erzählen, Psychologe oder nicht, Berufsgeheimnis oder nicht. Es genüge nicht, mich zu beseitigen, man müsse auch meine Frau beseitigen. Sie könnten es sich nicht leisten, dass jemand etwas wisse. Also, angenommen, Felipe kommt zu uns, er klingelt mehrmals, schließlich macht Lisandra auf, Felipe führt alle Bewegungen aus, auf die er spezialisiert ist, bis er Lisandra aus dem Fenster gestoßen hat, er rechnet damit, mich in meinem Arbeitszimmer oder irgendwo in der Wohnung zu finden – ich hätte da sein müssen, Dienstagabend bin ich eigentlich immer zu Hause, ich gehe donnerstags aus –, und er ist im Begriff, nun auch mich zu erledigen, plant seine verhängnisvolle Inszenierung: Der berühmte Ehestreit, der ein böses Ende genommen hat, das scheint allen zu gefallen, warum sollten sie nicht auch darauf gekommen sein: ›Ein Mann nimmt sich das Leben, nachdem er seine Frau aus dem Fenster gestoßen hat.‹ Perfekt. Das perfekte Verbrechen. Ein unabwendbares Szenario. Nur dass ich nicht da bin. Die Fortsetzung ist bekannt.«

Eva Maria starrt auf die dichte schwarze Mähne, die von rechts nach links schaukelt. Sie starrt sie so intensiv an, dass es ihr vorkommt, als würde sie selbst sprechen. Woher sonst könnte diese so düstere Stimme kommen?

»Ich weiß nicht mehr … ich weiß nicht mehr, was ich sage … Nur weil Felipe es verdient, den Rest seines Lebens im Gefängnis zu verbringen, hat er noch lange nicht Lisandra getötet.«

Vittorio schweigt. Nicht, weil er fertig ist, sondern um seine Geister zu sammeln. Er fährt fort.

»Sie haben recht: Ich muss diesen verdammten Bullen meine Unschuld beibringen. Ich kann ihnen nicht die Kassette geben, nein, definitiv nicht, das würden sie gegen mich verwenden. Aber meine Erinnerungen können sehr genau sein, ich kann ihnen zu verstehen geben, dass ich Zweifel habe, was Felipe betrifft, und dann werden sie ermitteln, und selbst wenn sie nicht den allerbesten Willen an den Tag legen, werden sie wenigstens sein Alibi für jene Nacht, die Mordnacht, überprüfen, das müssen sie, mein Anwalt wird dafür sorgen. Danach sehen wir weiter.«

Vittorio schweigt. Endgültig. Erschöpft wie nach einer großen körperlichen Anstrengung. Eine dünne Schweißschicht perlt auf seiner Stirn. Eva Maria schweigt. Ist auch erschöpft. Ohne etwas gesagt zu haben. Ohne etwas getan zu haben. Erschöpft von der Entdeckung einer unvorstellbaren Wahrheit. *Vittorio. Therapeut der Folterknechte.* Vittorio schaut sie an. Er weiß es. Heute ist etwas zwischen ihnen kaputtgegangen. In ihr. Er hört, wie der Wärter hinter ihm näher kommt. Ende der Besuchszeit. Vittorio steht auf. Winkt Eva Maria zu. Um sich zu verabschieden. Eva Maria erwidert den Gruß nicht. Ihre geballten Fäuste liegen auf dem Tisch. Ihr Körper bewegt sich so steif wie ein Roboter. Ihre rechte Hand öffnet und schließt sich. Sie merkt es nicht. Vittorio denkt an die Zeichensprache. Er erinnert sich an den Tag, als Lisandra bestürzt gesagt hatte: »Taube können nicht tanzen. Ist das nicht traurig? Warum lernst du nicht die Zeichensprache, mein Schatz? Taube haben auch ein Recht, einen Therapeuten zu haben, das wäre mal etwas anderes, als immer zuhören oder sprechen zu müssen, zuschauen, einfach zuschauen, das tut manchmal so gut, mein Schatz.« Lisandra war wie ein Kind – wenn sie glaubte, eine gute Idee zu haben, beharrte sie darauf. »Sag, wirst du die Zeichensprache lernen, mein Schatz?« Und er ließ wie bei einem Kind den Traum Möglichkeit werden. »Ich denk darüber nach.« – »Versprochen?« – »Versprochen.« Vittorio überlegt, dass er viele seiner Versprechen nicht gehalten hat. Aber Lisandra erwartete zu viel von den Menschen, sie wünschte sie sich besser, als sie je sein würden, das war ihr Fehler. Weil die Menschen schlecht sind, das ist eben so, und er hätte niemals zulassen dürfen, dass sie das Gegenteil glaubte. Vielleicht wäre dann das alles nicht passiert. Die Tür des Besucherraums fällt hinter Vittorio zu. Vittorio hat unrecht. Wenn man sich das Menschengeschlecht besser wünscht, als es ist, bedeutet das nicht, dass man nicht weiß, wie schlecht es ist. Wenn Vittorio ahnte, wie gut Lisandra wusste, dass die Menschen schlecht sind!

Eva Maria beruhigt sich allmählich. Sie erinnert sich nicht, dass sie den Besucherraum verlassen hat. Sie erinnert sich nicht, wie sie hierhergekommen ist. Sie sieht die anderen Fahrgäste an. Vielleicht ist einer von ihnen Felipe. Heutzutage fahren die Folterknechte mit dem Bus. Felipe. Vielleicht ist sie ihm schon bei Vittorio begegnet? Sie hat auf demselben Platz gesessen wie er. Auf dem Sofa. Ihre Kleidung hat seine Kleidung berührt. Kein Wunder, dass ihr übel wird. Es wundert sie auch nicht, dass die Übelkeit keine Folgen hat. In all den Jahren verweigert ihr der Körper sogar die Erleichterung des Erbrechens. Ein allerletztes Zeichen von Stolz? Sie selbst hat keinen mehr, gar nicht schlecht, wenn ihrem Körper noch etwas davon geblieben ist. Felipe. Dieser Kerl setzt sein Leben fort, während ihres aufgehört hat, vielleicht seinetwegen. Felipe wie? Vittorio hat sich geweigert, ihr seinen Nachnamen zu nennen. Er bereute sowieso schon, ihr so viel erzählt zu haben, da wollte er nicht das Risiko eingehen, dass sie Felipe aufsucht, als ob er nicht begriffe, was sie im Schilde führe. Das sei zu gefährlich. Wolle sie richten? Musste er sie daran erinnern, dass die Justiz Felipe ebenso freigesprochen hatte wie alle anderen? Sie konnte ihm nichts mehr anhaben. Vittorio hatte recht. Eva Maria sieht die Passanten auf dem Bürgersteig an. Heutzutage spazieren die Folterknechte durch die Straßen. Felipe könnte darunter sein. Die Folterknechte mussten nur mit der Masse verschmelzen, um weiterzuleben. Unmöglich, jetzt noch die Spreu vom Weizen zu trennen. Eva Maria verzieht das Gesicht. Sie werden nie mehr belangt werden. Letztes Weihnachten, das schlimmste Weihnachten ihres Lebens. Das fünfte Weihnachten ohne Stella. Und vor allem dieses Gesetz. Eine nationale Schande. »Gesetz 23 492«, einfach so in der Nacht des 24. Dezember erlassen, wie die schlimmsten Gesetze, denen sich niemand entgegenstellen soll, die man schnell und unbemerkt durchbringen will. Strafrechtliche Verfolgungen verboten. Betrifft alle Verbrechen, die während der Militärdiktatur begangen wurden. Willkürliche Verhaftung. Folter. Mord. Amnestie! *Schlussstrich*. In dieser Weihnachtsnacht wurde in Argentinien eine neue Klasse von Bürgern geboren, die Straffreiheit genießen, weil sie zum Militär gehören. Und dann die *Gehorsamspflicht*, die auch den Offizieren der unteren Dienstgrade im Namen der Befehlserfüllung Straffreiheit zusichert. Alfonsín. Dieser Dreckskerl von Präsident! Beauftragt die Henker, sich selbst zu richten. Selbstreinigung von sich selber durch sich selber. Heuchelei. Sophismus. Die von den Henkern beschlossene Amnestie: Gipfel der erlaubten Unmenschlichkeit. In Argentinien trinkt man Mate und schluckt die Straffreiheit, in Argentinien tanzt man Tango, auch die Folterknechte. Aber das steht in keinem Touristenführer. Eva Maria mustert die Frau, die ihr gegenübersitzt. Auf welcher Seite hat sie wohl gestanden? Straffreiheit löst gar nichts. Straffreiheit erzwingt ein unmögliches Zusammenleben der Mörder und ihrer Opfer, sie schürt Verdächtigungen und Hass. In der Tiefe der Seele. In der geheimen Vertiefung, wo sich die Galle sammelt und zusammenballt. Im Herzen eines Vulkans. In dem Versteck, wo der heftigste Zorn lauert, der alles vernichtet, wenn er ausbricht. Denn er wird ganz sicher ausbrechen. Vielleicht im Lichte einer anderen historischen

Umgebung, aber ausbrechen wird er. Und wenn nicht diese Generation Gerechtigkeit verlangt, wird es die nächste tun. Stella, mein liebes Kind, die Folterknechte spazieren heute sehr wohl durch die Straßen, während du ganz sicher nicht sehr glücklich in Paris, London oder New York lebst, wie Videla behauptet hat, nein, du bist nicht »angeblich« verschwunden, du bist wirklich, tatsächlich verschwunden. Eva Maria würde am liebsten schreien. Sie schweigt. Sie ist nicht die Einzige. Die Straffreiheit, Zwangsjacke des argentinischen Volkes. Eva Maria könnte anklagen, aber es gibt niemanden zum Verhaften. Eva Maria presst die Hände auf den Mund. Eine warme Flüssigkeit rinnt zwischen ihre Finger, ihr Stolz hat nachgegeben. Die Frau, die gegenüber sitzt, reicht ihr ein Taschentuch. Eva Maria sieht es nicht. Sie blickt auf den schmutzigen Boden zwischen ihren Füßen. Sie denkt an vulkanische Eruptionen und daran, dass sie die Böden fruchtbarer machen. Sie fragt sich, ob morgen in diesem Bus ein Weinstock wachsen wird.

Eva Maria knallt die Tür zu. Sie glaubt zu gehen, aber sie rennt. Sie stößt sich am Schränkchen im Flur. Findet sich nackt unter der Dusche wieder, ohne nachgedacht zu haben. Sie dreht am Hahn. Das Wasser ist sehr heiß. Eva Maria nimmt den Mund voll. Spuckt aus. Um den widerwärtigen Geschmack loszuwerden. Spuckt aus. Wie konnte sich Vittorio nur um so einen Miesling kümmern? Das wird sie ihm niemals verzeihen. Er hätte ihr alles erzählen können, sie hätte für alles Verständnis gehabt, dass er feige war, dass er sich vor Repressalien fürchtete, dass er Angst um sein Leben hatte, falls er sich geweigert hätte, Felipe zu behandeln, alle wussten, dass das Militär jeden vernichten konnte. Aber darüber hatte Vittorio nie nachgedacht. Eva Maria hat es in seinen Augen gelesen, die ihren Blick ertragen haben, ohne zu blinzeln. Sie hätte für alles Verständnis aufgebracht. Für alles, außer anhören zu müssen, dass er Felipe empfing, wie er sie empfing, weil er keinen Unterschied machen dürfe, weil das nun mal sein Beruf sei. Schöner Vorwand! Das, was er seinen Beruf nannte, war Voyeurismus, ungesunde Neugier, eine Neigung zum dunklen Teil der Menschheit, sich nur um anständige Leute zu kümmern ist eigentlich uninteressant für Psychologen, je weiter sie in die Untiefen, in den Unrat eintauchen, desto wohler fühlen sie sich. Schließlich beschäftige auch sie sich nur mit schlafenden Vulkanen und lasse die erloschenen beiseite, hat er gesagt. Das Schädliche überwachen, das Ruhige nicht beachten, das kenne sie letztendlich auch, das könne sie verstehen, oder? Ja, verstehen kann sie es. Aber nicht verzeihen. Verstehen reicht nicht immer zum Verzeihen. Eva Maria reibt ihren Körper mit aller Kraft ab. Wie konnte sie sich das von Vittorio sagen lassen? Trotz des Wasserplätscherns auf den Fliesen hört sie ihn noch. Ganz deutlich. »Eva Maria, Sie erheben sich zum obersten Richter. Sie haben mir gesagt, was Sie wirklich denken, jetzt sage ich Ihnen, was ich denke. Halten Sie sich tatsächlich für nützlich, wenn Sie auf Ihre kleinen Diagramme, Ihre kleinen Kurven, in Ihre Notizbüchlein starren? Da kann ich nur lachen. Vulkane wachen auf, wenn ihre Zeit gekommen ist, und Sie können sie genauso wenig daran hindern, wie ich meine Patienten daran hindern kann, in erster Linie autonome, handelnde Menschen zu sein. Im Grunde ähneln sich unsere Berufe sehr. Wir arbeiten alle beide vorbeugend. Aber Vorbeugung hat die Tragödien nie am Ausbruch gehindert. Da können Sie und alle Geologen noch so genau aufpassen, wenn die Erde in Wut geraten will, gerät sie in Wut. Also erzählen Sie mir bitte nichts von Nützlichkeit, Eva Maria. Ich scheitere auch, genauso sicher wie Sie, wir scheitern alle auf dem begrenzten Gebiet unserer Arbeit, auch ich stelle mich manchmal dumm an, ganz sicher, aber ich glaube, ich habe mehr Menschen auf dieser Erde geholfen als Sie, also kommen Sie mir nicht mit Ihrem Lied von Menschlichkeit, lesen Sie weiter Ihre Graphiken, studieren Sie Ihre Fotos, dabei sind Sie nicht mal imstande, sich um Ihren Sohn zu kümmern, der viel lebendiger ist als jeder Vulkan, falls Sie das noch nicht bemerkt haben sollten, und der Sie viel dringender braucht.« Eva Maria sitzt auf dem Boden unter der Dusche. Den Kopf zwischen den Knien. »Ob es Ihnen gefällt oder nicht, ich glaube immer noch, dass ich bei Felipe das Bestmögliche erreicht habe.

Täuschen Sie sich nicht, diese Vergangenheit ist mir genauso zuwider wie Ihnen, aber ich habe mein Lager gewählt, die Neutralität, die Hilfe ohne Vorbehalte, zumindest versuche ich, so vorbehaltslos wie möglich zu sein. Das ist die einzige Haltung, die mir bei meinem Beruf vertretbar scheint. Ich kann gut verstehen, wenn Sie das nicht überzeugt, aber so will ich meinen Beruf ausüben, zumindest wollte ich ihn ausüben, denn jetzt, wo ich hier bin, kann ich niemandem mehr helfen. Das muss Sie doch freuen, oder? Sind Sie jetzt nicht ganz zufrieden?« Eva Maria stellt das Wasser ab. Sie steht auf, stemmt die Fersen fest auf die überfluteten Fliesen. Ja, ganz genau, sie ist sehr froh; wenn dieser Felipe Lisandra getötet hat, dann hat sich wie bei Frankenstein Vittorios Kreatur gegen ihn selbst gerichtet. Eine gute Lehre. Man darf nicht den Zauberlehrling spielen. Weder mit Körpern noch mit Seelen. Eva Maria wickelt ein Handtuch um ihre nassen Haare. Den Zorn kann man nicht abwaschen. Sie holt die Fotos aus ihrer Tasche. Sie hatte völlig vergessen, sie Vittorio zu zeigen. Eva Maria ist außer sich. Keine Sekunde hatte Vittorio dieses gestohlene Kind als ein Drama an sich wahrgenommen, keine Sekunde hatte ihn sein Schicksal gerührt. Ihn hat nur interessiert, dass das Kind Felipes mögliches Motiv für den Mord an Lisandra war. Eva Maria erkennt Vittorio nicht wieder. Sie fühlte sich ihm immer so nah, aber jetzt hasst und verachtet sie ihn. Plötzlich muss sie lachen. Höhnisch. Sarkastisch. Vittorio wollte ihr vielleicht nicht Felipes Nachnamen verraten, aber dieser Verbrecher wird trotzdem büßen. Die gestohlenen Babys fallen nicht unter die Straffreiheit. Während der Militärdiktatur durfte man foltern und töten, aber keine Babys stehlen. Immerhin. Ein Rest von Gerechtigkeit in diesem Sumpf von Unrecht. Die manipulierte Adoption wird Felipe zum Verhängnis werden. Sobald Vittorio der Polizei von seinem Verdacht erzählt, wird man eine Untersuchung einleiten. Felipe wird vielleicht nicht für all seine Verbrechen büßen, aber das Kind wird er verlieren. Man wird es ihm wegnehmen, um es seinen biologischen Eltern zurückzugeben, und wenn Vittorio recht hat, wenn seine biologischen Eltern tot sind, wird man es seinen Großeltern anvertrauen, die es wohl vor ihrem Kain-Sohn beschützen werden. Eva Maria breitet die Fotos der Beisetzung auf ihrem Schreibtisch aus. Sie sucht. Ein Paar mit einem Kind. Einen Mann mit einem Kind. Einem kleinen Kind. Die Erziehung fängt bei einem Henker sicher damit an, das Kind mit dem Tod zu konfrontieren. Sehr früh. So früh wie möglich. Den Tod als Normalität vorzuführen, um ihn eines Tages ohne Gefühle anderen zu bringen. Den Tod zu radikalisieren. *FELIPE: Siehst du, mein Junge, in der Holzkiste dort liegt eine Frau, sie hat die Augen zu, sie ist tot, und man wird sie in die Erde legen. KIND: Mama hat aber gesagt, dass man in den Himmel kommt, wenn man stirbt … FELIPE: Deine Mutter erzählt dir dummes Zeug, Weibergerede, da darfst du nicht hinhören. Wenn man tot ist, kommt man in die Erde, mein Junge, und man kommt nicht wieder raus, und dass diese Frau tot ist, ist gut so, glaub mir, die sind wir los, manchmal müssen Leute sterben, das ist einfach so.* Aber auf den Fotos findet sie keinen kleinen Jungen. Eva Maria weiß es. Es fällt ihr wieder ein. Sie hatte schon darüber nachgedacht. Dass Kinder bei Beerdigungen fehlen. Außerdem kennt sie die Fotos auswendig. Sie hat sie so oft angeschaut. Und niemals ein Kind darauf gesehen. Sie hat sie sogar vergrößern lassen, in der Hoffnung, durch das größere Format würde der Mörder auftauchen. Trotz allem hofft Eva Maria immer noch. Ein rotes Licht. Das magische Denken weicht nicht.

Hartnäckig. Eva Maria erwartet von diesen Fotos, dass sie ihr wie in Horrorfilmen plötzlich die Anwesenheit eines Individuums offenbaren, das sie zunächst nicht gesehen hatte. Ein Paar mit einem Kind. Einen Mann mit einem Kind. Ein kleines Kind. Dann würde sie das kompromittierende Foto den Müttern auf der Plaza de Mayo bringen, und es wäre das erste Beweisstück für die Ermittlung. Aber das Leben ist kein Horrorfilm. Leider. Eva Maria schiebt die Fotos wütend weg. Es klopft an der Tür. Sie zuckt zusammen.

»Warte eine Minute!«

Eva Maria steckt die Fotos hastig in die Schublade.

Eva Maria dreht den Kopf zur Tür. Esteban steht auf der Schwelle. Ganz aufgekratzt.

»Na, wo sind die Kleider? Kann ich sie sehen?«
»Was für Kleider?«
»Deine Einkäufe …«

Esteban geht auf seine Mutter zu. Eva Maria verkrampft sich.

»Ich habe nichts gefunden.«

Esteban erstarrt. Er fährt sich mit der Hand durch die Haare, erst an der Seite, dann hinten.

»Nicht schlimm, dann eben beim nächsten Mal.«
»So ist es. Beim nächsten Mal.«
»Essen wir nicht so spät?«
»Ich habe noch ein Stündchen zu tun.«
»Okay. Ich warte auf dich. Ich wollte Empanadas machen, einverstanden?«
»Sehr gut.«

Esteban geht aus dem Zimmer. Eva Maria starrt auf die Tür. Geschlossen. Still. Sie steht auf, geht durch das Zimmer. So schnell sie kann. Öffnet die Tür.

»Esteban?«

Esteban dreht sich um. Am anderen Ende des Flurs.

»Was denn?«
»Glaubst du, sie könnte schwanger gewesen sein?«

Estebans Gesicht verschwindet im Halbdunkel des Flurs. So, wie am Ende alles im Halbschatten verschwindet. Wie eine Maske.

»Wer könnte schwanger gewesen sein? Von wem sprichst du?«
»Stella.«

Esteban antwortet nicht. Er rührt sich nicht. Aber es ist nicht die Frage, die ihn schockiert. Er glaubt, falsch verstanden zu haben. Vor fünf Jahren hat ihm Eva Maria verboten, Stellas Namen in ihrer Gegenwart auszusprechen. Eva Maria wird lauter. Ungeduldig.

»Glaubst du, sie könnte schwanger gewesen sein?«
»Wie kommst du darauf?«
»Ich weiß nicht … diese ganzen Geschichten von gestohlenen Babys, da dachte ich, vielleicht …«

Esteban wirft sich in diesen zögernden, unvollendeten Satz. Seine Antwort ist kategorisch. Seine Stimme fest. Er geht auf Eva Maria zu.

»Nein. Natürlich nicht. Stella war nicht schwanger. Wie kommst du denn darauf?«

Eva Maria wird wütend.

»Wie kannst du dir da so sicher sein?«

Esteban überlegt.

»Sie … sie hatte keinen Freund.«

»Woher weißt du das?«

»Sie hätte es mir erzählt.«

»Glaubst du wirklich, dass eine Schwester ihrem Bruder alles erzählt?«

Esteban antwortet nicht. Eva Maria nutzt den Moment.

»In einem gewissen Alter blühen die Geheimnisse auf, das weißt du doch, auch wenn zwischen Geschwistern bis dahin völlige Vertrautheit herrschte und das Wort ›Geheimnis‹ nur vorkam, wenn es geteilt wurde. Stella war zwei Jahre älter als du, das ändert alles. Sie könnte Geheimnisse gehabt haben, Geheimnisse, die du nicht erahnt hast.«

Esteban unterbricht sie. Seine Stimme klingt plötzlich älter.

»Wenn sie Geheimnisse hatte, dann nicht mir gegenüber.«

»Was soll das heißen?«

»Das heißt, dass Stella nicht schwanger war, mehr nicht.«

»Ich denke aber, sie hätte durchaus schwanger sein können.«

»Nein. Hör auf, dir irgendetwas einzureden.«

»Ich rede mir nichts ein.«

»Doch, du redest dir etwas ein, und es gibt einen ganz bestimmten Grund, weshalb Stella nicht schwanger gewesen sein kann.«

»Welchen?«

»Einen ganz einfachen Grund.«

»Welchen?«

»Willst du es wirklich wissen?«

»Ja.«

»Stella liebte Mädchen. So. Du wolltest es wissen.«

Eva Maria nimmt diese Enthüllung auf, als ändere sich dadurch nichts. Sie verzieht den Mund zu einem sanften Lächeln. Etwas überrascht. Stella liebte Mädchen. Merkwürdig, das hätte sie nie gedacht. Sie hätte es gerne gewusst. Erraten. Aber das ist nicht schlimm, das ist wirklich nicht schlimm, das beweist, wie frei ihre Tochter war, und das wusste sie. Eva Maria fährt mit dem Daumen über ihr Grübchen. In der Vertiefung des Kinns. Das Bett für einen Kirschkern. Ein Bett für Mädchen, denkt sie. Plötzlich etwas über Stella zu erfahren gibt ihr ein bisschen das Gefühl, als wäre sie noch am Leben. Eva Maria schließt die Tür hinter sich. Esteban lehnt sich an die Wand. Aus Erleichterung. Eva Maria hat diese Enthüllung aufgenommen, als ändere sich dadurch nichts. Er hingegen weiß, dass diese Enthüllung alles ändert. Sie wird Eva Maria daran hindern, zu tun, wovon sie sonst nicht abzuhalten gewesen wäre. Jedes vierjährige Kind zu mustern, als wäre es Stellas. Sich mit

Vermutungen kaputtzumachen. Und sich zu verlieren. Seine Mutter soll nicht den Rest ihres Lebens damit verbringen, der Leere hinterherzurennen. Auch nicht den Toten. Auch nicht den Früchten ihrer Phantasie. Esteban fährt sich mit der Hand durch die Haare, erst an der Seite, dann hinten. Sein Körper entspannt sich in einem Lächeln. Aus Erleichterung. Aus dem plötzlichen Bewusstsein dessen, was er gerade gesagt hat. Aus Schalk. Wenn Stella ihn gehört hätte, hätte sie sehr gelacht. Er hat nach dem Erstbesten gegriffen, was ihm in den Sinn gekommen ist. Wenn man von Wahnsinn umzingelt ist, ist es wichtig, lügen zu können. Das hat Esteban soeben gelernt.

Eva Maria gießt sich noch ein Glas Wein ein. Sie sieht ihren Schreibtisch an. Ihr Blick gleitet zum Rekorder. Was für Musik mochte Stella? Sie muss Esteban fragen. Ihr Blick folgt dem schwarzen Kabel, das Rekorder und Kopfhörer verbindet. Sieht aus wie eine Nabelschnur. Eine Nabelschnur für Playmobil. Wie der Rio de la Plata, der ins Meer mündet. Eva Maria kritzelt in ihr Notizheft. Legt den Stift hin. Wickelt das schwarze Kabel um ihre Finger. Zieht den Stecker des Rekorders raus. Steckt ihn wieder rein. Zieht ihn raus. Steckt ihn rein. Zieht ihn raus. Wie lange hat sie keinen Sex mehr gehabt? Eva Maria steht auf. Geht zum Schrank. Kniet sich hin. Kramt hinter den Schuhen. Holt den braunen Rucksack raus. Durchsucht die Kassetten. Überprüft die Beschriftung. Miguel. Das ist es. *Miguel.* Sie erinnert sich nicht an die Vornamen aller Patienten, aber an diesen erinnert sie sich. Obwohl sie die Kassette nicht bis zum Ende gehört hat. Die einzige, die sie nicht abgeschrieben hat. Sie hatte den Mut verloren, es ging über ihre Kräfte, sie konnte es nicht ertragen. Eva Maria schüttelt den Kopf. Sie muss sie anhören. Von Anfang bis Ende. Was bleibt von der Pflicht, sich zu erinnern, wenn die Henker nicht bezahlen, wenn die Opfer schweigen und wenn sie Miguel nicht anhört? Sie muss mutiger werden. Man muss immer mutiger werden. Der Wein wird ihr helfen. Eva Maria gießt sich noch ein Glas ein. Setzt die Kopfhörer auf. Nimmt ein leeres Blatt. Spannt es in die Schreibmaschine ein. Spult die

Kassette zurück. Drückt auf *Play.* Denkt: Aber das hier ist kein Spiel.

MIGUEL

VITTORIO
Miguel? Was machst du denn hier? Tut mir leid, Lisandra ist nicht da. Und ich erwarte jeden Moment einen Patienten.

MIGUEL
Herrn Bach?

VITTORIO
Woher weißt du das?

MIGUEL
Weil ich Herr Bach bin!

VITTORIO
Wieso bist du Herr Bach?

MIGUEL
Der bin ich auch, oder, wenn du lieber willst, das war damals mein Name, und weil ich gekommen bin, um von damals zu reden, habe ich dir den Namen von damals genannt. Ich kann also reinkommen.

VITTORIO
In mein Sprechzimmer?

MIGUEL
Ja. Ich hab, wie gesagt, einen Termin.

VITTORIO
Natürlich, komm rein, komm rein, bitte. Dein Name von damals? Ich verstehe nicht.

MIGUEL
Nummer 2138, das war damals mein richtiger Name, in Buchstaben umgesetzt ergibt das »BACH«. Unglaublich, oder? Haben die das mit Absicht gemacht? Ich halte es eher für einen Wink der Vorsehung, ein Zeichen, durchzuhalten, als für einen Beweis ihrer Intelligenz, denn die haben sie leider nicht in den Dienst der Poesie gestellt. Komisch, dass du meine Stimme am Telefon nicht erkannt hast. Ich war sicher, du würdest mich erkennen.

VITTORIO
Du machst mir Sorgen, Miguel, Ich habe dich noch nie so nervös erlebt. Was ist los? Warum gibst du dich für jemand anderen aus, wenn du zu mir kommst? Du hättest mir sagen sollen, dass du es bist.

MIGUEL
Ich dachte, es wäre leichter, wenn Herr Bach dir davon erzählt.

VITTORIO
Wovon erzählt?

MIGUEL
Alles, was dort geschehen ist. Um wenigstens einmal davon

zu erzählen. Dir. Damit ich lerne, darüber zu sprechen. Ich habe es mir schon selbst erzählt – erst in Gedanken, dann laut –, das habe ich alles schon gemacht. Das Grauen in einen Bericht verwandeln, ihm die für jede Schilderung unverzichtbare Form aufzwingen, gute Worte finden, das heißt die richtigen, um die Bilder wiederzugeben, und sogar eine gewisse Chronologie rekonstruieren, das war am härtesten, die Zeitordnung in die Angst einzuführen, Elemente, Gesten, Ereignisse aneinanderzureihen, die sich bis dahin in einem Blätterteig des Schreckens überlagerten, alles existierte außerhalb der Zeit, das war so brutal, ich musste die Zeit wieder einführen, diese Größenordnung, die der Menschheit eigen ist und die verschwindet, sobald die Unmenschlichkeit in Aktion tritt. Aber ich habe es geschafft, das alles habe ich schon für mich allein gemacht. Jetzt muss ich diesen Bericht jemand anderem geben, gefüllt mit Worten, durchsetzt mit Chronologie, jemand anderem, das wird immer natürlicher werden, sage ich mir, es ist wie eine Melodie, die man im Kopf hat, zuerst braucht man die Noten, dann muss man die Noten festhalten, die man hört, und schließlich muss jemand zuhören, sonst bringt das nichts, außer dass wir uns in der Wiederholung einsperren. Die Angst und die Unfähigkeit, meinen Bericht in ein anderes Ohr zu ergießen, bleiben, ich habe lange überlegt, wem ich davon erzählen könnte, und plötzlich dachte ich an dich. Du bist mein Freund, außerdem ist es dein Beruf. Ich bin sicher, du kannst mir helfen, Vittorio. Ich muss darüber sprechen können, verstehst du? Ich will mein Leben damit verbringen, davon zu erzählen. Nicht um mich einzusperren, sondern um mich zu befreien. Hörst du? Antworte mir! Bist du einverstanden, dass wir so tun, als wäre ich ein Patient? Ausnahmsweise. Ein einziges Mal. Bist du einverstanden?«

VITTORIO
Sicher, sicher. Ich werde meine nächsten Termine absagen und mir den Nachmittag freimachen, dann haben wir mehr Ruhe.

MIGUEL
Bloß nicht! Dieses Gespräch darf nichts verändern, es soll vor allem nicht wichtiger sein als die Gespräche mit deinen anderen Patienten, sonst machen wir alles noch schlimmer. Verstehst du? Ich habe geübt, mein Bericht wird nicht länger dauern als deine anderen Sitzungen, versprochen.

VITTORIO
Einverstanden. Wie wollen wir vorgehen? Möchtest du, dass ich dir zuerst eine Frage stelle?

MIGUEL
Bloß nicht! Ich will es allein schaffen. Ohne Anlauf. Denn wenn ich darauf warte, dass man mir Fragen stellt, werde ich niemandem davon erzählen. Es ist unglaublich, wie viele Leute niemals Fragen stellen, als ob die Gabe der Neugier der Kindheit vorbehalten wäre. Findest du nicht? Nein, natürlich nicht, denn in deinem Beruf stellst du ja Fragen, du verbringst sogar dein Leben damit, Fragen zu stellen, aber überleg mal, die Leute, die anderen, findest du, dass sie Fragen stellen? Ich nicht. Ehrlich, diese Stummheit, diese Art, alles, was uns umgibt, fraglos zu akzeptieren, zur Kenntnis zu nehmen, erstaunt mich. Fragen kommen sogar ungelegen! Wie das Lächeln. Man denkt, was will der bloß von mir? Man nimmt es übel, man wittert irgendeine böse Absicht, befürchtet eine Einmischung. Dein Beruf lebt we-

nigstens von Fragen, das ist gut so. Das ist eine gute Sache. Liebst du deinen Beruf, Vittorio?

VITTORIO
Ja.

MIGUEL
Ich liebe meinen Beruf auch, er ist sogar das, was ich auf der Welt am meisten liebe. Es ist gut, seinen Beruf mehr als alles auf der Welt zu lieben, aber es ist immer ein schlechtes Zeichen. Ich würde heute gern Mélina mehr als alles auf der Welt lieben können.

VITTORIO
Ich weiß.

MIGUEL
Zuerst wurde die Beschattung immer aufdringlicher, sie waren zu viert oder zu fünft, ganz jung, zweiundzwanzig, dreiundzwanzig, manchmal blieb ich auf der Straße stehen, um ihnen zu zeigen, dass ich mich nicht täuschen ließ, ich fragte sie nach der Uhrzeit, manchmal auch direkt, ob sie nichts Besseres zu tun hätten, ich hatte keine Angst, ich dachte, die Tatsache, dass ich eine bekannte Persönlichkeit war, würde sie daran hindern, zur Tat zu schreiten, die politischen Auswirkungen wären zu schwerwiegend gewesen. Aber an einem Abend beobachtete ich, dass sich auf dem Dach des Nachbarhauses Leute in Zivil zu schaffen machten, und ich verstand, dass etwas Schlimmes geschehen würde. Ich wollte Freunde anrufen, falls sie am nächsten Morgen früh um sieben Uhr kein Lebenszeichen von mir bekämen, müssten sie sich Sorgen um mich machen,

aber mein Telefon war tot. Alle Anrufe habe ich bei einer hilfsbereiten Nachbarin erledigt, ich habe die Botschaften um Hilfe gebeten, Frankreich, Deutschland, Kanada, USA, Brasilien. Keine wollte das Risiko auf sich nehmen, einzugreifen, sie haben mir gesagt, die einzige Botschaft, die eingreifen könne, sei die argentinische. Mit anderen Worten, ich sollte meine Henker zu Hilfe rufen. Während ich telefonierte, hatten sich zwei Fiats mit Bewaffneten vor meinem Haus postiert. Schließlich fand der Überfall statt, ich habe keinen Widerstand geleistet, und sie haben mich in einen Armeelastwagen geschleift, der an der Ecke wartete. Schon während der Fahrt haben sie angefangen, mich zu foltern. Dann haben sie mich in einen Raum gebracht, an der Tür stand: *Secretaría de Inteligencia del Estado*, die einzigen Worte, die ich während der ganzen langen Monate gelesen habe. Sie haben mir die Kleider vom Leib gerissen und mich geknebelt, haben mich am Tisch festgebunden und mit Wasser bespritzt, dann haben sie die *Picana* eingesetzt, mit dem Elektroschocker hatten sie es auf meine Hände abgesehen, und sie wiederholten immer wieder: »Du wirst nie mehr Klavier spielen, du kommst als Wrack hier raus. Du bist schlimmer als ein Guerillero, weil du mit deinem Lächeln und deinem Klavierspiel der *Negrada*, diesem Abschaum, vorgaukelst, sie hätte ein Recht auf Beethoven. Du bist ein Verräter an deiner Klasse. Beethoven ist für uns. Das wird dich teuer zu stehen kommen. Wir machen dich fertig.« Danach haben sie mich losgebunden und auf der Erde liegen lassen, sie wollten mir kein Wasser geben, das Blut von meiner Zunge lief mir in den Hals, so stark hatte ich mich gebissen, aber Blut löscht nicht den Durst. Sie haben mich in einen Kellerraum geworfen, eine Zelle ohne Licht. Wir waren zu zweit in einem Bett. Es war kalt und feucht. Wir hatten keine Decke. Wir bekamen nichts zu essen. Es gab nur eine Betonbank. Wir mussten auf die Erde urinieren und uns entleeren. Sie haben mich jeden Tag gefoltert. Sie hatten den Ehrgeiz, jeden Tag etwas anderes mit mir zu machen, aber ihre Worte blieben immer gleich: »Du wirst nie mehr Klavier spielen, nie mehr.« Sie konzentrierten sich weiter auf meine Hände und Arme. Wenn sie die anderen an den Füßen aufhängten, hängten sie mich an den Handgelenken auf. »Du hörst gerne Musik, ja? Du liebst Musik? Dann hör dir das hier an.« Und sie schlugen mit aller Kraft auf meine Ohren ein, es waren mehrere, ich dachte, meine Ohren würden zerreißen, ich hörte, wie der Knorpel knackte, sie drohten damit, mir die Trommelfelle zu durchstechen. Ich konnte nichts tun, damit sie aufhörten. Sie wollten ja keine Informationen aus mir rausholen, ich hatte keine, ich hatte nichts für sie, sie wollten mir nur wehtun, als Strafe, sie wollten mich vernichten. Ich habe keinen von ihnen je zu Gesicht bekommen. Ich hatte Watte auf den Augen, darüber eine Binde und eine Kapuze. Ich konnte nie auch nur das Geringste sehen. Ich hörte, ich lauschte, ich habe genau vierundzwanzig verschiedene Stimmen gezählt. Mit bloßem Ohr. Ich erkannte die Stimmen – Tenor, Bariton, Sopran … Es gab alles, auch Frauenstimmen. Französische und deutsche Akzente. Sie erklärten den Henkern, welche Fragen sie stellen sollten, wahrscheinlich Psychologen, Spezialisten für die Befragung politischer Häftlinge. Immer wieder ging es um den Nationalsozialismus. An einem Tag haben mich zwei junge Offiziere gezwungen, etwa fünfhundertmal zu wiederholen: »Der Nationalsozialismus ist die schönste Doktrin, die die Menschheit erfunden hat.« – »Lauter! Lauter! Sing mal den Satz. Los! Vertone ihn.« Manchmal folterten sie mich als Lehrbeispiel, um den anderen, den Neuen, zu zeigen, wie man foltert, denn alle folterten, das war Teil ihrer Ausbildung. Dann fügten sie mir mit Zigaretten Verbrennungen zu oder rissen mir die Schamhaare büschelweise aus, ich hörte: »Los, ran mit der Kippe, drück zu, verdammt, drück zu, du sollst ihm keinen runterholen, du Waschlappen, sieh her, los, auf den Rücken.« Und die Zigarette stieß gegen meine Wange. Sie rissen mir mit der Pinzette die Haut von den Händen. Die Wunden wurden jeden Tag größer und eiterten, ich leckte sie ab wie ein Hund, ich hoffte, sie zu desinfizieren. »Bei uns bist du nur ein Stück Scheiße!« Sie wollten mich vernichten, aber ich kam dahinter, dass ich den Schmerz weniger spürte, wenn ich mich sehr stark konzentrierte, also versuchte ich, an technische Probleme beim Klavierspiel zu denken, ein Werk nachzuvollziehen oder Mélinas Stimme beim Singen dieses Werkes zu hören – wenn du wüsstest, wie sehr der Gedanke an meine Frau mir geholfen hat durchzuhalten! In der Hölle lernt man diverse Tricks, um durchzuhalten: Wenn es weniger wehtat, brüllte ich wie ein Wahnsinniger, und wenn es sehr wehtat, schwieg ich, also legten sie da nach, wo ich am lautesten geschrien hatte, mit Strom oder mit Schlägen. Aber sehr bald hatte ich kein Gefühl mehr, weder in den Händen noch in den Armen. Meine Finger waren tot. Ich hatte panische Angst, das Gefühl in den Fingern und den Armen für immer verloren zu haben. Diese Angst verfolgte mich Tag und Nacht. Tag und Nacht machte ich Übungen. Ich spürte meine Finger nicht, aber ich wollte mein Fingergedächtnis nicht verlieren, die Abstände zwischen den Noten, also kratzte ich die Tasten des Klaviers auf den Boden, in den Beton, und ich sah, ohne sie zu spüren, wie sich meine Hände schwerfällig bewegten, aber sobald ich hörte, dass die Tür aufging, wischte ich mein Klavier weg. Ich hatte riesige Gedächtnislücken. Wenn ich im Geiste versuchte, die Partituren zu rekonstruieren, erinnerte ich mich sehr gut, sagen wir, an vierundzwanzig Takte, dann kam plötzlich eine Lücke, ein Ozean, ich erinnerte mich an Bruchstücke der Partitur, aber zum Beispiel nicht an die Durchführung. Das Fingergedächtnis hat mir geholfen, diese Löcher zu füllen. Das Schlimmste ist, dass mein am besten entwickelter Sinn bei diesen ganzen Folterungen dabei war, ich war randvoll mit Tönen, den Stimmen, diesen Stimmen … ich werde sie nicht los, Schmerzensschreie, hasserfüllte Schreie, Schreie, die um Gnade flehten, Beschimpfungen, Gebrüll, mit dem sie sich gegenseitig zum Foltern antrieben. Bilder habe ich keine. Empfindungen verblassen. Aber die Stimmen, diese Stimmen lassen mich nicht los. Der Krach war für mich die schlimmste Folter. Jede Nacht schlugen sie gegen die Rohre, und die Töne hallten in mir wider, ich hörte Noten, disharmonische Noten, immer die gleichen brutalen, seelenlosen Noten, Noten aus Metall, ich bin sicher, dass es Teil ihres Plans war, mich mit Krach zu betäuben, mich mit dem Krach zu töten, mit dem unerträglichen, wahnsinnig machenden Höllenlärm. Der Plan, die Logik eines Psychologen. Du kannst es dir nicht vorstellen, die Psychologen und Psychiater waren überall. Sie waren in die Armee integriert. Unsere Wächter waren Psychologen, unsere Zensoren waren Psychologen. Tut mir leid, ich beziehe das nicht auf dich, Vittorio, aber dein Beruf ist wirklich nicht immer erfreulich. Schließlich sind Psychologen auch nur Menschen, sie haben auch nicht immer Lust, Gutes zu tun. Sie wussten, wie sie uns zerstören konnten, sie stopften uns mit Medikamenten voll. Ich hatte gelernt, so zu tun, als würde ich sie nehmen, manchmal verlangte ich sogar welche, um ihren Verdacht zu zerstreuen. Dann gab ich sie denen, die welche haben wollten, jeder hat seine Art, dieses Martyrium zu ertragen, manche brauchten die Medikamente, um diese Hölle zu überleben. Ich musste mir vor allem den Kontakt zur Realität bewahren, um durchzuhalten. Die Vorstellung, das Zeitgefühl zu verlieren, war mir unerträglich. Mehrere Tage hintereinander gaben sie uns nichts zu essen, wir hörten den Essenswagen im Flur, aber er hielt nicht bei uns, und an einem Tag blieb er dann stehen, man wusste nicht, warum heute und nicht gestern oder morgen. Immer der gleiche verschimmelte, halbrohe Reis mit »Fleisch«, sie sagten uns, es stamme von der Kopfhaut hingerichteter Opfer. An einem Tag kamen sie mich holen, nahmen mir die Augenbinde ab und schenkten mir Zigaretten, am nächsten zogen sie eine Waffe und schossen knapp an mir vorbei, um mir Angst zu machen. Auch so eine Idee von ihren Psychologen. Man konnte keine Freunde haben, teile und herrsche, in diesem Spiel waren sie sehr stark, man wusste nie, wer sich in einem Mithäftling verbarg, Freund oder Feind. Sie kauften manche Gefangenen mit Essen, Privilegien oder Versprechungen, damit sie andere verrieten. Manchmal wurde man für Dinge angeklagt, die man nicht begangen hatte. Ihre Haftmethoden waren sehr ausgeklügelt. Es war ein richtiges Labor, die Experimente waren unglaublich. Für jede Etage benutzten sie individuelle und Gruppentaktiken. Ich weiß bis heute nicht, wie dieses System existieren konnte. Dafür waren die Psychologen da. Mich wollten sie über meine Leidenschaft, meinen Beruf zerstören. Die Hände, die Hände, immer die Hände. Ich weiß, dass sie einen Chirurgen ungefähr der gleichen Behandlung aussetzten. Die Möglichkeit einer Leidenschaft töten, um so den Menschen zu töten. Hinter jeder Foltersitzung steckte ein Psychologe. Ich habe insgesamt fünf gezählt, außer den Franzosen und den Deutschen, ihre Stimmen waren mir vertraut geworden, und über die Stimmen hinaus ihre Atmung. Wenn man richtig hinhört, Vittorio, hat jede Atmung einen besonderen Klang, weißt du das? Ich kann einen Haufen Leute an ihrer Atmung erkennen. Hörst du auf den Atem der Leute? Wenn du dir die Ohren zuhältst, hörst du deinen eigenen Atem. Und wenn ich mich konzentriere, höre ich die Atmung aller Leute um mich herum so, wie du deine hörst, wenn du dir die Ohren zuhältst. Als sie mir gesagt haben, dass sie Mélina verhaftet hätten, war das schlimmer als jede Folter. Ich versuchte mir einzureden, dass sie mich täuschten. Um mich endgültig zu vernichten. Sie drohten mir, sie vor meinen Augen zu foltern. Ich hörte auf, insgeheim zu üben, ich hatte Angst, dass sie ihre Drohungen wahrmachen, ich nahm sogar die Medikamente ein, ich machte alles, um ein vorbildliches Opfer zu sein. Und ich versuchte, mir Mélina zu Hause, in Sicherheit vorzustellen. Aber ich hätte nichts machen können, um sie daran zu hindern, ihre sadistischen Phantasien auszuleben. Ich hätte nichts machen können. »2138! Aufstehen!« Sie brachten mich in das Zimmer. *Secretaría de Inteligencia del Estado*. Sie setzten mich auf einen Stuhl und nahmen mir die Augenbinde ab. Plötzlich hörte ich Musik. Sehr laut. Es war das *Konzert für die linke Hand* von Ravel. Sie ließen mich während des ganzen Konzerts sitzen, und ich spürte, wie mich ein riesiges Glücksgefühl erfasste. Dann ging das Konzert zu Ende. Sie gaben mir eine Zigarette, fragten, ob mir dieses *Konzert für die linke Hand* gefallen habe, sie fragten, ob ich mit der linken oder mit der rechten Hand rauche, sie trugen alle eine Kapuze, dann sagten sie, sie hätten jedenfalls Lust, es noch einmal zu hören, sie legten das

Konzert wieder auf, noch lauter, dann fesselten sie meinen rechten Arm an den Tisch und meinen Körper an den Stuhl, breiteten schwarzen Stoff zwischen meinen Armen und mir aus, sodass ich meine Hände nicht mehr sah. Und dann haben sie eine Kettensäge angeworfen, hörst du, Vittorio? Eine Kettensäge. »Wir werden dir die Hände abschneiden so wie Victor Jara, und danach töten wir dich.« Du kannst dir nicht vorstellen, wie grauenvoll dieses Geräusch ist, wenn es sich deinen Händen nähert. Ich spürte, wie der Tod in mich eindrang. Einer der Psychologen brüllte: »Du wirst nie mehr der Pianist sein, der du warst, du wirst nicht mehr der Vater deiner Kinder sein, auch nicht der Liebhaber deiner Frau, du wirst nur noch ein Stück Dreck sein.« Ich konnte mich noch eine Weile beherrschen, aber als ich hörte, wie das Geräusch der elektrischen Säge näher kam, habe ich gebrüllt, so einen Schrei hatte ich noch nie gehört, noch nie von mir gegeben: »Nein, Allmächtiger! Gott hab Erbarmen!« Plötzlich hörte alles auf. Stille. Ein Wunder. Sie haben mich losgebunden und gelacht. Sie fragten mich, ob mir ihr Witz gefallen habe. Na gut, es sei nicht direkt ein Witz, denn ich würde in der Tat nie mehr der Liebhaber meiner Frau sein, aber das sei das kleinere Übel. Sie lachten. Sie sagten, sie seien freundlich, nett, sie hätten mir die Hand abschneiden können, aber sie hätten lieber meine Frau getötet. Das kleinere Übel, oder? Eine andere Frau findet man schon, eine andere Hand ist komplizierter. Außerdem sei es der letzte Wunsch meiner Frau gewesen, dass ich am Leben und Pianist bliebe, dass ich weiter spielen könne, sie hätten ihn respektiert, sie würden nicht in der Hölle schmoren, sie hätten sie gefragt, was ihr lieber sei, »entweder wir töten Sie, oder wir schneiden Ihrem Mann die Hände ab«. Sie selbst habe gewollt, dass sie sie töteten, sie habe sie sogar angefleht, das konnte man ihr doch nicht verwehren, schließlich waren sie Kavaliere, ich hätte wirklich Glück, so eine Frau gehabt zu haben. Sie lachten. Und ließen mich laufen. Nach Hause. Ich glaubte, Mélina wäre noch da. Ich hoffte mit ganzer Seele, dass sie mich belogen hatten, ein übler Kinderwitz, ausgeheckt von diesen verdammten Psychologen. Ich betete, ich schwor, dass ich mich nie mehr über etwas beklagen würde, dass ich mich nie mehr überdrüssig und müde fühlen würde, dass ich nie mehr vergessen würde, Mélina zu sagen, wie sehr ich sie liebte. Aber als ich das Haus betrat, spürte ich, dass hier seit Wochen niemand mehr lebte. So etwas spürt man, ein unmittelbares Gefühl, das Verschwinden der Liebe aus dem Raum. Es überfällt einen sofort. Das Essen stand noch auf dem Küchentisch, sie hatten sie wohl beim Abendbrot überrascht. Als ich die Schimmelschicht auf den Tomaten sah, wusste ich, dass Mélina tot war. Da bin ich zusammengebrochen, wie ich im Gefängnis nie zusammengebrochen war. Das war natürlich alles von ihren Psychologen geplant und inszeniert. Sie hatten begriffen, dass das für mich das Schlimmste sein würde. Meine Frau zu verlieren.

So, Vittorio, wie ich dir versprochen habe, nicht mal eine Stunde, unglaublich, oder? Die Summe dieser elf Monate passt in nicht mal eine Stunde. Man sagt ja immer, dass die Worte alles reduzieren. Die Sprache kann noch so sehr versuchen, präzise zu sein, aber sie kann nie die Ausdehnung der Zeit wiedergeben, ihr Fluss müsste variabel wie ein Metronom sein, um der Raum-Zeit einer Handlung gerecht zu werden. Das einzig Gute an der Sprache ist, dass sie die Stimme erlöst, ansonsten ist sie nicht verlässlich. Du kannst dir nicht vorstellen, was es bedeutet, seine Frau zu verlieren. Wenn du wüsstest, Vittorio, wie sehr mir Mélina fehlt. Apropos, wie geht es Lisandra? Als wir uns letztes Mal gesehen haben, kam sie mir so entrückt vor.

VITTORIO
Es geht ihr gut.

MIGUEL
Ich sage dir, sie kam mir wirklich abwesend, besorgt vor, ist zwischen euch alles in Ordnung?

VITTORIO
Alles.

MIGUEL
Du hast so ein Glück, dass du sie hast, ich hoffe, du denkst täglich daran, Vittorio.

VITTORIO
Ja.

MIGUEL
Ich bin auch gekommen, um dir zu sagen, dass ich das Land verlassen werde.

VITTORIO
Was soll das heißen, du wirst das Land verlassen? Was erzählst du da?

MIGUEL
Ich gehe nach Paris.

VITTORIO
Nach Paris?

MIGUEL
Ich komme zurück, aber jetzt muss ich erst mal weg, das muss sein, ich brauche Abstand, ich kann nicht hier bleiben.

VITTORIO
Aber warum? Das ist doch jetzt alles vorbei.

MIGUEL
Einmal habe ich eine Stimme erkannt. Bei einem Empfang. Ich habe die Augen zugemacht, er war es, dieselbe Stimme. Ich hätte mir die Hand abhacken lassen, das ist kein dummes Wortspiel. Ich konnte den ganzen Abend nichts sagen. Ich starrte auf meine Hände. Die Stimme dieses Individuums weckte die Schmerzen, meine Hände zuckten und brannten, es war entsetzlich. Ich wollte etwas sagen, ich konnte nicht, ich brachte kein Wort raus, und da, in diesem Augenblick, habe ich beschlossen zu lernen, es zu erzählen. Aber etwas konnte ich trotzdem tun, ich bat den Pianisten, mir seinen Platz zu überlassen. Ich habe nicht bis zum Ende des Essens gewartet. Ich konnte mich nicht beherrschen, ich musste es tun. Ich habe gespielt. Das *Konzert für die linke Hand* von Ravel. Ich habe gespielt wie ein Besessener. Als das Stück zu Ende war, habe ich mich wieder hingesetzt und weitergegessen. Von da an war ich ruhig. Ruhiger. Ich konnte ihm nicht in die Augen sehen, aber ich wollte ihm zeigen, dass er nichts erreicht hatte. Dass er nichts zerstört hatte. Aber erinnerst du dich nicht? Lisandra und du, ihr wart doch auch bei diesem Empfang.

VITTORIO
Doch, ich erinnere mich tatsächlich an diesen Empfang.

MIGUEL
Und du fragst nicht, wer es war?

VITTORIO
Wenn du es mir sagen willst, kannst du es mir sagen.

MIGUEL
Ich verstehe. Es ist zwar dein Beruf, Fragen zu stellen. Aber nicht alle.

VITTORIO
Das stimmt, nicht alle.

MIGUEL
Und vor allem nicht die, die nur deine persönliche Neugier befriedigen würden.

VITTORIO
Genau.

MIGUEL
Stimmen sind so verräterisch. Unglaublich, dass du mich am Telefon nicht erkannt hast. Ich war sicher, du würdest mich erkennen. Ich würde deine Stimme unter Tausenden erkennen. Das muss mit dem Kontext zu tun haben, anders kann ich es mir nicht erklären, du hast nicht damit gerechnet, dass ich zwischen deinen Patienten aufkreuze, darum hast du mich nicht erkannt, außerdem ist dein Beruf das Wort, nicht der Ton. Ich hätte dich sofort erkannt, aber ich

gebe zu, die Töne sind mein Beruf, jeder hat seinen Beruf, darauf läuft es immer hinaus. Ach so, ja, eins wollte ich dir noch sagen, fast hätte ich's vergessen …

Eva Maria drückt auf alle Knöpfe. Nichts mehr. Die Kassette ist zu Ende. Das Gespräch dauerte am Ende doch länger als Vittorios normale Sitzungen. Und Miguel war noch nicht fertig. Eva Maria trinkt ihren Wein aus.

»Aber was? ... Was wollte er Vittorio noch sagen? Was hatte er vergessen?«

Eva Maria dreht die Kassette um. Sie sucht die Fortsetzung auf der Rückseite. Sie kommt nicht drauf, dass das unmöglich ist. Dass Vittorio niemals die Taschentuchschachtel umgedreht hätte. Dass er nie den Rekorder geöffnet hätte, um die Kassette umzudrehen, ehe er seinen Freund zum Weitersprechen aufforderte. Mach weiter, mein lieber Miguel, bitte. Eva Maria dreht die Kassette um. Wieder und wieder. Wie eine Verrückte. Fünf Mal versucht sie es. Nichts. Kein Ton. Keine Stimme. Diese Rückseite ist leer. Nichts, was ihr die Pointe dieser Sitzung verrät. Eva Maria drückt auf alle Knöpfe. Aus Wut. Aus Ohnmacht. Weil sie zu viel getrunken hat. Die Flasche ist leer. Eva Maria steht auf. Sie geht ins Badezimmer. Öffnet alle Wandschränke auf der Suche nach einer anderen Flasche. Warum war sie nicht von selbst darauf gekommen? Sie stammelt.

»Diese Kassetten ... natürlich, das war die Idee eines Psychopathen ... seine Patienten aufnehmen ... Überbleibsel einer Methode aus jener Zeit … Vittorio Puig – eigentlich weiß ich nichts von ihm, seiner Vergangenheit, seinem Leben, ein Name, ein Vorname, mein ganzes Vertrauen, man müsste die Leute immer kennen, die man kennt … Aber Miguel hatte alles aufgedeckt, Miguel der Freund seit ewigen Zeiten, Miguel der Gefolterte, Miguel der Witwer, er hatte seine Stimme bei diesem Empfang erkannt, er hatte deine Stimme erkannt, Vittorio Puig den Bariton … mit deinen manierierten langgezogenen Satzenden eines Ästheten, eines Intellektuellen, herhören! Vittorio Puig wird sprechen, das Schweigen soll aufhören, herrschen soll die Verständigung, die reine Vernunft … Also, Eva Maria, überlegen Sie gut, Eva Maria, aber bitte, Eva Maria, aber da hast du nichts begriffen, Vittorio Puig, o nein, du hast überhaupt nichts begriffen … Du dachtest, euer Freund Miguel kommt, um dir einen ausführlichen Bericht seines unglücklichen Schicksals zu geben, aber Miguel hatte alles aufgedeckt … Er hat deine Stimme wiedererkannt, du warst einer von den Psychologen von dort, und Miguel wusste es, hatte es entdeckt, kam dich warnen, pass auf, Vittorio Puig, das fällt dir auf die Füße, das war die erste Etappe seiner Rache, dich aufzusuchen und dich zu warnen … Aber du hast nicht versucht, zwischen den Zeilen zu lesen, nicht einmal eine winzige Minute lang, dabei war es klar für den, der es sehen will, aber Vittorio Puig warnt man nicht, man ehrt ihn, verehrt ihn, lauscht ihm, man schweigt … Erbärmlicher Vittorio Puig, so auf deine Worte fixiert, dass du nicht merkst, wenn man von dir spricht … Man sucht sich nicht aus, Opfer zu sein, man wird es, und alle von irgendwem, also wird die zweite Etappe seiner Rache eingeläutet, dingdong, Vittorio Puig, Miguel wird es dir heimzahlen … Er wird dir antun, was du ihm angetan hast oder einer deiner Komplizen, egal, du wirst zahlen, er wird dir deine Frau nehmen, so wie du ihm seine genommen hast … Gewalt ist willkürlich, dingdong, die Stunde der Rache hat geläutet, Lisandra Puig hat aufgemacht, vor eurem Freund Miguel hat sie keine Angst: Ach, Miguel! So eine Überraschung! Was stehst du noch da? Komm rein! Nein, Vittorio ist nicht da … im Kino … willst du was trinken? Einen guten Weißwein? Sie würden ein wenig plaudern, bis du kommst, Vittorio Puig … bis du aus dem Kino zurückkommst, wohin du gegangen bist in deiner phantastischen Kultiviertheit, anstatt mit deiner Frau zu schlafen, dich dafür zu entschuldigen, dass du ihr neues Kleid nicht gesehen hast, sie zu beruhigen, sie zum Lachen zu bringen, ihr zu zeigen, dass es eigentlich nicht immer schlimm ist, sich zu streiten … Aber du bist lieber weggegangen, Streit ist vulgär, besonders wenn man nicht töten kann, nicht wahr, Vittorio Puig? … Wie geht es dir, liebe Lisandra? Miguel hatte sie gebeten, etwas Musik aufzulegen, schade, wenn sie ein Klavier gehabt hätten, hätte er ihr sein letztes Stück vorgespielt … um ihre Meinung zu hören, der Abend war entspannt, ihr Lieblingstango? Gute Idee, lauter, er schwärmte auch für diesen Tango, und dann war es für ihn ein Leichtes, dass sie zum Fenster ging und es aufmachte, vielleicht sogar, um dich kommen zu sehen! Guck, da kommt Vittorio Puig zurück, wir werden hallo rufen! Hallo, Vittorio Puig, hallo, sie hatten sich hinausgelehnt, ach nein, er war es gar nicht … Dann hatte er ihr ins Ohr geflüstert, dass es ihm leidtut, das machen zu müssen, weil er sie gerne mochte, aber leider sei sie die Frau von Vittorio Puig, und Vittorio Puig habe seine Frau getötet, vielleicht nicht er selbst, aber ein Komplize, die Gewalt ist willkürlich, die Rache auch, darum werde er ihm zeigen, wie es ist, wenn man seine Frau verliert, da hatte sie sich umgedreht, weil sie nicht glauben konnte, dass Vittorio Puig das Ungeheuer war, von dem Miguel sprach, vielleicht wusste sie sogar, dass Vittorio Puig dieses Ungeheuer war, aber es störte sie, dass Miguel das einfach so ohne Umschweife sagte … Sonst wagte niemand, es auszusprechen, sowieso ist es schnurz, was sie denkt, die Frau von Vittorio Puig, peng, aus dem Fenster mit der Frau von Vittorio Puig, aus dem Fenster, tri tra trallala, Kasperle da, im Dunkeln ist gut munkeln und in der Leere der Luft, der letzten, die sie atmet … die seit Jahrtausenden unsterbliche Luft, die, ganz dicht an ihren Nasenlöchern, zusehen wird, wie sie aufprallt, paff und hopp, ausströmen, um sich in anderen Nasenlöchern, in anderen Luftröhren, Lungen, Bronchien, Bronchiolen zu recyceln, in den Nasenlöchern des Jungen, der Angst vor einem Kuss hatte, in den Nasenlöchern des Mädchens, das ihm besser den Kuss gegeben hätte als die Hand … die Luft, die leben lässt, und die Luft, die sterben sieht und sich dann davonmacht, Kasperle ist wieder da, Stella, o Stella, meine geliebte Tochter, wie gern du das Lied hattest … Was haben diese Dreckskerle mit dir gemacht? Wie massakriert man ein schönes junges Mädchen wie dich? Wie weh das tut, Stella, wo sind deine kleinen so schnell gewachsenen Füße … Ah, da, gib mir deine Söckchen, prima, danke, ich spiel dir das Kasperle vor, Kasperle ist wieder da, und dann ist es weg … Kapserle, hast du immer gesagt, Kapserle ist wieder da da da, Stella, du sollst wieder-kommen, wir werden wiederholen, wir werden wieder-anfangen, wieder-leben, Stella, wieder wieder wieder wieder-irgendwas … Lass mich nicht so zurück, sing mit mir, Stella, sing wieder, sing wieder mit mir, warum höre ich dich nicht, Stella, sing, sing lauter …«

»Mama!«

Esteban öffnet die Zimmertür. Eva Maria liegt auf dem Boden. Ihre Haare sind verklebt. Esteban holt ein nasses Handtuch aus dem Bad. Er weckt Eva Maria. Nimmt sie in die Arme. Trägt sie zu ihrem Bett. Stützt ihren Kopf mit einem Kissen. Zieht ihr die Strümpfe von den Händen. Esteban wundert sich nicht. Er wischt ihr das Gesicht ab. Den Mund. Esteban wundert sich über gar nichts mehr. Er zieht ihr den Pullover aus. Bückt sich. Hebt die zwei Weinflaschen auf. Macht sauber. Wischt das Kopfhörerkabel ab. Der Kopfhörer ist auch ganz nass. Der Rekorder surrt im Leerlauf. Esteban schaltet ihn aus. Geht aus dem Zimmer. Den Rekorder unter dem Arm. Esteban dreht sich nicht mehr um. Esteban ist wie alle. Beim ersten Mal dreht man sich um. Beim hundertsten nicht. Alles wird Normalität, wenn es sich wiederholt. Auch das Schrecklichste. Morgen wird alles sein wie immer. Eva Maria wird sich an nichts erinnern. Sie erinnert sich nie. Esteban vergisst auch lieber. Nein, er wird sich keine Vorwürfe machen. Nein, er kann nichts dafür. Das, was er über Stella erfunden hat, hat damit gar nichts zu tun. Eva Maria braucht niemanden, um sich in diesen Zustand zu versetzen. Seit fünf Jahren endet Eva Maria Abend für Abend in diesem Zustand.

Eva Maria trinkt einen Schluck Mate. Die Zeitung liegt zusammengefaltet auf dem Tisch. Esteban kommt in die Küche, um sich Frühstück zu machen. Er legt eine Kassette auf den Tisch.

»Hier, das ist deine.«

Eva Maria legt die Hand auf die Kassette von Miguel. Als wollte sie sie verstecken. Aber es ist zu spät. Hat keinen Sinn mehr. Esteban geht zum Kühlschrank. Eva Maria sieht ihn an. Verlegen. Und aggressiv.

»Wo hast du sie gefunden?«

Esteban bleibt stehen.

»Im Rekorder.«

»Du durchsuchst meine Sachen?«

»Ich benutze *meine* Sachen.«

»Hast du den Rekorder wieder mitgenommen?«

»Ja.«

»Wann?«

»Letzte Nacht.«

»Ich habe dich nicht gehört.«

»Kein Wunder.«

Esteban zeigt auf die zwei Flaschen neben dem Spülbecken.

»Die standen gleich daneben.«

Eva Maria steht auf.

»Na und? Ich mache, was ich will.«

Eva Maria geht aus der Küche. Die Tür zu ihrem Zimmer knallt hinter ihr zu. Sie öffnet den Schrank. Kniet sich hin. Kramt hinter ihren Schuhen. Holt den Rucksack raus. Packt die Kassette von Miguel zu den anderen. Seufzt. Bleibt lange dort. Auf Knien. Plötzlich zuckt sie zusammen. Springt auf. Sie hat Esteban nicht hereinkommen gehört.

»Was ist denn nun schon wieder? Was willst du?«
»Telefon. Für dich.«

Eva Maria legt auf. Es war Vittorios Anwalt.

»Felipe ist entlastet. Mein Klient bat mich, Sie anzurufen, um Sie darüber zu informieren.« Eva Maria läuft im Flur auf und ab. *Entlastet.* Das ging ja schnell. »Felipe war am Abend von Lisandras Tod auf einer Wohltätigkeitsveranstaltung. Mit seiner Frau. Er hat die gesamten Land- und Seestreitkräfte als Zeugen.« Das ist ja der Gipfel. Wen interessiert, wer die Zeugen sind? Hauptsache, man hat einen. Und 324 Zeugen sind ein Allheilmittel, die Zahl wiegt schwerer als der moralische Wert, das ist halt so. Felipe und seine Frau waren in innigster Eintracht im Kommissariat aufgetaucht. Eva Maria hat es noch einmal versucht.

»Felipe wie?«

Vergeblich. Ob Anwalt oder Analytiker, immer das Gleiche, sie reden, lassen sich aus, und vor einer sinnvollen, realen, intelligenten Neugier verstummen sie plötzlich, halten sich bedeckt und berufen sich aufs Berufsgeheimnis. »Ich bin nicht befugt, Ihnen diese Auskunft zu erteilen.« Dennoch ist die Stimme des Anwalts am anderen Ende der Leitung nicht verstummt.

»Noch etwas …«

»Ja?«

»Mein Klient hat mich gebeten, Sie zu informieren wegen … wegen des Kindes.«

»Ja?«

»Er hat der Polizei alles erzählt. Kommissar Pérez hat versprochen, unabhängig von Lisandras Tod eine Ermittlung einzuleiten, er hat versprochen, die Angelegenheit aufzuklären, das fällt zwar nicht in sein Sachgebiet, aber er wird sich die Akte kommen lassen.«

»Und wenn er gar nichts kommen lässt? Auf ihn kann man sich nicht verlassen. Nicht richtig. Es gibt eine viel einfachere, viel schnellere Lösung, Sie kennen doch Felipes Identität! Gehen Sie zu den Großeltern, und erzählen Sie ihnen von Vittorios Vermutungen über dieses Kind.«

»Das liegt außerhalb meiner Zuständigkeit, ich lehne es kategorisch ab, mich in dieses Drama einzumischen.«

»Dann verständigen Sie die Mütter der Plaza de Mayo, man muss die Kämpfe denen anvertrauen, die sie führen wollen. Sie werden die Untersuchung in die Wege leiten, und wenn sich dieser Junge eines Tages Fragen stellt, wird es irgendwo eine Akte über ihn geben, und er wird die Wahrheit erfahren können.«

»Das liegt nicht in meiner Zuständigkeit. Aber mein …«

»Was liegt denn überhaupt in Ihrer Zuständigkeit?«

»Danke, dass Sie mich aussprechen lassen. Es liegt nicht in meiner Zuständigkeit, aber mein Klient hat so gedrängt, dass ich soeben einen Brief abgeschickt habe, den er ihnen geschrieben hat. Den Müttern der Plaza de Mayo. Die Sache ist bereits erledigt.«

Eva Maria spürt, wie ihr Herz dahinschmilzt. Das ist endlich wieder der Vittorio, den sie kennt. Der intelligente und zuvorkommende, altruistische Vittorio, den sie liebt. Eva

Maria geht auf und ab. Sie hätte ihn erpressen können, ihm damit drohen, den Bullen alles über die Kassetten zu erzählen, wenn er ihr Felipes Nachnamen nicht verraten würde. Er wiederum hätte sie an der Nase herumführen können, ihr versprechen, er werde zu Felipe gehen, sobald er frei sei, ihr als Zugpferd eine Möhre vor die Nase halten, damit sie weiter versucht, ihn aus dem Sumpf zu ziehen. Aber sie hatten es nicht getan. Weder er noch sie. Wenn man einmal Opfer der menschlichen Niedertracht war, ist man es sich schuldig, immer über dem Vulgären, über dem Getümmel zu bleiben, das hatten sie gemacht, alle beide. Eva Maria fühlt sich getröstet. Irgendwo in ihrem Innern. Aber traurig, schrecklich traurig. Bevor der Anwalt aufgelegt hat, gab er ihr zu verstehen, dass Vittorio offenbar das Handtuch geworfen habe. Seit einigen Tagen sei er nur noch ein Schatten seiner selbst. Am nächsten Tag werde eine Rekonstruktion der Ereignisse stattfinden. Vittorio habe entsetzliche Angst vor diesem widerwärtigen Spiel. Er sei überzeugt, dass Kommissar Pérez es nutzen werde, um die letzten Indizien für seine endgültige Verurteilung zusammenzutragen. Eva Maria schüttelt den Kopf. Aus Ohnmacht. Sie weiß nicht mehr, wie sie Vittorio helfen könnte.

Eva Maria kommt in Estebans Zimmer. Sie ist endlos hin und her gelaufen. Der Tag ist vergangen. Esteban sitzt auf seinem Bett. Er reinigt sein Bandoneon. Eva Maria stellt sich vor ihn. Sie sieht zum Rekorder auf dem Tisch. Esteban bemerkt es.

»Brauchst du ihn noch?«

»Nein. Kann ich dein Fahrrad nehmen?«

Esteban legt sein Bandoneon beiseite.

»Mein Fahrrad? Wozu? Wo willst du hin?«

Eva Maria versucht, das Rad von der Wand zu nehmen. Esteban steht auf. Er will ihr helfen. Eva Maria schiebt ihn zurück.

»Lass, ich schaff das allein.«

Esteban zwingt Eva Maria, zur Seite zu gehen.

»Nein, du schaffst das nicht allein.«

Esteban holt das Fahrrad herunter. Stellt es vor Eva Maria.

»Man kann im Leben nicht immer alles allein schaffen.«

Eva Maria sieht ihn an. Nimmt das Fahrrad. Im Hinausgehen stößt sie damit gegen die Tür. Im Flur stößt sie gegen den Schrank. Esteban hält sie auf.

»Geh vor. Ich bringe es dir raus.«

Eva Maria lässt das Fahrrad los. Esteban hebt es am ausgestreckten Arm über ihren Kopf.

»Jahrelange Übung, um dich nachts nicht zu wecken. Bewundere mich.«

Eva Maria öffnet die Haustür. Esteban stellt das Fahrrad auf den Boden.

»Wo fährst du hin?«
»Ich komme zurück.«
»Wann?«
»Das weiß ich nicht.«

Eva Maria steigt auf das Fahrrad. Sie ist ungeschickt. Sie stellt den Fuß mehrmals auf die Erde. Esteban ruft ihr hinterher.

»Die Bremse ist links.«

Schließlich findet Eva Maria das Gleichgewicht. Esteban sieht sie in der Nacht verschwinden. Ein Nachbar kommt mit seinem Hund vorbei. Der Mann hebt den Daumen in Richtung der nunmehr leeren Straße. Esteban hebt auch den Daumen, man muss immer das Gleiche tun, um das Tragische ins Ideale zu verwandeln. Er geht wieder ins Haus. Sein

Blick fällt auf die Garderobe. Er schüttelt den Kopf. Eva Maria hat ihren Mantel nicht mitgenommen. Nicht mal die Handtasche. Was sie wohl gerade treiben mag? »Ich brauche dein Fahrrad.« Esteban flüstert: »Ich brauche dich.« Er denkt an die Kassette. »Miguel«. Er hat sie nicht angehört, aus Respekt. Er fragt sich, wozu Respekt gut ist. Wer mag dieser Miguel sein? Was hat das zu bedeuten? Esteban fragt sich, was Eva Maria gerade spielt. Er korrigiert sich. Eva Maria spielt schon lange nicht mehr. Esteban erinnert sich an ihre gemeinsamen Truco-Spiele, die immer so lustig waren. Warum macht das Leben so etwas? Esteban geht in Eva Marias Zimmer. Sie beschuldigt ihn immer, in ihren Sachen zu wühlen, jetzt wird es wenigstens nicht mehr zu Unrecht sein. Er will es wissen. Nur wenn man weiß, kann man schützen.

Eva Maria trampelt. Sie ist seit Jahren nicht mehr Rad gefahren. Sie hatte vergessen, wie sich der Wind in den Haaren anfühlt. Auf ihrem Gesicht. Ihren Händen. Sie öffnet den Mund und lässt die Luft hineinströmen. Sie weiß nicht mehr, wie sie Vittorio helfen soll. Eva Maria landet ohne Absicht auf dem Platz. Sonst macht sie immer einen Umweg, um diesen Ort zu meiden. Heute nicht. Eva Maria stellt sich die Mütter der Plaza de Mayo vor, wie sie traurig einherschreiten, Statistinnen ihres Unglücks, austauschbar. Das Foto auf einem Schild um den Hals gehängt. Niemals wird Eva Maria Stella inmitten der vielen Fotos verlieren. Niemals wird sie ihre Tochter auf ein Foto reduzieren. Ein Foto zeigt das Aussehen eines Menschen, nicht seine Bedeutung. Sie will sich nicht über ihr Unglück austauschen, sie will sich um keinen Preis von einem »Wie bei mir« aufrichten lassen. »Nein! Nicht wie bei dir, meine Liebe!« Darüber konnte sie nur mit Vittorio sprechen. Eva Maria senkt den Blick, die Räder drehen sich schnell, sie umkreisen den Platz, den Obelisken, das Fahrrad dreht sich wie der Mond um die Erde und entfernt sich jedes Jahr 3,8 Zentimeter. Ein einziger Schritt auf dem Mond, hundert dröhnende Schritte jeden Donnerstag auf diesem Platz. Eva Maria rollt auf ihrer Bahn. Bei der bloßen Vorstellung, sie könnte das Gleichgewicht verlieren und einen Fuß auf den Boden setzen müssen, krümmen sich ihre Zehen, werden zu Krallen, klammert sie sich mit ihrem ganzen Sein an die Pedale. Sich bloß nicht mit ihnen mischen, niemals dazugehören. Eva Maria biegt plötzlich ab. Sie trampelt noch heftiger, um dem Platz zu entkommen. Diesem Platz zu entkommen. Eva Maria hatte vergessen, wie sich der Wind in den Haaren anfühlt. Auf ihrem Gesicht. Ihren Händen. Sie hatte vergessen, dass die Luft die Tränen kalt macht. Man muss immer vor Plätzen fliehen. Eva Maria fällt die *Capacocha* ein. Das ist der zentrale Platz der Stadt Cuzco, in Peru, der Mittelpunkt des Inka-Reichs. Sommersonnenwende, Wintersonnenwende. Eva Maria denkt an das Fest, das dort seinen Anfang nimmt, das aufwendige Fest um drei Kinder. Ein Mädchen mit langen geflochtenen Haaren. Ein kleiner Junge. Und ein ganz kleines Mädchen. Die Schönsten der Oberschicht, die Schönsten unter ihren Altersgenossen. Die Kleinste ist sechs, der Junge neun, das Mädchen mit den langen geflochtenen Haaren vierzehn Jahre alt. Man hat sie ganz genau untersucht. Kein Makel. Der kleinste Leberfleck, die kleinste Anomalie hätten sie disqualifiziert. Sofort. Höchste Schönheiten, höchste Aufgaben. Die Kinder werden vom Inka empfangen. Am Morgen des elften Feiertages brechen der Junge, die Kleine und das Mädchen mit den langen geflochtenen Haaren auf. Eine Prozession begleitet sie, ihre engsten Verwandten und die Sonnenpriester. 1600 Kilometer werden auf Pfaden durch die Anden zurückgelegt, mehrere Monate Wallfahrt bis zur *Puna*. Dorthin, wo die Eruptionen der Erdkruste die höchsten Gipfel des Planeten hervorgebracht haben. Da ist der Vulkan. Der höchste von allen. Der heilige Berg, der das Irdische mit dem Göttlichen verbindet. Seine graue, steinige Masse erreicht 6739 Meter. Die Kinder lässt man unentwegt Kokablätter kauen, damit sie die Anstrengung der Höhe und den Sauerstoffmangel ertragen. Zwischen 5800 und 6500 Metern wird die Steigung sehr steil, der Boden wird lockerer. Nach der Ankunft auf dem Gipfel werden die Kinder mit dem *Unku* bekleidet, die prunkvolle Tunika ist ihnen zu groß, damit sie in der Ewigkeit weiterwachsen können. Man gibt ihnen Chicha zu trinken, um sie trunken zu machen. Sie trunken zu machen, damit sie besser schlafen. Das Mädchen mit den langen geflochtenen Haaren lässt sich in die Grube hinabgleiten, die für sie im dunklen vulkanischen Boden ausgehoben wurde, sie setzt sich im Schneidersitz hin und wartet, edle, trunkene Vestalin, sie trägt eine Haube aus weißen Federn, die vor Dämonen schützen, die Jungfrau ist in eine Männertunika gehüllt, die ihr der Vater während des Festes über die Schultern gelegt hat, sie schläft ein, die Steine schließen sich über ihr, sie stirbt. Die Wissenschaftler, die sie fünfhundert Jahre später finden werden, nennen sie »Die Jungfrau«. Der Junge will nicht hinabsteigen. Er will bei seiner Mutter bleiben. Er legt den Kopf in den Schoß der Frau, die ihn gestillt hat, und kauert sich zusammen wie ein Fötus. Er ist in mehrere Tücher gewickelt, trägt Mokassins und Söckchen aus weißem Fell. Seine Mutter flößt ihm die Chicha ein. Streichelt ihm das Haar. Die Sonnenpriester legen die Gaben in die Grube, die für ihn im dunklen vulkanischen Boden ausgehoben wurde: eine Kette aus Muscheln, die begehrter sind als Gold, so kostbar ist Wasser in diesen trockenen Regionen, zwei kleine Männerfiguren und drei Lamafigürchen. Die Sonnenpriester sind behutsam, diese Gegenstände haben Zauberkräfte. Der kleine Junge spürt die beißende Kälte nicht mehr. »Er schläft«, flüstert seine Mutter. »Was machen wir jetzt?«, fragen die Männer um sie herum. Einer hat eine Idee: Er löst eine lange Schnur, die einen Sack zusammengehalten hatte, und wickelt sie um die Knie des Kindes, um sie zusammenzuhalten und damit den

Jungen in einer Haltung in die Grube hinabzulassen, die seiner künftigen Stellung als Gottheit würdig ist, ein breiter Armreif aus Silber umschließt sein rechtes Handgelenk, in seiner linken Hand hält er eine Steinschleuder, etwas fällt neben ihn, ein Paar Sandalen für seine Reise in die andere Welt, die Steine schließen sich über ihm, er stirbt. Die Wissenschaftler, die ihn fünfhundert Jahre später finden werden, nennen ihn »Der Junge«. Das kleine sechsjährige Mädchen umfasst ihre Knie mit den Armen, neben sich Statuen, Töpferwaren, Säcke aus den Federn eines Vogels vom Amazonas, einer voller Nahrung und einer mit Kokablättern, sie dreht den Kopf zum Himmel, zu den Gesichtern und Stimmen ihrer Eltern, die sie von oben aufrichten, ihr Mut machen, ihr ihren ganzen Stolz mitteilen, sie versteht nicht, sie vertraut, das Gesicht den Stimmen derer zugewandt, die sie zur Welt gebracht haben und sie jetzt aus der Welt nehmen, sie schläft ein, die Steine schließen sich über ihr, sie stirbt. In Tausenden von Tagen wird ein Gewitter ausbrechen, der Blitz wird den Himmel durchzucken, wird sie treffen. Mehr als einen Meter unter der Erde wird das dem Himmel zugewandte Gesicht, das seine Eltern nicht zurückhalten konnte, den irren Blitz auf sich ziehen. Fünfhundert Jahre später wird den Wissenschaftlern, sobald sie die Steine beiseiteschieben, ein Brandgeruch den Atem verschlagen, sie nennen sie »Das Mädchen mit dem Blitz«. »Der Ritus der *Capacocha* ist vollendet. Die Kinder sind nicht gestorben, sie sind jetzt Götter, wohlwollende Götter, beschützende Götter, die vom höchsten Gipfel des allerhöchsten Vulkans über ihr Volk wachen, jetzt wird alles gut. Schluss mit Hunger, Epidemien, militärischen Niederlagen, das Leben der Inkas wird besser werden. Wir diskutieren nicht über die Bräuche«, fügt der Archäologe hinzu, »diese Sitten wirken heute grausam auf uns, aber aus Sicht der Inkas betraten diese Kinder eine göttliche Welt.« Eva Maria hebt die Hand. Sie ergreift das Wort. »Die Ungeheuerlichkeit sieht sich selbst nie als ungeheuerlich an, sie findet immer Gründe, um zu wirken, in ihrem Schoß wird Folter zu einer gerechten Tat, sogar zu einer ehrenhaften, aber man darf die Ungeheuer niemals entschuldigen, niemals, sonst ist man selbst der letzte Dreck.« Eva Maria verliert das Gleichgewicht. Ein Auto hupt. Ein anderes Auto hupt. Sie hat die Hand gehoben, wie bei diesem Kolloquium. Eva Maria dreht die Pedale rückwärts. Stellt den Fuß wieder drauf. Sie kann nach all diesen Jahren zwar noch Fahrrad fahren, aber nur mit beiden Händen am Lenker. Eva Maria erinnert sich an den Tag, an dem sie die kleinen Stützräder von Stellas Fahrrad entfernt hatten. Stella wäre nicht für die *Capacocha* ausgewählt worden, sie war nicht edel, und sie war nicht vollkommen, sie hatte ein kleines Grübchen in der Mitte des Kinns. Aber sie war von anderen Ungeheuern für etwas anderes ausgewählt worden. Jedem Ungeheuer genügt seine Beute, und wenn man ein Ungeheuer ist, sind alle Kriterien gut. Und Lisandra? Was für ein Ungeheuer hatte sie getötet und warum? Auch das war auf einem Platz passiert … Plätze meiden, denkt Eva Maria, das hatte sie schon gesagt, »Plätze meiden«, aber zu diesem muss sie zurückkehren, sie ist es sich schuldig.

Eva Maria steigt vom Fahrrad. Sie sieht zum Fenster hoch. Sie ist an den Ausgangspunkt zurückgekehrt. Man muss immer zum Ausgangspunkt zurückkehren. Um zu wissen, ob man aufhört. Oder weitermacht. Eva Maria überquert den Platz. Sie lehnt ihr Fahrrad an die Wand. Geht in das kleine Café. Francisco dreht sich um. Er streckt die Arme gen Himmel. Eva Maria denkt an die Inka-Riten.

»Eva! So eine Freude, man sieht dich nie mehr.«
»Kein Wunder … Ich komme nicht mehr.«
»Du bist nicht die Einzige.«
»Kann ich mir denken.«
»Wie immer?«

Eva Maria setzt sich an den Tresen.

»Nein, einen Kaffee bitte.«
»Ach so? Kommt sofort, der Abendkaffee!«

Francisco schaut Eva Maria an.

»Hast du geweint?«
»Das kommt vom Wind.«
»Fehlt er dir?«
»Wer?«
»Vittorio.«

»Die Frage stelle ich mir nicht.«

»Es muss hart sein, wenn von einem Tag auf den anderen Schluss ist.«

»Die Frage stelle ich mir nicht.«

Francisco stellt den Kaffee auf den Tresen.

»Es muss doch ein komisches Gefühl sein, wenn man rauskriegt, dass der Kerl, der einem das Leben erklärt, ein Mörder ist. Als wenn ich meine Frau vergiftet hätte – den Kunden würde es kalt den Rücken runterlaufen …«

»Hast du neuerdings eine Frau?«

»War nur so dahingesagt.«

»Alles klar, du Giftmischer! Bring mir noch einen Kaffee, statt Unsinn zu reden.«

Francisco stellt die Tasse vor Eva Maria.

»Zwei Schwarze am Abend, und die Nacht wird weiß.«

Eva Maria wirft den Zuckerwürfel in das dampfende Getränk.

»Kaffee raubt nur glücklichen Menschen den Schlaf, bei den anderen ist es nicht der Kaffee.«

»Den merke ich mir.«

Sie schweigen. Eva Maria trinkt ihren Kaffee. Francisco spielt mit dem Löffel, der auf der Untertasse liegt.

»Trotzdem, ein Psychiater als Mörder …«

»Schon mal was von Unschuldsvermutung gehört?«

»Falls du es noch nicht gemerkt hast, dein Unschuldiger sitzt immer noch im Knast.«

»Du bist vielleicht hartnäckig.«

Francisco klopft mit dem Löffel auf das Blech des Tresens.

»Ich bin nicht hartnäckig, ich weiß es.«

»Was erzählst du da?«

»Ich hab Beweise.«

»Ach ja?«

»Ja.«

»Welche denn?«

»Lisandra hatte einen Geliebten.«

Eva Maria schiebt ihre Kaffeetasse zurück.

»Große Neuigkeit.«

»Und weil Lisandra einen Geliebten hatte, hat Vittorio sie getötet.«

»Simpel.«

»Wenn die Wahrheit kompliziert sein soll, kann ich dir nicht helfen.«

»Ich frag ja gar nichts.«

»Wenn du mich nichts hättest fragen wollen, hättest du dich wie immer in den Saal gesetzt und nicht an den Tresen.«

Eva Maria tippt an seine Schläfe. Zwei Mal.

»Da ist ja allerhand drin.«

»Ja, siehst du, ein Kellner ist wie ein Psychiater, nur billiger.«

»Ich hätte eher gesagt, wie ein Privatdetektiv, bei dem, was du alles zu wissen scheinst.«

Francisco legt das Handtuch vor sich zusammen.

»Eine Verrückte, die andere verrückt macht, das gibt's öfters.«

»Hör auf mit deinen Andeutungen. Wenn du was zu sagen hast, sprich es aus.«

Francisco fängt an, Gläser abzutrocknen.

»Wenn sie es mit mir gemacht hat, hat sie es sicher auch mit anderen gemacht.«

»Wenn sie was mit dir gemacht hat?«

»Ihren seltsamen Plan durchgezogen.«

»Welchen seltsamen Plan?«

»Du wirst mir nicht glauben.«

»Doch, doch.«

»Ich weiß, dass du mir nicht glauben wirst.«

»Erzähl trotzdem.«

»Irgendwann ist sie morgens reingekommen und hat mich gefragt, ob ich mit ihr schlafen will.«

»Was?«

»Es ist die Wahrheit, sie saß genau auf deinem Platz. Sie hat mich für denselben Abend um halb zehn ins Hotel bestellt. Sie trug einen sehr kurzen Rock, um schon mal meine Phantasie anzuregen, zugegeben, sie zog sich ja oft so an, dass man dachte, olé!, aber an dem Tag war er wirklich kurz, das war eindeutig, um schon mal meine Phantasie anzuregen.«

»Mach's kurz, bist du hingegangen?«

»Nein, ich mach's nicht kurz … Warum sagst du ›Mach's kurz‹, wenn ich dir entscheidende Informationen gebe? Wenn du mit deiner Überzeugung sterben willst, reden wir von was anderem, das bringt nichts.«

»Schon gut, schon gut, ich habe nicht ›Mach's kurz‹ gesagt, sie zog sich oft ›olé‹ an, und das ist wichtig … Du bist also hingegangen.«

»Erst muss ich dir erzählen, dass mich das Mädchen schon immer angemacht hat, keine Ahnung … jedes Mal, wenn ich sie gesehen habe. Und nicht nur, weil sie sich so angezogen hat – wenn ich mich in meinem Beruf dabei aufhalten würde … als hätte ich irgendwie schon immer gewusst, dass zwischen uns mal was passiert.«

»Du bist also hingegangen.«

»Sie hat mich zweimal meinen Vornamen wiederholen lassen, bevor sie die Tür zum Hotelzimmer aufgemacht hat. Als ich reingekommen bin, hat sie als Erstes gesagt, sie will den Klang meiner Stimme nicht hören, ich soll nur flüstern, dann hat sie mir ein Fläschchen aus durchsichtigem Glas gegeben, ohne Etikett, das sollte ich benutzen, dieses Parfüm und kein anderes, sie hat darauf bestanden, außerdem hat sie verlangt, dass ich verschwinde, sobald es vorbei ist, sie geht ins Badezimmer, um zu tun, was sie zu tun hat, und wenn sie ins Zimmer zurückkommt, soll ich gefälligst weg sein, sie hat mir den Zimmerschlüssel gegeben, damit ich so reinkommen kann, ohne dass sie mir aufmacht, und dann hat sie mich wieder rausgeschickt. Ich hab überhaupt nichts begriffen. Draußen hab ich mich parfümiert und bin dann mit dem Schlüssel wieder rein. Da steht sie mit dem Rücken zu mir und hat den Rock hochgezogen, drunter splitternackt, ich bin hin und hab's ihr gemacht, von hinten, also, nicht von hinten, aber von hinten …«

»Ja, ja, unwichtig, erzähl weiter.«

»Von wegen ›unwichtig‹, das ist wichtig! Alles sollte genau nach ihrer Vorstellung ablaufen. Sie hat meine Hände genommen und alles so gemacht, wie sie es wollte, sie hat mir die Worte vorgesagt, die ich ihr zuflüstern sollte, und dann ging's los. Wir haben alles gemacht, was sie machen wollte, dann ist sie ins Bad, das war das Zeichen, also bin ich abgehauen, so war's beim ersten Mal.«

»Habt ihr euch denn öfter getroffen?«

»Ja. In der Woche drauf im selben Hotel, wieder genau das Gleiche, als ich kam, musste ich zweimal meinen Namen nennen, sie hat den Schlüssel unter der Tür durchgeschoben, und als ich ins Zimmer kam, stand sie an derselben Stelle, in der gleichen Stellung, mit hochgezogenem Rock, Hintern zu mir. Wie beim ersten Mal. Sie wollte die gleichen Worte, die gleichen Bewegungen wie beim ersten Mal. Es war irre, sie wollte wieder haargenau das Gleiche. Ich habe Lisandra viermal hintereinander am Dienstag getroffen. Ich hab nur noch darauf gewartet, nur noch daran gedacht, mir ging das Ganze immer wieder durch den Kopf, ich wusste genau, was ich zu tun hatte, ich wusste, wie ich sie vorfinden würde, sie hatte immer dasselbe an, ich musste es ihr von hinten besorgen, sie schnell ausziehen, sie ganz fest halten, dreckige Wörter sagen und dann wieder zärtliche. Sie sah mich nie an und sagte: »Ja, so ist es gut, so, ja so.« Sie führte meine Hände, wenn sie nicht das machten, was sie wollte. Wir tranken Weißwein, ohne anzustoßen – wenn ich ankam, waren die Gläser schon gefüllt. Sie wollte es überall machen, erst auf der Kommode, dann auf dem Boden und sogar in der Toilette, immer in der gleichen Reihenfolge, zum Schluss auf dem Bett, sie hat mich mit den Beinen umklammert, ihre Möse an meinem

Mund, sie lutschte an mir, ich lutschte an ihr, so ungeduldig, so wild, sie legte sich auf mich, wichste mich, ich musste in sie reingucken, ihr ihre Möse beschreiben, mit den Worten, die sie mir vorsprach, später kannte ich sie auswendig, sie brauchte sie mir nicht mehr vorzusprechen, ich musste sie bumsen, immer das Gleiche. Ich bin noch nie so benutzt worden, und trotzdem fühlte ich mich so frei. Schon wenn ich sie verließ, bekam ich wieder einen Ständer, und je mehr Zeit nach dem Dienstag verging, desto steifer wurde er. Aber ich wollte mich für sie aufheben, ich war so ungeduldig, ich habe mich so lebendig gefühlt, wenn ich sie gefickt habe. Wenn sie einen Orgasmus hatte. Sie hatte auch ihren Spaß, das habe ich gemerkt, weil sie in den zwei Stunden, die wir jedes Mal zusammen verbrachten, nie im gleichen Moment kam. Deswegen weiß ich, dass es echt war.«

Francisco hat das alles geflüstert. Wie in einem Atemzug. Eva Maria sieht, wie er tief Luft holt. Seine Augen sind weit aufgerissen.

»Und dann habe ich Scheiße gebaut.«

»Wie denn?«

»Ich bin im Zimmer geblieben, nachdem wir fertig waren, ich war verrückt nach diesem Mädchen, ich habe mich in sie verliebt, das hat mich wahnsinnig gemacht, ich musste es ihr sagen, außerdem habe ich Idiot geglaubt, dass sie auch in mich verliebt ist. Sie kam aus dem Bad, zuerst hat sie sich erschrocken, ich hab's gesehen, sie rechnete nicht damit, mich da zu sehen, aber dann hat sie sich ganz schnell gefangen und mir einen eiskalten Blick zugeworfen. Sie hat mich nicht zu Wort kommen lassen, hat ihre Tasche gepackt und das Zimmer verlassen, ich höre immer noch, wie die

Tür knallt. Am nächsten Tag kam sie ins Café. Ich habe mich entschuldigt, habe ihr versprochen, dass ich beim nächsten Mal weggehe. Sie hat gesagt, es gibt kein nächstes Mal. Ich hab gefragt, ob zwischen uns alles aus ist, das hätte ich niemals sagen dürfen, ich war wirklich total bescheuert. Sie hat geantwortet, damit etwas aus sein kann, muss es erst einmal angefangen haben. Das war's. Mich hat noch nie jemand so angemacht und so abfahren lassen wie dieses Weib.«

Eva Maria ist sprachlos. Francisco fährt fort. Mehr für sich diesmal. Leise.

»Ich habe es nie begriffen. Warum? Warum das? Warum ich? Sie konnte doch jeden Kerl haben, den sie wollte.«

Eva Maria überlegt. Francisco wird lauter. Heftiger.

»Aber ich bin sicher, dass sie mich schnell ersetzt hat. Sie war krank, das kann ich dir sagen, sie hätte nicht von einem Tag zum anderen aufhören können, das Mädchen musste vögeln, sie brauchte das. Wenn Vittorio ein guter Psychologe gewesen wäre, hätte er gemerkt, dass seine Frau total fertig war; ehe er andere behandelt, hätte er sich besser um das gekümmert, was bei ihm zu Hause los war, hätte er erst mal seine eigene Frau behandeln sollen.«

»Wann war das?«

»Nächsten Dienstag werden es drei Monate.«

»In welchem Hotel?«

»...«

»Willst du es mir nicht sagen?«

»Lieber nicht.«

»Warum nicht?«

»Ich weiß nicht, ich habe einfach keine Lust.«

»Warst du danach noch mal in dem Hotel?«

»Jeden Dienstag. Ich bin jeden Dienstag wieder hingegangen, jedes Mal habe ich gehofft, jedes Mal haben sie mir gesagt, dass sie sie nicht mehr gesehen haben, warum sollten sie mich anlügen, sie hat den Bumser gewechselt, also auch das Bumsnest, ich war sicher nicht der Erste, sie wechselte die Schwänze wie die Schlüpfer.«

»Nur dass sie keine trug. Siehst du, wie gut ich dir zuhöre?«

Francisco richtet sich plötzlich auf.

»Du glaubst mir wohl nicht?«

»Doch, ich glaube dir.«

»Warum siehst du mich dann so an?«

»Ich sehe dich nicht so an. Beug dich mal vor.«

Francisco streckt Eva Maria sein Gesicht hin. Eva Maria drückt ihre Nase an Franciscos Hals. Sie beschnuppert ihn. Francisco weicht zurück.

»Hör auf! Was soll das?«

»Vielleicht bringt einen dieser Hocker auf dumme Gedanken.«

»Du bist ja bescheuert.«

»Das ist das Parfüm, das sie dir gegeben hat, stimmt's?«

»Woher weißt du das?«

»Ich erkenne es. Ich kenne jemanden, der es benutzt.«

»Dafür kann ich mir auch nichts kaufen.«

»Das ist Vittorios Parfüm.«

»Wessen?!«

»Vittorios.«

»Das kann nicht sein, das ist doch Schwachsinn!«

Francisco schüttelt den Kopf. Er öffnet den Geschirrspüler. Holt eine Tasse nach der anderen raus. Ein Glas nach dem anderen. Stapelt sie auf einem Tablett. Eva Maria sieht ihm zu. Sie weiß, dass er nicht das Geschirr, sondern seine Gedanken sortiert.

»Ich hoffe, er kriegt lebenslänglich.«

»Das muss hart gewesen sein, als es vorbei war. Was hast du dann gemacht?«

»Was glaubst du? Schließlich klopft nicht jeden Tag so ein phantastischer Arsch an die Tür, Sex macht sowieso süchtig, und dieser erst ... Außerdem hatte ich mich richtig in Lisandra verliebt.«

»Du warst sauer, dass sie Schluss gemacht hat.«

»Wie hätte ich nicht sauer sein sollen?«

»Sie ist an einem Dienstag gestorben, das ist dir sicher nicht entgangen, an eurem Tag.«

Francisco dreht sich um. Sehr heftig. Seine Bewegung bringt das Tablett ins Wanken. Gläser und Tassen klirren auf den Boden. Das weiße Porzellan vermischt sich mit dem durchsichtigen Glas.

»Verdammt, was unterstellst du mir da?! Hör auf damit, Eva, ich habe nichts mit Lisandras Tod zu tun.«

»Eine Frau aus dem Fenster zu stoßen dauert nicht lange. So lange, wie eine Kippe zu rauchen.«

»Ich bin Nichtraucher.«

»Und zur Toilette gehst du auch nie?«

»Hör auf mit diesem Blödsinn, jeder andere wäre dir lieber als er, ja? Besser, ich werde eingesperrt, als dass du deinen kostbaren Therapeuten verlierst, einen Kellner kann man ersetzen, einen Therapeuten nicht. Tut mir leid für dich, aber ich habe so viele Alibis wie Gäste an dem Abend.«

»Das könnte die Bullen interessieren.«

»Keine Sorge, die wissen es schon.«

»Woher?«

»Ich habe ihnen alles erzählt.«

»Was? Du hast ihnen alles erzählt?«

»Ja. Ich will, dass dieses Arschloch im Knast verfault, ich bin sicher, er wusste, dass Lisandra ihn betrogen hat, er hat es gemerkt und ist durchgeknallt, so war es. ›Simpel‹, wirst du sagen, aber Mord ist meistens ein Klischee, und ich will Gerechtigkeit.«

»Du willst keine Gerechtigkeit, du willst dich einfach nur rächen.«

»Wofür?«

»Du bist eifersüchtig, Francisco.«

»Warum sollte ich eifersüchtig sein? Das frage ich dich. Auf einen Kerl, dem ich monatelang Hörner aufgesetzt habe? Eva, überleg doch mal.«

»Eifersüchtig auf einen Hahnrei, den sie für dich nicht verlassen hat. Schließlich hat sie dich sitzenlassen. Nicht ihn. Manchmal kommen die Frauen von einem Liebhaber verliebter denn je zu ihrem Ehemann zurück. Und er konnte mit ihr schlafen, wann er wollte, so etwas ist schwer zu ertragen, oder etwa nicht? Du wusstest, dass eure Beziehung keine Zukunft hatte. Deswegen hast du sie versaut. Oder liege ich da falsch?«

»Ja, du liegst falsch, und zwar auf der ganzen Linie. Du redest Schwachsinn, ich weiß überhaupt nicht, warum ich dir das alles erzählt habe, vielleicht damit du dich aus der Geschichte raushältst, aber du willst die Wahrheit nicht hören, das scheint deine Spezialität zu sein. Denk doch, was du willst! Du gehst mir auf den Sack.«

»Weil sonst keiner mehr rangeht.«

»Zisch ab.«

Eva Maria steigt vom Hocker. Dreht sich zu Francisco um.

»Übrigens habe ich mich nur an den Tresen gesetzt, weil ich überstürzt von zu Hause los bin und meine Tasche vergessen habe, und da dachte ich, am Tresen würdest du mir einen Kaffee spendieren. Du siehst, deine Überlegungen sind nicht immer richtig.«

Eva Maria sagt Francisco nicht, dass sie von hier aus Lisandras Fenster sehen kann, von ihrem Stammplatz aber nicht. Eva Maria sagt ihm nicht, dass sie sehen wollte, ob die Bullen für morgen die Rekonstruktion vorbereiten. Sie hätte diesen Kommissar Pérez gerne in Augenschein genommen. Eva Maria verlässt die Bar. Dreht sich um. Wirft einen letzten Blick auf Francisco, der gerade die zerbrochenen Gläser zusammenfegt. Sie hätte ihn nicht so traktieren sollen, sie ist zu weit gegangen, aber er nervt sie mit seinen Gewissheiten, seinen Überzeugungen, sie wollte ihm doch nur eine Lektion erteilen, ihm beweisen, dass man mit einem bisschen bösem Willen jeden für schuldig halten kann. Sie weiß genau, dass er es nicht war. Sie mag Francisco. Immer schon. Er tut ihr leid, sie fühlt mit ihm. Francisco ist mehr ein Grübler, kein Täter, er wird sich nie von dieser Beziehung erholen, aber er hätte sie niemals aus dem Fenster stoßen können. Jetzt bleibt ihm nichts anderes übrig, als seinen Kummer in Hass gegen Vittorio, in die tiefe Gewissheit seiner Schuld zu verwandeln. Tiefe Gewissheit gegen tiefe Gewissheit, so ist die Welt. Eva Maria steigt wieder aufs Rad. Sieht zum Fenster hoch. Alles dunkel. Man muss immer zum Ausgangspunkt zurückkehren. Um zu entscheiden, ob man aufhört. Oder weitermacht. Eva Maria kann Vittorio nicht einfach so im Stich lassen.

Eva Maria zündet sich eine Zigarette an. Was Francisco ihr vorhin erzählt hat, kann man nicht erfinden. Sie hat jetzt einen sehr wichtigen Anhaltspunkt, und Vittorio wusste nichts davon, sonst hätte er es ihr erzählt. Die Ermittler wollen die Geschichte mit dem Liebhaber vertuschen, weil sie felsenfest von Vittorios Schuld überzeugt sind. Sie wollen sich nicht mit einer Aussage belasten, die Zweifel säen könnte, außerdem hat der angebliche Liebhaber ein Alibi, also braucht man darum nicht so viel Wind zu machen. Oder aber, ja, eher so, sie heben sich die Liebhabergeschichte für den Prozess auf, ihre beste Karte, ihr Trumpf, sie wollen ihn erst dann ausspielen, so spät wie möglich, um Vittorio keine Zeit für seine Verteidigung zu lassen. Lisandra hatte einen Liebhaber – oder hatte einen gehabt. Dr. Puig wusste das und hat sie aus Eifersucht getötet. »Simpel« in der Tat, passiert aber zu häufig, um nicht zu überzeugen. Dieser Kommissar Pérez. Die Nachbarin. Und jetzt Francisco. Diese Leute, die Vittorio zahlen lassen wollen, aus schlechten Motiven oder um sich selbst von irgendeinem Unglück reinzuwaschen. Das widert sie an. Eva Maria stellt sich plötzlich vor, wie nachlässig Kommissar Pérez den Tatort untersucht hatte, er war doch von Anfang an von Vittorios Schuld überzeugt, also hatte er gar nicht nach einer anderen Deutung der Indizien gesucht. Sie muss unbedingt Vittorios Anwalt wegen Francisco verständigen, sie muss ihn anrufen. Wie hieß er noch? Doktor …? Eva Maria schlägt mit der Hand gegen die Wand. Sie kann sich nicht mehr erinnern. Der Klang dieser unbekannten und förmlichen Stimme hatte sie verunsichert. Weil sie sich auf den Grund des Anrufs konzentrierte, war ihr der Name des Anwalts entfallen, die Überraschung hatte ihre Erinnerung verstopft. Und die Furcht. Jedes Mal, wenn sie am Telefon eine unbekannte Stimme hört, fürchtet sie, dass Stellas Leichnam gefunden worden ist. Eva Maria öffnet ihr Schreibtischfach. Ein grüner Hefter: »Sein Anwalt …« – »Der Anwalt von Vittorio Puig …« – »Sein Anwalt …«, nirgends taucht der Name in den Presseausschnitten auf. Eva Maria schließt den Hefter, das Fach, sie wird auf die nächste Besuchszeit warten müssen, sie hat noch fünf Tage, um mehr herauszubekommen. Eva Maria raucht. Francisco und Lisandra, Lisandra und Francisco, dieser Treuebruch ist nicht der Schlüssel zu dem Mord an Lisandra, da ist sie sicher, höchstens ein Symptom, aber nicht der Schlüssel. Eva Maria sucht den Schlüssel. Den Mörder. Eva Maria schnappt sich ihre Brille. Schlägt ihr Notizbuch auf. Liest ihre Notizen. Konzentriert.

Wohnungstür offen
laute Musik im Wohnzimmer
Wohnzimmerfenster offen
Sessel umgekippt
Lampe runtergefallen
zerschlagene Vase auf der Erde
Wasser aus der Vase verschüttet
kaputtes Figürchen (Porzellankatze)
Weinflasche
zwei zerbrochene Gläser
auf dem Rücken liegend
Kopf zur Seite gedreht

eisige Stirn, Blutrinnsal
Augen offen, geschwollen

Sie schüttelt den Kopf. Blättert um.

in einem schönen Kleid
hohe Absätze

Eva Maria nickt. Sie unterstreicht:

in einem schönen Kleid
hohe Absätze

Lisandra hatte sich zweifellos zurechtgemacht, um zu verführen. Eitelkeit betreibt man selten für sich allein. Wen wollte Lisandra an jenem Abend verführen? Einen Liebhaber? Eva Maria zieht sich aus. Legt sich hin. Ihr kleines Notizbuch neben sich. Eva Maria versucht, sich die Qualen einer ehebrechenden Seele vorzustellen. Hatte Lisandra ihren letzten Liebhaber zu sich eingeladen, weil sie ihren Gatten in der eigenen Wohnung, auf der eigenen Kommode, auf dem eigenen Fußboden, in ihrer eigenen Toilette, in ihrem eigenen Bett betrügen wollte? Daher die Flasche Weißwein, die beiden Gläser, daher der Tango, passend zu romantischen Umarmungen. Hatte die Sache mit diesem Mann eine böse Wendung genommen? Daher der laute Tango, der einen tödlichen Streit übertönte. Man kann sich nicht immer Liebhaber von Franciscos Seelengröße aussuchen. Francisco ist ein toller Kerl, Eva Maria weiß es, alle wissen es. In ihm hatte sich Lisandra nicht getäuscht, er war der Richtige für das, was sie vorhatte, wenn Eva Maria richtig verstanden hat, was Lisandra mit ihm vorhatte. Eva Maria sieht Franciscos Hände vor sich, wie er das Geschirrtuch zusammenfaltet, wie er die Gläser abtrocknet, vielleicht war Lisandra zuerst dem Charme dieser Hände erlegen? Eva Maria kann es verstehen. Männlich, aber auch flink, geschickt, gelenkig. Eva Maria stellt sie sich auf ihren Brüsten, ihrem Hintern vor, stellt sich vor, wie seine Finger überallhin gleiten, wo sie es ihm erlaubt. Francisco ist ein toller Kerl, aber nicht alle Männer sind so zärtlich, so gütig, manche Vulkane sind gefährlich, andere überhaupt nicht. Vielleicht war sein Nachfolger noch undisziplinierter als er, manche bleiben im Zimmer, um ihre Liebe zu erklären, andere stoßen die Geliebte aus Wut, aus Enttäuschung zum Fenster hinaus, der Zeiger der Leidenschaft kann in beide Richtungen ausschlagen. Vielleicht hat sich Lisandra in einem Mann getäuscht, vielleicht war ihre Wahl auf einen grauen Vulkan gefallen, das sind die gefährlichsten, auf einen, der nicht ertragen konnte, dass Lisandra Glück und Unglück seines Lebens in der Hand hielt wie seinen Schwanz, und der sie vielleicht getötet hat. Verrückte können verrückt machen. Francisco hat recht. Lisandra als Nymphomanin? Eva Maria versucht, sich die Qualen einer Ehebrecherseele auszumalen. Sie, die ihren Mann niemals betrogen hat, die die Sache nie sehr wichtig genommen hatte, sowieso existiert *die Sache* seit Stellas Verschwinden für sie nicht mehr, das Bett benutzt sie nur zum Schlafen, einen Mann gar nicht, jedenfalls nicht dafür. Ihr Sexualleben ist nach dem Tod ihres Kindes ein anderes geworden. Ein totes Kind kehrt in die lebendigen Körper der Eltern zurück, die sich vereinen, und bürdet ihnen die schmerzliche Erinnerung an die Zeugung ihres verstorbenen Schatzes auf, die schmerzliche Erinnerung setzt sich fest, wiederholt sich und verwandelt sich in Abstinenz. So war es zumindest bei ihr. Wozu soll man den Weg des

Unglücks noch einmal beschreiten? Eva Maria wälzt sich im Bett herum. Diese herausfordernde Stellung, von hinten, Rock hochgezogen, Hintern vorgestreckt, aber was sollten diese starren Umarmungen? Wozu diese bestellten, künstlichen Umarmungen, diese ewig gleiche Inszenierung? Das war kein gewöhnlicher Ehebruch. Lisandra als Nymphomanin, mag sein, aber nicht nur, hinter alldem muss etwas stecken. Vielleicht war gar nicht wichtig, mit wem Lisandra Vittorio betrog, sondern warum sie ihn betrog. Betrog Lisandra Vittorio, nüchtern betrachtet, weil es Dinge gab, die sie mit ihm nicht mehr machen konnte? Die sie sich nicht mehr traute? Weil die Macht der Gewohnheit und das Gewicht des Alltags die sensible Lust auf Erotik zerstört hatten? Der hochgezogene Rock über dem nackten Hintern. So wartet man nicht auf seinen Mann. »Was machst du denn in diesem Aufzug?«, hätte der Ehemann gefragt, in einer Hand die Aktentasche, in der anderen das Brot, Umarmungen des Alltags, der über das Wunderbare gesiegt hat, was das Leben versprach, und die hereingelegte Frau müsste nur den Rock runterziehen und die Ärmel hochkrempeln, um das Abendessen vorzubereiten, sie würde rot werden, nicht von der Hitze des Herds, sondern von ihrer gedemütigten Inbrunst, der Appetit eines Ehemanns sitzt über der Gürtellinie, unter ihrer Gürtellinie hatte Lisandra gespürt, wie ihr Geschlecht weinte. *Nimm dir einen Liebhaber. Nimm dir einen Liebhaber.* Einverstanden. Aber so einfach war es nicht. Und die Geschichte mit dem Parfüm? Das musste doch etwas bedeuten, Lisandra hatte Francisco nicht zufällig gebeten, das gleiche Parfüm wie Vittorio zu benutzen, nein, das konnte kein Zufall sein. Was dann? Symbol für etwas, das für sie ungeheuer wichtig war. Ein Gedanke durchzuckt Eva Maria. Vielleicht war Vittorio impotent? Sie hatte nie mit ihm über Sexprobleme geredet, zu schade, sonst hätte sie sich an seine Ratschläge erinnern und versuchen können, von dieser Seite anzusetzen, zu sehen, ob irgendwo aus seinen Äußerungen Impotenz oder Frustration sprachen. Und dann hätte er ihr auch nicht erzählt, dass Lisandra ihn betrog, um sich nicht selbst zu verraten. Vielleicht wusste Vittorio doch, dass seine Frau ihn betrog? Vielleicht hatten sie sogar alles gemeinsam entschieden: die Hotels, die Liebhaber, die Grenzen, die niemals übertreten werden sollten, die Häufigkeit pro Liebhaber – als Ersatz –, die genau festgelegt war, die Rituale. Deswegen das Parfüm! Um Vittorio besser wiederzufinden, bat sie die Liebhaber, es zu benutzen. Auch die geschlossenen Augen. Nein, das war unmöglich, Vittorio hätte ihr davon erzählt, er hätte sofort vermutet, dass das Verbrechen damit zusammenhängen könnte. Und dann hätte er ihr gleich alles erzählt, Vittorio ist seine Freiheit wichtiger als sein Mannesstolz. Also wusste er nichts davon. Was dann? Wo taucht die Wahrheit auf? Und wenn die Wahrheit nicht bei Vittorio stehengeblieben war, sondern ihn überrollt hatte, wenn auch Vittorio von Lisandra benutzt worden war? Vielleicht hatte auch er dieses Parfüm auf ihre Bitte hin benutzt. Vielleicht hatte sie es ihm einfach zum Geburtstag oder zu Weihnachten geschenkt, und hinter diesem Geschenk verbarg sich der Wunsch, ein verlorenes Paradies wiederzufinden. Vielleicht lag der Schlüssel zu diesem Drama nicht in der Zeit nach, sondern in der Zeit vor Vittorio. Zum Beispiel bei dem Mann, um den sie bei ihrer ersten Begegnung in seinem Sprechzimmer so geweint hatte. Vielleicht steckte der hinter allem. Dieser Ignacio. Wie sollte man ihn wiederfinden? Eva Maria hat das Gefühl, einen Baum im Kopf zu haben, an dem wie Knospen immer neue Vermutungen aufkeimen, alle stichhaltig, alle falsch. Die poetische und exzentrische Lisandra hatte ihren Bumsplan aufgestellt, hatte alles, was sie liebte, in der Reihenfolge, die sie liebte, aneinandergereiht. Schließlich war diese Idee verlockend. Die Liebeshandlungen wie eine Choreographie rhythmisch gestalten. Lisandra war Tänzerin. Rührte die Erotik bei ihr vielleicht von der extremen Gewohnheit her? Aber irgendetwas sagt Eva Maria, dass das nicht sein kann. Kein Mensch liebt die Gewohnheit so sehr. Erotik braucht Überraschung. Unter der Hand, die auf ihrem Geschlecht liegt, spürt Eva Maria eine Wärme, die sie seit langem nicht mehr erlebt hat. Heute Abend hat sie Lust. Ein Bild drängt sich ihr auf. Vielleicht hat sie es auch heraufbeschworen. Wir wissen nie, ob uns die Phantasie Angebote macht oder ob wir über sie verfügen. Eva Maria hält einige Sekunden inne. Ein bisschen überrascht. Ein bisschen verschämt. Sie hatte nicht damit gerechnet, an ihn zu denken. Aber dann denkt sie, das gehört sicher zum Spiel, und letztendlich ist es nicht so schlimm, er oder ein anderer, egal. Eva Maria errötet. Sie merkt es nicht. Ihre Sinne sind nicht mehr da. Eva Maria hat lange keinen Orgasmus mehr gehabt. Sie dreht sich auf die Seite. So schnell ist sie seit Jahren nicht mehr eingeschlafen.

Eva Maria brüllt. Sie erstickt. Sie schreit, bäumt sich in ihrem Bett auf. Esteban kommt ins Zimmer. Eva Maria macht die Augen auf. Streckt die Arme nach ihm aus.

»Stella, mein Schatz, da bist du ja, ich hatte solche Angst.«

»Mama, ich bin es, ich bin es, Esteban.«

Eva Maria stößt Esteban zurück.

»Geh weg!«

Eva Maria schlägt ihn. Gegen die Brust.

»Geh weg! Geh weg!«

Esteban steht auf. Verlässt das Schlafzimmer. Eva Maria bleibt sitzen. Mit schweißnassen Haaren. Noch ein Albtraum. Sie kann diese Albträume nicht mehr ertragen. Eva Maria versucht sich zu erinnern. Stella stürzte, es gab ein Rotkehlchen und einen Heizstrahler, was noch? Eva Maria kann sich nicht mehr erinnern. Francisco war da, richtig, da war auch Francisco, oder Vittorio, sie weiß es nicht mehr. Eva Maria legt den Kopf in ihre Hände. Sie fragt sich, was das Wichtigste bei Albträumen ist, das, woran man sich erinnert, oder das, woran man sich nicht erinnert. Eva Maria reibt sich den Mund. Ihr fällt der große Pfau in Vittorios Sprechzimmer ein. Er war in ihrem Albtraum.

Francisco oder Vittorio? Auf jeden Fall ein Mann, von hinten, mit Jacke.

Ich schlief nicht mehr, verfluchte mich, dass ich sie vertrieben hatte, ich suchte in den wenigen mit Lisandra verbrachten Augenblicken ein Indiz, um sie wiederzufinden, sie trug eine schwarze Hose und, wie konnte mir das in dem Moment entgangen sein?, schöne Schuhe, ebenfalls schwarz, Absatzschuhe, und unter ihren Füßen weiße Spuren auf dem Spannteppich, ich wollte mich nicht zu früh freuen, aber ich begab mich sogleich auf einen Rundgang durch die Tangosäle und Milongas *in meiner Umgebung, Lisandra musste direkt von dort gekommen sein, irgendwo hier in der Nähe, sonst wäre der Talk völlig verschwunden gewesen, ich hatte jetzt eine Spur, um sie wiederzufinden.*

Eva Maria folgt Vittorios Spuren. Sie hat beschlossen, damit zu beginnen. Wenn sie Vittorio schon mitteilen muss, dass Lisandra ihn betrogen hat, will sie ihm gleichzeitig mitteilen, dass der Mann, mit dem sie ihn betrogen hat, der Mörder ist. Seinen Stolz verletzen, ihm aber zugleich die Freiheit bringen, nur so kann sie die Vorstellung ertragen, ihm die Untreue seiner Frau zu offenbaren. Eva Marias Überlegung ist einfach. Wenn Lisandra mit Francisco geschlafen hat, hat sie ihre Liebhaber wahrscheinlich aus ihrem Umfeld ausgelost und bestimmt auch aus dem gut zugänglichen Fundus ihrer Tangokurse geschöpft. Eva Maria folgt Vittorios Spuren. Seit dem frühen Morgen durchstreift sie das Viertel.

»Kennen Sie Lisandra Puig? Hat Lisandra Puig hier getanzt?«

Eva Maria denkt an den Augenblick, als Vittorio Lisandra endlich wiedergefunden hatte. Sie fragt sich, ob es nicht besser gewesen wäre, wenn er sie niemals wiedergefunden hätte, er wusste damals nicht, was ihn erwartete, niemand kann ahnen, dass aus einer zunächst wunderbaren Nachricht ein entsetzliches Drama erwachsen wird.

Ich fragte mich, wie sie als Tänzerin aussah, das lange glatte braune Haar zum Dutt aufgesteckt, würde ich sie von hinten erkennen? Nein, ich würde sie nicht erkennen, die Vertrautheit, die es möglich macht, jemanden von hinten zu erkennen, hatten wir noch nicht erreicht.

Eva Maria denkt an den Abend des Mords. Da war Vittorio längst so vertraut mit Lisandra, dass er sie von hinten erkennen konnte. Als er vom Fenster aus Lisandras Körper auf dem Boden erkannt hatte. Eva Maria gibt allmählich die Hoffnung auf, etwas zu finden, sie ist schon mindestens bei der zehnten Adresse angekommen. Ein Gefühl der Dringlichkeit treibt sie. Ihr bleiben nur zwei Tage bis zur nächsten Besuchszeit. Das Gefühl der Dringlichkeit besteht nicht darin, die Dinge rasch zu erledigen, sondern zu wissen, dass nichts dich davon abbringen kann. Sie fragt sich nicht, ob sie nicht besser niemals fündig würde.

»Kannten Sie Lisandra Puig? Hat Lisandra Puig hier getanzt?«

»Ja. Lisandra Puig war meine Schülerin.«

Eva Maria schaut sich den Körper an, aus dem diese Stimme kommt. Sie lächelt. Erleichtert. Niemand kann ahnen, dass aus einer zunächst wunderbaren Nachricht das entsetzliche Drama erwachsen wird.

Eva Maria hat nicht erwartet, einen Mann in diesem Alter zu sehen. Siebzig, vielleicht älter. Er reicht ihr freundlich die Hand.

»Ich heiße Pedro Pablo.«

Eva Mara drückt ihm die Hand. Sie hat das Gefühl, diesen Mann schon irgendwo gesehen zu haben. Oder bildet sie sich das nur ein?

»Aber alle nennt mich Pepe. Was kann ich für Sie tun?«

»Ich möchte Ihnen einige Fragen über Lisandra stellen.«

Eva Maria sagt nicht, weshalb. Der alte Mann fragt nicht danach.

»Nehmen Sie Platz. Ich bin ganz Ohr.«

Eva Maria setzt sich.

»Ist Ihnen in den Tagen vor ihrem Tod etwas an ihrem Verhalten aufgefallen? Ich meine, etwas Besonderes.«

Der alte Mann schaut Eva Maria an.

»Lisandra war über einen Monat nicht mehr hier gewesen –

wenn mir etwas aufgefallen ist, dann vor allem ihre Abwesenheit.«

Eva Maria fällt nichts anderes ein, als seinen Satz zu wiederholen.

»Sie war über einen Monat nicht mehr hier gewesen?«

Der alte Mann nickt.

»Drei Jahre lang hat sie nie gefehlt, dreimal die Woche, ihr gelenkiger, lautloser Körper war immer auf demselben Platz, sehen Sie, dahinten. Ich nannte sie ›Lisandra-meine-Treue‹.«

Der alte Mann zeigt mit der Hand auf Lisandras Platz. Eva Maria dreht sich um. Sie schaut auf den leeren Platz in dem leeren Saal. Plötzlich ist ihr eiskalt. Sie denkt an Stellas Zimmer, das auch leer ist. Der alte Mann fährt fort.

»Ein Monat ohne sie, Sie können sich vorstellen, dass ich beunruhigt war, also bin ich zu ihr nach Hause gegangen. Das mache ich sonst nie – abwesende Schüler aufsuchen –, aber diesmal musste ich das einfach, eben weil es Lisandra war. Ich hatte sie sehr gern.«

Eva Maria schüttelt den Kopf. Sie schafft es nicht, sich aus Stellas leerem Bett aufzuraffen, sie hat so viele Nächte darin geschlafen und gehofft, beim Aufwachen ihre Tochter neben sich zu spüren, hat sich mit aller Kraft an die Laken geklammert, um nicht beim einsamen Erwachen vor Grauen zu brüllen. Eva Maria kann sich nicht mehr auf die Worte des alten Mannes konzentrieren. Sie hört sie wie aus weiter Ferne.

»Ich hatte Lisandra sehr gern, sie war anders, sie war so sanft. Sie kam niemals wie die anderen mit ihren Alltagssorgen an, war nie nervös oder laut. Sie stand in ihrer Ecke, so wie nur Kinder sein können. Zurückhaltend. Diese Eigenschaft verlieren die Menschen sehr schnell, sie müssen sich aufdrängen. Egal wem, aber sie müssen sich aufdrängen. Einsamkeit wird unmöglich, sie müssen einer Gruppe angehören, selbst wenn sich die Gruppe auf zwei Menschen beschränkt. Lisandra jedoch blieb einsam, jedenfalls glaubte ich das. Und dann hatte sie eine Eigenschaft, die mich unendlich anrührte, ich bin vor allem Tänzer: Sie war anmutig, so anmutig wie zehn Frauen zusammen. Sie hatte eine ganz eigene Art, sich zu bewegen, fließend, sanft, ich sage nicht, schlaff – nein, sanft. Keine arrogante Haltung, obwohl sie vielleicht den harmonischsten Körper hatte, den ich je gesehen habe. Ihr ganzes Wesen war Mäßigung. Wenn die anderen laut lachten, lächelte sie, das war eine ihrer Eigenschaften, die mir sofort aufgefallen sind: Sie machte keine Geräusche. Eines Tages habe ich sie darauf aufmerksam gemacht, sie errötete, war erstaunt – ach so? Das dachte ich über sie? Und dann fügte sie, etwas verträumt, hinzu, sie habe vielleicht irgendwo ein Stück von sich selbst zurückgelassen, das eine würde das andere erklären. ›Ich werde versuchen, lebhafter zu werden, Pepe, versprochen!‹ Sie hat mein Kompliment als Vorwurf aufgefasst. So war Lisandra: Sogar ein Kompliment gab ihr zu denken. Sie war oft erstaunlich in ihren Reaktionen. ›Warum tanzt man?‹ – ›Um die Zeit anzuhalten.‹ Lisandra antwortete als Einzige: ›Um in der Zeit zurückzugehen.‹ Sie glaubte, das Gedächtnis sei dem Körper eingeprägt, und sie tanzte, um sich zu erinnern. ›Woran?‹ – ›Um mich zu erinnern‹, weil sie hoffte, das Erinnern würde ihr guttun. Weiter ging ihre Antwort nicht, sie verstummte plötzlich: Mehr könne sie mir nicht sagen, und außerdem sei das sowieso unwichtig. Ich hatte aber gespürt, dass es in Wirklichkeit umgekehrt war und das, woran sie sich zu erinnern suchte, im Gegenteil sehr wichtig für sie war. Seit jenem Tag dachte ich immer, wenn ich Lisandra tanzen sah, sie tanze wie jemand, der ein Geheimnis in sich trägt. Vielleicht bin ich darum zu ihr gegangen. Wissen Sie, wenn Leute von einem Tag auf den anderen verschwinden, hat man keine Herzensruhe, man setzt jede Abwesenheit mit einem endgültigen Verschwinden gleich. Das entfacht den Zweifel in der Brust, also prüft man nach. Aber das muss ich Ihnen nicht erklären.«

Eva Maria richtet sich auf. Die letzten Worte holen sie auf den Boden der Realität zurück.

»Was müssen Sie mir nicht erklären?«

»Dass man Abwesenheit mit einem endgültigen Verschwinden gleichsetzt.«

»Warum sagen Sie das?«

»Weil sich Ihre Arme so heftig bewegen …«

Der alte Mann verstummt. Eva Maria versteht. Er wartet darauf, dass sie ihre Identität offenbart. Ein wenig von ihrer Identität.

»Eva Maria.«

Der alte Mann schmunzelt. Er fährt langsam fort.

»Ja, Eva Maria, Ihre Arme sind zu unruhig, Ihre Hände klammern sich an jeden Gegenstand, sehen Sie, eben haben Sie meinen Füller gepackt, vorhin haben Sie Ihr Notizheft in alle Richtungen gedreht, Ihre Arme sind stets in Bewegung. Als würden Sie es nicht ertragen, dass Sie jemanden, der Ihnen lieb war, nicht mehr an sich drücken können.«

Eva Maria wird immer unruhiger. Der alte Mann senkt die Stimme.

»Haben Sie ein Kind verloren?«

»Warum sagen Sie das?«

»Weil Sie mich eben Lügen strafen wollten, haben Sie noch mehr von sich offenbart: Als Sie mit Ihren fieberhaften Bewegungen aufhörten, haben Sie die Arme auf Ihren Bauch gelegt. Möchten Sie etwas trinken?«

Eva Maria löst die verschränkten Arme. Sie weiß nicht mehr, was sie mit ihnen machen soll. Sie mag nicht, dass man in ihr liest wie in einem offenen Buch. Sie beobachtet, wie sich Pedro Pablos langgezogener Körper bewegt, der Körper eines jungen Mannes, ohne jede Krümmung, Wölbung oder ein Hinken, wie es für den Körper eines Siebzigjährigen normal wäre. Er dreht sich noch einmal zu ihr um. Sein Gesicht ist zerfurcht, aber der Körper so jung, als wäre der Kopf ihm aufgepfropft. Pedro Pablo verschwindet aus dem Raum. Eva Maria fürchtet plötzlich, er werde nicht wiederkommen. Er kommt wieder.

»Es tut mir leid! Ich frage, ob Sie etwas trinken möchten, dabei habe ich nur Wasser. Meistens meint die Frage etwas anderes. Wollen Sie Wasser?«

Eva Maria nickt. Sie hätte gern Alkohol. Sie spürt, wie ihre Finger den Bleistift fester umklammern. Sie taucht die Lippen in das Glas, sie hasst es, sich schlucken zu hören, sie hasst den Geschmack von Wasser. Eva Maria stellt das Glas hin. Wasser nützt nichts. Ihr Ton ist hart.

»Und wie hat Lisandra auf Ihren Besuch reagiert?«

»Sie hat gar nicht reagiert. Sie war da, und das war alles, was ich brauchte. Sie können sich gar nicht vorstellen, wie erleichtert ich war, als sie mir die Tür öffnete. Lisandra war da, ich war beruhigt, der Druck in meiner Brust verschwand auf der Stelle, ich hätte gehen können, aber irgendetwas in ihrer Haltung hielt mich zurück – wissen Sie, diese tausendstel Sekunde, in der man beim Wiedersehen mit einem Menschen die winzigen Veränderungen erfassen kann, die einem dann sehr schnell entgehen, wenn sich unsere Augen wieder an die neue Person gewöhnt haben, die vor uns steht. Ihr Körper strahlte große Müdigkeit, große Schwäche aus. Sie schien nicht zu wollen, dass ich gehe. Sie legte den Finger auf die Lippen, entschuldigte sich mit einer Geste, mich nicht im Wohnzimmer empfangen zu können, und führte mich ins Schlafzimmer, in das gemeinsame Schlafzimmer. Sie deutete aufs Bett, auf das Ehebett, es war mir etwas peinlich, aber ich habe mich hingesetzt.

›Achtung! Nicht auf die Jacke.‹

Lisandra sprang von ihrem Stuhl auf und griff nach einer grauen Jacke, einer Männerjacke, die zusammengelegt auf dem Bett lag. Sie schien zwischen zwei unvereinbaren Impulsen hin- und hergerissen: Sie wollte diese Jacke schnellstens verschwinden lassen, wollte sie aber nicht beschädigen oder zerknittern, was sie zu paradoxen Bewegungen veranlasste. Sie zog eine Schublade ihrer Kommode auf und entledigte sich der Jacke, aber sie knüllte sie nicht hektisch zusammen, sondern breitete sie sorgfältig aus. Dann drehte sie sich zu mir, so aufgewühlt, als hätte sie gerade eine Leiche versteckt, ich erinnere mich genau, das war wirklich das Gefühl, das ich damals hatte. Ich fragte, ob es ihr gutgeht. Sie sagte ja. Ich fragte, warum sie nicht mehr zu den Kursen käme. Sie sagte, sie hätte keine Lust mehr, zu tanzen. Ich sagte, das würde mich bei ihr wundern, und fragte, ob sie den Tanzlehrer gewechselt habe, manchmal habe man nun mal Lust auf etwas Neues.

›Auf keinen Fall, Pepe! Wie kannst du das annehmen?‹

Ich fragte, ob ich ihr etwas getan hätte.

›Überhaupt nicht! Du hast mir nichts getan. Du nicht. Es ist nicht deine Schuld.‹

›Ich nicht. Wer dann?‹

›Niemand. Das habe ich nicht so gemeint. So ist das Leben. Eines Tages hat man keine Lust mehr, zu tun, was man sonst jeden Tag gemacht hat. Das ist nicht weiter schlimm.‹

Ich merkte aber, dass sie in keinem normalen Zustand war. Ich fühlte mich unwohl auf diesem Bett, dem Ehebett, und habe sie gefragt, ob sie nicht mit mir runter ins Café gehen will, um etwas zu trinken, sie sah aus wie jemand, der lange nicht mehr draußen gewesen war. Ich sagte, dass man nicht immer alles dem Kopf überlassen dürfe, man müsse dem Körper geben, was er braucht, Bewegung, Flanieren, Spaziergänge, der Kopf tyrannisiere den Körper, und man dürfe ihm nicht freies Spiel lassen, das sei der Gesundheit abträglich: Ein Körper ist nicht dazu da, faul rumzuliegen, dadurch entstehen Obsessionen. Da sie schon so lange tanzte, müsse sie doch wissen, wie alles heller wird, wenn sich der Körper bewegt.

›Ich habe keine Lust, rauszugehen. Ich möchte niemanden sehen. Mir geht es gut allein.‹

Da hörte ich, wie eine Tür aufging. Lisandra legte wieder den Finger auf den Mund, wie ein Kind, und stand auf. Sie spähte durch die angelehnte Schlafzimmertür. Ich hörte schlurfende Schritte im Flur. Lisandra sah auf die Uhr, drehte sich etwas verlegen zu mir um und setzte sich wieder an ihre Frisierkommode. Ein paar Minuten später klingelte es, und sie wiederholte das gleiche Theater, ging zur Zimmertür und schaute vorsichtig hinaus. Wieder hörte ich Schritte im Flur, diesmal schnellere, Frauenabsätze. Lisandra machte die Tür zu und setzte sich hin. Danach wollte sie mit mir über Gott und die Welt sprechen, geradeso als hätte sie nicht getan, was sie gerade getan hatte, oder eher als hätte es nichts zu bedeuten, drücke kein Unglück, keine Verzweiflung aus. Aber ich merkte doch, dass sie litt: Sie war wie von Sinnen, das wurde mir bei ihrem zweiten ›Kontrollgang‹ klar, nennen wir die Dinge beim Namen, ihre Bewegungen trugen den Stempel der Wiederholung, sie hatte sie Dutzende Male gemacht, das war ihr neuer Tanz, ganz ohne Musik, ganz ohne Spaß: der Tanz des Zweifels. Sie hatte den Tango gegen diesen neuen Reigen getauscht, den sie allein tanzte, mit einem Partner, der sicher nicht wusste, dass er tanzte. Lisandra, die Wächterin, Lisandra-meine-Treue, aber nicht mehr am gleichen Ort, Lisandra auf dem Posten,

Lisandra, die Spionin. Ich war für sie gekränkt, meine schöne Tänzerin, reduziert auf diese demütigenden Bewegungen, sie, der die Welt zu Füßen hätte liegen können, lag selbst am Boden, gebrochen von der Schande des Spionierens, gebrochen von diesen widerwärtigen Regungen, sie, die so wertvoll war, konnte nicht anders, als zu verdächtigen. Ich habe es nicht ertragen, ich bin aufgestanden und habe in einem anderen Ton, mit fester Stimme gesagt:

›Wir gehen ins Tanzstudio.‹

›Ich will sie nicht sehen.‹

›Wen?‹

›Die anderen.‹

›Was haben sie dir denn getan, *die anderen*?‹

Ich fragte sie, ob irgendjemand im Kurs sie störe, ob etwas passiert sei, was mir entgangen war. Sie schüttelte den Kopf, nein, das meinte sie nicht, es sei nichts passiert, es sei nicht die Schuld der anderen, ich solle mir keine Sorgen machen. Sie legte die Hand an meine Wange: ›Es ist so nett, dass du vorbeigekommen bist.‹ Bei dieser Berührung wurde sie mir wieder vertraut. Ich war sicher, dass ich darauf bestehen musste, dass sie das Bedürfnis hatte, mit jemandem zu reden. Ich nahm ihre Hand und zwang sie, aufzustehen.

›Im Studio ist niemand, um diese Zeit ist keiner da, wir sind zu zweit, dort können wir viel besser reden.‹

›Ich will nicht reden.‹

›Gut, dann werden wir tanzen, das ist jedenfalls besser als der erbärmliche Tanz, den du gerade hier aufgeführt hast.‹

Lisandra stand auf. Bei Schülern, die ihren Lehrer bewundern und irgendwann Lust bekommen haben, ihm ähnlich zu werden oder zu gleichen, gewinnt man die Autorität sehr schnell zurück, die Bindung zwischen Lehrer und Schüler hypnotisiert stärker als alles andere, ich glaube sogar, stärker als die Liebe. Die einzige Autorität, die noch stärker ist, ist die des Henkers über sein Opfer, weil da die Angst mitspielt. Im Flur warf Lisandra noch einen traurigen Hundeblick zu einer der Türen, ich forderte sie auf, sich zu beeilen und ihre Schuhe nicht zu vergessen. Sie nahm einen Hut von der Garderobe – zum ersten Mal sah ich sie mit Hut – und setzte eine Sonnenbrille auf, dann gingen wir raus. Ich hasse diese Gegenstände, die das Klima zwischen die Menschen stellt. Bis zum Studio haben wir kein Wort gesagt, sie ging mit gesenktem Kopf neben mir her, abermals drängte sich mir das Bild des herrenlosen Hundes auf, aber diesmal begriff ich, dass er obendrein verletzt war. Lisandra bewegte sich nicht mit ihrem üblichen Gang, ihrem sicheren und betörenden Gang, der mir so vertraut war. Ich nahm ihren Arm, ich war kein Mann mehr, ich war eine Krücke. Ich dachte an unseren Altersunterschied und fand es unfassbar. Sie torkelte mehr, als dass sie ging. Im Studio habe ich Musik angemacht, sie hat ihre Schuhe angezogen, ich habe sie um die Taille gefasst, und wir haben schweigend angefangen zu tanzen. Ich hatte diesen Tango nicht zufällig ausgewählt. Bei dem Reigen, den sie in ihrem Schlafzimmer ausgeführt hatte, hatte ich sie durchschaut.

JALOUSIE

TANGO TZIGANE

pour Chant seul & Accordéon

Paroles de
ANDRÉ MAUPREY

Musique de
JACOB GADE

M. E. 2644b Imp DILLARD

Imp Michel DILLARD, Paris.
Octobre 1945

EIFERSUCHT

Ich sah dich tanzen
Bezaubernd, halb nackt, voller Glut
Verführerisch und ohne Scham!
Dein Körper bebte unter den Akkorden,
Gab sich jedem Tänzer hin.
Es gibt kein Leben ohne deine Liebe,
Du weißt es genau.
Aber ich spüre in deinem Körper
nur ein schelmisches Vergnügen.
Was für ein Verrückter,
sagst du dir.
Ja, ich bin verrückt, denn was auch geschieht:
Ich liebe dein Parfüm, das mich berauscht,
Ich liebe dich, auch wenn du mich verrätst.
Manchmal will ich nur noch fort,
Will meiner Qual entfliehen.
Doch kaum tauchst du auf,
Schon herrschst du wieder über mich.
Ich trinke deinen lockenden Kuss,
Berausche mich an einer Liebe,
Die eine Lüge ist!

Schmachtend nach einer heißen Nacht,
Überwache ich dich
Selbst noch im Schlaf.
Aber deine Augen bleiben verborgen.
Warum kann ich nicht in dir lesen?
Sehe ich doch in diesem süßen Augenblick,
Dass du mich liebst.
Aber Schwindel ergreift dich,
Und ich weiß nicht mehr,
Wen du betrügst.
Lüg mich nicht mehr an!
Ich bin eifersüchtig, aber was auch geschieht:
Ich liebe dein Parfüm, das mich berauscht,
Ich liebe dich, auch wenn du mich verrätst.
Du bist für mich ein göttlicher Liebestrank,
Vergebens kämpfe ich gegen seinen Zauber.
Ich schenke dir meine Leidenschaft,
Die stärker ist als meine Eifersucht,
Ich gebe mich für immer deinem Herzen hin,
Flehender Sklave
deines Körpers der Liebe.

Ich spürte, wie sich ihr Körper allmählich entspannte, als mir Lisandra eine Frage stellte, die mich endgültig davon überzeugte, dass ich mich nicht getäuscht hatte.

›Ist deine Frau nicht eifersüchtig, dass du mit anderen Frauen tanzt? Dass du den ganzen Tag von einer Frau zur anderen wechselst?‹

›Komische Frage! Das ist mein Beruf, Lisandra.‹

›*Das ist mein Beruf* bedeutet gar nichts: *Das ist mein Beruf*. Unser Beruf, das sind doch auch wir. Antworte auf meine Frage, Pepe.‹

›Nein, meine Frau ist nicht eifersüchtig. Jedenfalls hat sie nie etwas gesagt.‹

›Vielleicht sagt sie es dir nicht? Glaubst du, dass du deine Frau gut kennst? Glaubst du, dass sie dir alle Gedanken unzensiert anvertraut? Du weißt doch, dass das nicht geht, dass es zwischen zwei Menschen nie so läuft. Sei ehrlich!‹

›Ehrlich, ich habe mich nie gefragt, ob sie eifersüchtig ist.‹

›Wirklich? Das ist aber egoistisch! Jetzt frage *ich* dich. Hat deine Frau Grund zur Eifersucht?‹

Lisandra ließ mit ihrer Frage nicht locker, ich spürte es an ihrer Hand, die meine umklammerte. Ich versuchte zu scherzen.

›Du kennst doch mein Alter! Meine Frau hat nichts mehr zu befürchten.‹

Aber Lisandra war für nichts zugänglich, weder für einen Appell an die Vernunft noch an den Humor. Sie hielt an ihrem Gedanken fest.

›Das Alter hat nichts zu sagen. Außerdem unterrichtest du schon ewig, vor ein paar Jahren noch hätte diese Antwort nicht gegolten, weil du damals noch nicht sagen konntest: *Du kennst doch mein Alter.* Schwöre mir, dass du beim Tanzen mit einer anderen Frau nie etwas Böses gedacht hast. Schwöre mir, dass dir das niemals passiert ist. Ich glaube nicht an räumliche Nähe zwischen einem Mann und einer Frau, ohne dass solche Gedanken aufkommen. Schon ein Stockwerk im Fahrstuhl reicht aus, um diese Gedanken in Gang zu setzen. Los, schwöre es!‹

Ich dachte an Mariana und konnte nicht schwören. Aber ich habe weitergetanzt. Wir durften nicht aufhören. Das wäre gewesen, als würde man den Deckel einer Spieluhr zuklappen, ehe sie zu Ende gespielt hat, als würde man die Körper zwingen, mitten im Schwung ihrer Bewegung, ihrer Drehung zu erstarren. Ich hatte mir vorgenommen, sie zum Reden zu bringen, nun musste ich sie zu Ende anhören. Sie durchschaute mein Schweigen.

›Siehst du, sogar du hast dran gedacht, Pepe.‹

Lisandras Stimme floss wie Gift in mein Ohr. Sie war wie ein Ungeheuer, das mir den Weg versperrte und mich zwang, an das Schlimmste oder das Beste in meinem Leben zu denken. Sie war das Beste und das Schlimmste gewesen. Mariana, die ich fast vergessen hatte, obwohl ich sicher gewesen war, sie nie zu vergessen. Mariana war eine Schülerin. Wenn sie sich bewegte, begehrte ich sie, wenn sie sich nicht bewegte, begehrte ich sie, ich konnte nicht mehr ohne sie, ohne ihren Körper sein. Aber wir haben diesen Raum nie verlassen. Sind immer im Saal geblieben, ja, immer im Saal. Deshalb kam mir der Verrat wohl weniger furchtbar vor, er fand außerhalb der Realität statt. Mariana war keine Konkurrentin für meine Frau, sie war meine Muse. Damals habe ich wahrscheinlich so gedacht, obwohl ich damals gar nicht gedacht habe, sondern nur gebumst. Wie ein Fünfzigjähriger, den die Angst, etwas zu verpassen, vor der Reue bewahrt. Ich habe meine Frau ungefähr ein Jahr lang mit Mariana betrogen. Im letzten Monat ergriff Mariana meine Hand und führte mich: Sie presste ihren Rücken oder ihren Bauch an die Saaltür, und dort machte ich es mit ihr, ich durfte es nur noch dort mit ihr machen, ich wusste, dass sie, die nie etwas verlangte, mich auf diese Weise bat, sie woandershin zu bringen, der Ort unserer Liebe war ihr wohl zu eng geworden. Eine Hand auf mir, eine auf der Türklinke, das war ihre Art, mich zu bitten, hinauszugehen, ihre Art, zwischen ihrer Freiheit und mir zu schwanken, oder einfach ihre Art, sich von mir zu verabschieden. Ich habe es nie erfahren. Ich habe sie dafür nur noch mehr geliebt: dass sie es geschafft hat, mir, dem widerlichen System, in das ich sie einsperrte, zu entkommen, dass sie die richtige Wahl getroffen hat.

›Vittorio betrügt mich.‹

Plötzlich begann Lisandra zu reden. Es sprudelte aus ihr hervor. Sie legte ihre Seele bloß. Urplötzlich. Ohne dass ich sie irgendetwas gefragt hatte. So brutal, als hätte sie sich plötzlich die Kleider vom Leib gerissen, ohne dass meine Blicke sie dazu aufgefordert hätten.«

Ich bin krank.

Das hat nicht sofort angefangen. Aber schon als wir uns kennenlernten, spürte ich in mir die Disharmonie.

Die erste Krise liegt über drei Jahre zurück. Wir waren für ein paar Tage nach Pinamar gefahren. Es war etwa in der Mitte unseres Aufenthalts. Wir hatten abends im Hotel gegessen. Ich weiß nicht mehr, worüber wir sprachen, aber wir hatten uns gut unterhalten. Ich hatte ständig Angst, ihn zu langweilen, aber an dem Abend habe ich ihn wohl nicht gelangweilt. Jedenfalls nicht sehr. Dann sind wir aufs Zimmer gegangen, und Vittorio hat den Fernseher angemacht. Ich nahm mir ein Buch. Ich glaube, da ging es mir noch gut. Plötzlich ertönte hinter uns, hinter dem Kopfende unseres Betts ein kaum wahrnehmbares Stöhnen. Dann eindeutige, wilde Schreie. Sexschreie. Ich wagte nicht mehr, umzublättern. Aus Angst vor dem lächerlichen Rascheln des Papiers. Schrecklich, wirklich abscheulich. Dieses Gegenbild zu uns. Zu unserem Nichts. Unserem Nicht-füreinander-Vorhandensein. Dieser Orgasmus ganz in der Nähe führte uns unsere sexuelle Lethargie in diesem Moment vor Augen. Vielleicht hätten wir uns darüber lustig machen sollen. Aber wir konnten nicht. Die Stille wurde unerträglich. Unsere Stille. Denn nebenan war es gar nicht still. Das Bett kratzte und klopfte an unsere Wand. Ich spürte, wie er Lust auf diese Fremde bekam. Auf einmal war ich sicher, dass er viel lieber jenseits der Wand wäre als hier. Lieber bei ihr als bei mir. Eine nützliche Nacht, eine Nacht, die ihm im Gedächtnis bleiben würde. Ich starrte auf das Laken. Ich war sicher, dass er einen Ständer hatte. Ich dachte daran, mir ein Bad einlaufen zu lassen, aber ich bekam Angst, dass dieser ungewöhnliche Impuls die Geräusche, das Stöhnen noch hervorheben würde, wo ich doch nur den einen Wunsch hatte, sie zu übertönen. Ich dachte, dass er die Gelegenheit nutzen würde, um sich einen runterzuholen. Wie bei einem Porno ohne Bilder. Was für eine außergewöhnliche Frau malte er sich aus? Eine Brünette? Wahrscheinlich eine Blondine. Ja, eine Blondine, er mag lieber Blondinen. Das ist sein Geschmack. Wie man lieber Salziges als Süßes isst. Wie man seinen Gaumen nicht zwingen kann, anders zu empfinden, der Geschmack ist unabhängig von unserem Willen, das ist rein körperlich. Warum hatte er dann mich genommen? Eine Brünette. Eine Verirrung. Was für einen Körper malte er sich aus? Einen schlanken? Einen rundlichen? Einen mit dicken Brüsten? Oder einen mit kleinen Brüsten, aber mit spitzen, sensiblen Brustwarzen? Vielleicht nicht mal eine Traumfrau. Eher eine aus Fleisch und Blut. Ganz normal. Eine Frau, die ihm am Tag über den Weg gelaufen war. Irgendwann. Die Letzte, die sein Begehren geweckt hatte. Mir fiel das Mädchen an der Rezeption ein, und da plötzlich setzte sich das Bild ihrer entsetzlich ineinander verschlungenen Leiber in meinem Kopf fest.

Als Vittorio das Licht ausmachte, hätte ich am liebsten das Zimmer verlassen. Ich betete, es möge aufhören. Die Dunkelheit verstärkte die Geräusche. Man vernahm Wörter zwischen dem Stöhnen, ohne sie zu verstehen. Es fühlte sich an, als würde die Wand immer dünner. Ich sagte mir, sie wird verschwinden, und wir werden unsere Betten aneinandergeklebt wiederfinden. Das Bett der Lust und das Bett der Langeweile. Sie stöhnte so laut, sie stöhnte so gut. Ich sagte mir, dass die Frau sicher viel besser war als ich, ich dachte an die vielen Mädchen, die besser im Bett waren als ich, und fühlte mich schuldig. Ihm gegenüber. Ich wollte ihm auch so etwas bieten, Nächte, an die er sich erinnern würde, wozu sind solche Nächte sonst gut? Aber ich konnte nicht. Ich konnte es nicht mehr. Die Last der Gewohnheit. Unsere Körper berührten sich. Die ruhige Haut. Ich wollte diese unbewegliche Berührung nicht. Aber ich wollte auch nichts anderes. Ich ertrug unsere toten, reglosen Körper nicht, aber ich hätte auch unsere erregten Körper nicht ertragen. Die Initiative ging von ihm aus. Der Zorn drang im selben Moment in mich ein wie er. Mit wem schlief er? Wen sah er hinter seinen geschlossenen Augenlidern? Wenn er mich angesehen hätte, hätte ich mich vielleicht beruhigt, so hatte ich das Gefühl, da zu sein, aber nicht mehr zu existieren, ich war überzeugt, dass er nicht mit mir schlief, sondern mit ihr, der Fremden hinter der Wand, ich hatte das Gefühl, dass er den Rhythmus seiner Stöße dem Stöhnen anpasste, das wir hörten, nicht meinem, als versuchte er durch mich die Wand zu überwinden, um in den Körper der anderen einzudringen, ich war der Adjuvans einer Umarmung, die nicht existierte, die nie existieren würde, ein Medium, ein Hilfsmittel, damit er seine Lust durch mich, aber nicht mit mir erleben konnte, eine Phantasieumarmung, wunderbarer als die Wirklichkeit. Wunderbarer als ich. Denn ich war seine Wirklichkeit. Und ich wollte immer seine Phantasie sein. Nicht seine *Wirklichkeit*, ich hasse dieses Wort. Die *Wirklichkeit.* Mein Stöhnen konnte nicht mit dem mithalten, das ich hörte, es war weniger wahr, weniger gierig, weniger ausdrucksstark, weniger alles. Während ich ihn in mir spürte, fiel mir ein, dass er beim Abendessen abgewehrt hatte, als ich einen Bissen von seinem Teller nahm. Früher hatte er mir angeboten, zu kosten. Ich glaube, in dieser Nacht hat mich die Eifersucht gepackt, weil es ihm nicht gefallen hatte, dass ich von seinem Teller aß. Da wurde mir das Vorher bewusst. Weil wir im Nachher angekommen waren. Da habe ich verstanden, dass ich ihn langweilte. Ohne es zu wissen, war er meiner überdrüssig geworden. Die Zeit war durch uns hindurch, über uns hinweggegangen. Wenn die Liebe anfängt, dreht sich irgendwo eine Sanduhr um, und man bewegt sich unablässig auf das Ende zu. Vorher hätten wir auch miteinander geschlafen, und wir hätten sie vielleicht nicht gehört. Oder wir hätten darüber gelacht. Die Sanduhr der Liebe hatte sich umgedreht. Am nächsten Morgen wollte ich das Hotel verlassen.

»Warum willst du das Hotel wechseln?«

»Ich will nicht das Hotel wechseln.«

»Was willst du dann?«

»Nach Hause.«

Es beginnt mit einer Verkrampfung. Die Kehle zieht sich zusammen. Die Brust wird eng. Der Herzrhythmus beschleunigt sich. In diesen Momenten schlägt das Herz nie links, es rast mitten in der Brust. Wenn es nicht in diesem Hotel passiert wäre, hätte es ein anderes erstes Mal gegeben. Vittorio musste mich zur Eifersucht führen, das war ein Wesensmerkmal unserer Beziehung. Ich spürte, wie sie Besitz von mir ergriff und mich ihrem Wahnsinn unterwarf. Ich konnte nicht mehr atmen. Ich glaube, seit jener Nacht habe ich nie mehr wie vorher geatmet. Mein Herz hat umgeschaltet.

Auf einen schlechten Rhythmus. Auf ein schlechtes Tempo. Nur wenn ich tanze, dann kann mein Atem atmen.

Mach, dass sie aufhören, mach, dass sie aufhören. O nein, nicht noch lauter. Seid still.

»Schläfst du?«

Er schlief. Die anderen machten weiter, wir waren schon fertig. Ich sagte mir, dass er vielleicht nicht schlief, vielleicht wollte er, dass ich ihn ungestört zuhören ließ, ich sagte mir, dass ich ihn nicht befriedigt hatte, dass er gern noch mal angefangen hätte. Aber nebenan. Auf der anderen Seite der Wand. Die Eifersucht wurde von seiner Ejakulation nicht weggespült. Nein, sie nistete sich ein. Endgültig. Die Eifersucht sucht sich nicht aus, wen sie auffressen wird, nein, sie ist heimtückischer, kollektiver, mörderischer. Die Eifersucht will keine einzelne Person vernichten, sie will ein Paar vernichten. Und alles, was dazugehört. Und die nächtliche Eifersucht drängte ans Tageslicht. Er wollte nicht im Bett frühstücken.

»Gehen wir lieber runter.«

»Warum?«

»Nur so.«

»Warum denn? Sonst frühstücken wir immer im Bett.«

»Der Kaffee ist immer kalt, unten ist er wenigstens heiß.«

Heiß war er. Auf sie. Er wollte sie sehen. Die Frau von nebenan. Sie mit den Augen aufsaugen, eine gute Einlage für seinen Vorrat an Phantasien, er wollte wissen, wie sie aussah, ihr Kopf, ihr Körper.

»Wir setzen uns dahin.«

»Da sitzen wir mitten im Saal.«

»Aber wir sind näher beim Buffet.«

Du willst sie nicht verpassen, stimmt's? Es kam mir so vor, als würde er alle Frauen anstarren, die am Buffet vorbeikamen. Welche war sie? Die Unbekannte, mit der er die Nacht verbracht hatte. Eine war schöner als die anderen. Ich beschloss, sie müsse es sein. Mein Blick ging von ihm zu ihr, erfand ein realeres Paar, als er mit mir bildete. Ich hätte auf ihn einschlagen mögen.

»Was guckst du so?«

»Ob sie wieder Lachs rausgestellt haben.«

Lügner. Geiler Bock. Du starrst sie an. Du würdest es ihr gern besorgen, was? Gleich da auf dem Buffet. Während sie dir eine Scheibe Lachs in den Mund schiebt, schiebst du ihr deinen Schwanz in den Arsch. Na los! Wenn du an nichts anderes denkst, dann mach doch!

»Wie oft willst du dir noch welchen holen?«

»Was ist denn heute mit dir los? Darf ich nicht mehr essen?«

»Du hättest mir sagen können, dass wir nur zum Fressen hergekommen sind.«

»Okay, okay, wir gehen, wir gehen an die Luft, das wird dich beruhigen. Ich geh hoch, einen Pullover holen, du kannst hier warten, wenn du willst.«

»Warum?«

»Warum was?«

»Warum willst du, dass ich hier warte?«

»Keine Ahnung ... Damit du nicht noch mal hochlaufen musst.«

»Natürlich ...«

»Was, natürlich?«

»Ich komm mit. Ich will mir auch einen Pullover holen.«

»Soll ich ihn dir mitbringen?«

»Willst du mich unbedingt davon abhalten, hochzugehen, oder was?«

»Nein, überhaupt nicht … Geh von mir aus hoch, aber hör auf, mich anzukeifen.«

Du glaubst wohl, ich hätte dein Theater nicht durchschaut! Du willst sie treffen. Sie ungestört anstarren. Sie kamen raus, als wir gerade in unser Zimmer gingen. Natürlich hatten sie nicht gefrühstückt, sie hatten ja gefickt.

»Hast du gemerkt, wie du sie angestarrt hast?«

»Wen?«

»Die Schlampe, die gerade rauskam.«

»Ich habe sie nicht angestarrt.«

»Du wärst gern in ihrem Zimmer, stimmt's? Du wärst lieber bei ihr.«

»Was erzählst du da!«

»Spiel nicht den Unschuldigen.«

Ich hatte ihn nie zuvor geohrfeigt. Meine Hand rutschte ganz von selbst aus. Eine Hitzewelle überschwemmte meinen Körper. Hass. Nachdem ich ihn beschimpft und angebrüllt hatte. Von nun an stand die Tür offen.

Manchmal ließ sie mich ein bisschen in Ruhe, aber nur, um mich dann besser zu packen, zu überwältigen. Sie ist zerstörerisch. So zerstörerisch. Ich wusste, dass ich Vittorio verlieren würde. Eine andere würde meinen Platz einnehmen. Ihm das Neue bieten, das ich ihm nie mehr würde bieten können. Wie Wasser, das in alle Richtungen läuft, hat sich die Eifersucht überall ausgebreitet, noch den kleinsten Raum in meinem Leben, meiner Vernunft, meinen Gefühlen überschwemmt. Mein ganzes Sein.

Tausenderlei Ängste, ständige Ängste.

Eine Frau von hinten, die die Straße entlanggeht, eine von vorn, eine sitzende Frau, eine Kellnerin, eine Krankenschwester, eine Apothekerin, eine Blonde, eine Brünette, eine junge Frau, eine ältere, eine mit Absatzschuhen, eine mit flachen Schuhen, eine Frau bei einem Empfang, die Urszene, als ich eines Abends auf seinem Schoß saß und sein bester Freund sein Knie drückte, als eine schöne Frau in den Raum trat, nur dass er sich im Knie irrte und das so getätschelte Knie meins war, was für eine Demütigung, wie viele Codes haben die Männer untereinander, um sich auf einen potenziellen Fang aufmerksam zu machen? Eine langhaarige, eine jungenhafte, blaue, braune, gelbe, schwarze Augen, eine Frau im Zug, eine Stewardess, eine ganz junge, die Verkäuferin, bei der er mir Blumen kauft und der er die Blumen eigentlich viel lieber schenken würde, irgendwer, eine Frau im Fernsehen, eine Frau im Kino, die Urszene, ich hatte den Kopf an seiner Brust und spürte, wie sein Herz schneller schlug, als eine bestimmte Schauspielerin auf der Leinwand auftauchte, ich kann keinen Film mehr mit ihm sehen, ich kann nicht mehr ins Theater gehen, ich stelle mir seine Phantasien über die Schauspielerinnen vor, ich ertrage es nicht, wie sich sein Blick auf sie richtet und ihnen folgt, sie ins Auge fasst, sie mustert, sie in Gedanken auszieht, sogar eine Frau in einem Buch, wie stellt er sie sich vor, wem ähnelt sie? Von welchem Mädchen aus Fleisch und Blut lässt er sich inspirieren? Sogar eine Tote, eine Frau mit Sommersprossen, die Tochter der Nachbarin, egal welche, alle bieten ihm einen neuen Duft, einen neuen Charme, eine neue Sprache, eine andere Kultur, eine Schwedin, eine Italienerin, eine Asiatin, die Verheißung neuer Gespräche, ein Mädchen im Auto an der Ampel, ein Mädchen, das er jeden Morgen beim Bäcker trifft, das Mädchen, das ein Ersatzteil bringt, um den Kühlschrank zu reparieren.

Eine andere Möse, kurz gesagt eine Abwechslung.

Diese Frauen sind wie Wölfe, ich kann sie nicht mehr zählen. Wie Wölfe setzt eine die Pfoten in die Fährte der anderen.

Ich hätte so gern die Macht einer schönen Erscheinung, auch als Frau seines Alltagslebens, seiner Routine. Ich würde mich gern verwandeln können, im Rhythmus derer, die ihn bezaubern. Die Macht der Metamorphose. *Diese* werden, wenn diese ihn anzieht, die andere, wenn die andere ihn lockt. Ihm nicht immer dieselbe aufzwingen. Mich im Rhythmus seiner Wünsche verwandeln. Ihm sie alle bieten und dabei die Einzige bleiben. Das Leben zwingt uns unsere Einzigkeit auf, unsere Individualität als reduziertes, limitiertes Ganzes, das wir immer tragen, ertragen müssen. Dasselbe Lächeln. Dasselbe Lachen. Derselbe Blick aus denselben Augen. Dieselben Hände in denselben Haaren. Dieselben zuckenden Schultern. Dieselben übergeschlagenen Beine. Dieselben sich streckenden Arme. Dasselbe Gähnen. Dieselbe Stimme. Derselbe Rücken. Dieselben Zähne. Dieselbe Haut. Dieselben Brüste. Wir sind unser selbst viel zu oft überdrüssig, als dass wir nicht den anderen Überdruss einflößen würden! Wie könnte er mich nicht als ewige Wiederholung empfinden. Man kann nicht mehr entzünden, wenn man immer da ist.

Ich bin wie ein Wachposten. Gefesselt von der heraufziehenden Katastrophe. Ein Wachposten, der weiß, dass das Unwetter losbrechen wird. Mein Kopf ist voller Alarmglocken. Die Gefahr herrscht Tag und Nacht.

Ich kann ein Essen im Restaurant nur genießen, wenn er mit dem Gesicht zur Wand sitzt. Jeder Schritt auf der Straße ist eine Qual, ich lauere auf jeden Blick, misstraue allen und jedem, halte Ausschau, wo mein Feind auftauchen wird. Die Bilder erstarren in meinem Kopf. Ich scanne sie. Suche das Detail, den Beweis, dass sich Vittorio von einer anderen angezogen fühlt. Ein Leuchten in seinen Augen. Ich kenne dieses Leuchten, das winzige Schweben in seinen Augen, die Verankerung der Lust. Welche Gedanken entstehen da? Ich bin sicher, dass er sie abruft, wenn er mit mir schläft, um sich weniger zu langweilen. Ich möchte so gern in seinen Kopf schauen, wenn er mit mir schläft, die Maschine erfinden, mit der man in den Kopf des anderen schaut, wenn er mit einem schläft. Keine Chance mehr, etwas zu verbergen. Keine Chance, zu simulieren. Das würde einige Überraschungen bringen. Nicht mal ein Spaziergang allein ist mehr ungetrübt, ich bin seine Augen, ich suche, suche überall nach Frauen, die ihm schmeicheln könnten, ich bin nie mehr gleichgültig, habe keinen wehmütigen Gedanken mehr. Diejenige aufspüren, die ihn verzaubern könnte. Sogar der Blick eines kleinen Mädchens stürzt mich in Verzweiflung. Seine Niedlichkeit. Seine verheißungsvolle kindliche Schönheit. Ist sie es, die mir eines Tages, in zehn, fünfzehn Jahren, Vittorio wegnehmen wird? Die ihm das Neue bringen wird, wenn wir uns nur noch wiederholen? Wenn ich mitten in der Nacht erwache, ist sofort dieser Gedanke in meinem Gehirn. In seinen nächtlichen Seufzern höre ich seine Phantasien. Ich stelle mir all die Geschöpfe vor, die ihn umtreiben. Nicht ihre Schönheit quält mich, sondern zu wissen, dass ich nie eine von ihnen bin. Man wird sich doch im Traum nicht gönnen, was man im Leben schon hat.

Ich frage mich, welche angefangen hat, ihn von mir zu entfernen. Welche er eines Tages angesehen hat, nachdem er jahrelang nur Augen für mich hatte. Er entfernte sich nicht plötzlich. Das Schwinden der Liebe geschieht langsam. Bevor man nicht mehr liebt, liebt man weniger. Dann noch weniger und schließlich gar nicht mehr. Aber das ist einem nicht bewusst. Das Schwinden der Liebe. Eine Beziehung, die lau, alltäglich, pragmatisch, gewohnt, nützlich und gewöhnlich geworden ist, nicht mal vernünftig, denn man denkt gar nicht mehr daran. Manche Menschen können ohne Leidenschaft leben, ich kann es nicht. Ich kann nicht ohne Leidenschaft leben. Ich werde am Schwinden der Liebe dieses Mannes sterben. Einmal, am Anfang unserer Beziehung, hat er mir gesagt, er habe nur noch Augen für mich. Das hätte er mir nie sagen dürfen. Das unvorstellbare Vergnügen, diese paar Worte zu hören, wiegt die Verzweiflung nicht auf, die ich empfand, als ich seine Augen eines Tages bei einer anderen ertappte. Ein Lächeln wird ihn zuerst von mir entfernt haben. Augen. Ein Blick. Ein Pferdeschwanz. Ein Wort. Ein Lächeln. Ein Busen. Das alles aufblitzend im Panorama aller Frauen der Welt. Ohne dass es ihm wirklich aufgefallen wäre.

Ich wollte das Unvermeidliche vermeiden. Ich benutze nicht mehr dieselbe Zahnpasta, dieselbe Seife, dasselbe Shampoo wie er, diese Alltagsgewohnheiten, die den pH-Wert der Haut annullieren, sie gleichzumachen versuchen. Wie ein Parfüm, das man nicht mehr riecht, wenn der andere es trägt. Ich habe mir die Haare gefärbt, ganz langsam, Woche für Woche, um auch dieses erregende Blond zu erhalten, aber jetzt ist es zu spät, es hat keine Wirkung mehr auf ihn, weil ich es trage; ich hätte gemerkt, wenn seine Treue von einer Haarfarbe abhinge. Ich habe keine Ausflüchte mehr. Nicht nur der große Lärm kündigt die Katastrophen an, auch die leisen Geräusche, sogar die Stille. Das Unglück hat kein Vorzimmer, das Unglück fährt nieder wie ein Blitz.

Vittorio hat sich von mir entfernt. Er leugnet es, aber ich weiß es. Ich spüre es. Er lügt mich an. In seiner Kinnfalte ist ein Geruch, der mich abstößt. Das ist die Falte unter der Lippe. Er kann sich noch so viel waschen, eine Stelle kann man nicht waschen. Das ist die Kinnfalte. Und dort spüre ich sie. Ich kann dir sagen, wie sie riecht, nicht ihr Parfüm, sondern ihr weiblicher Geruch. Der Geruch dieser Frau verlässt ihn nicht. Ich wollte alles begrenzen, alles kontrollieren, alles vermeiden, alles reduzieren. Unsere Begegnungen. Unsere Einladungen. Unsere Reisen. Aber seinen Beruf konnte ich nicht ändern. Ich bin sicher, dass er sie da getroffen hat. Ich bin sicher, dass sie eine seiner Patientinnen ist. Das Schema wiederholt sich. Eine Neue finden, wie er mich gefunden hat. Am selben Ort. Unter denselben Umständen. Ich habe ihn einer anderen Frau weggenommen, weshalb sollte nicht noch eine andere ihn mir wegnehmen? Das musste so kommen. Wie könnte es auch anders sein. Den ganzen Tag in Zweiergesprächen. Das ist das Gesetz der verschlossenen Tür. Der wiederholten körperlichen Nähe. Das ist schädlich, die sexuelle Latenz ist da, das ist eine Tatsache, eine Realität, mit der die beiden Personen spielen. Stinkende Koketterie … ich weiß genau, was sie da drinnen spielen. Und dieses Lachen, das ich manchmal höre, nicht alle kommen, weil sie Probleme haben. Früher steckte er zwischen zwei Patienten immer den Kopf ins Zimmer und küsste mich. Sagte ein paar Worte. Jetzt verläuft sein Weg nur noch zwischen dem Sprechzimmer und der Wohnungstür. Seine Schienen biegen nicht mehr zu mir ab. Ich lausche seinen Schritten. Wie er eine Patientin hinausbegleitet. Schnelle Schritte, und ich sage mir, dass er es eilig hat, die nächste Patientin zu empfangen. Langsame Schritte, und ich sage mir, dass er sich mit dieser wohlfühlt. Seit Monaten feile ich am Telefondraht in seinem Zimmer, damit er keine Telefongespräche führen kann, die ich nicht höre. Wenn ich könnte, würde ich eine Kamera in seinem Sprechzimmer installieren. Alles sehen. Alles wissen. Ich lauere auf die Schwankungen seiner Stimme, auf einen Lapsus. In seinen Kopf sehen, ich denke an nichts anderes mehr, als in seinen Kopf zu sehen. Alles bedeutet etwas. Ich bin zum Lügendetektor geworden, der nur mit Lügen arbeitet. Er denkt an eine andere, ich weiß es, bei jeder Gelegenheit lässt er meine Hand los, hat er etwas Besseres damit zu tun, als sie mir zu überlassen. Geschirr abräumen. Zeitung lesen. Arsch abwischen. Ich habe das Gefühl, dass mein Mund, in den er früher förmlich eintauchte, heute stinkt, ich habe das Gefühl, dass er den widerlichen, säuerlichen Geruch schlecht geküsster, schlecht gefickter Münder annimmt. Einmal in der Woche geht er zu ihr, ich weiß es, er sagt, dass er ins Kino oder ins Theater geht, nur weil ich nicht mehr dahin will, muss er ja nicht auch darauf verzichten. Ich sitze in meiner eigenen Falle. Meine Eifersucht gibt ihm den besten Vorwand, um mich in Ruhe zu betrügen. Jetzt geht er ab und zu schon zweimal pro Woche weg. Bald wird er jeden Tag ausgehen wollen. Jeden Tag ohne mich. Er wird wegwollen. Egal mit wem, ich scheiß drauf, wer dieses Mädchen ist, ihre Schönheit ist mir vollkommen egal. Selbst überwältigende Schönheit hält keinen Mann fest. Ihn lockt nur das Neue. Was man an der Schönheit liebt, wenn man ihr begegnet, ist nämlich, dass sie neu ist. Und selbst die Schönheit, die nicht verblüht, verkümmert nach ein paar Monaten an Überdruss. Gegen die Ablösung in der Liebe gibt es keine Waffe. Dass er jeden Donnerstag ein Mädchen trifft, beweist an sich noch gar nichts. Höchstens, dass er mich nicht mehr liebt oder dass er mich noch liebt, aber dass ich ihm nicht mehr ausreiche, was aufs Gleiche rausläuft. Unwichtig, wer sie ist, in ein paar Monaten wird er auch von ihr genug haben. Auch sie wird ihm irgendwann langweilig werden, nur nützt mir das nichts, für mich ist das Böse geschehen. Die Ablösung hat stattgefunden. Aber wie sehr wir uns geliebt haben!

Mir fehlt das »wir«. Mich quält die Lust auf Sex. Mit ihm. Ich denke an nichts anderes. Nur daran, mit ihm. Ich würde so gern nur daran mit irgendwem denken. Mir einen aussuchen. Dann einen anderen. Vielfältige, abwechslungsreiche Lust verspüren. Dann würde ich verstehen, dass er eine Geliebte hat. Dass er andere haben möchte. Die ersten Male, als wir miteinander geschlafen haben – ich würde alles dafür geben, dass er es noch einmal so macht, ein letztes Mal wie am Anfang. Unser Sex war so schön, vorher. Wie kann er jetzt nur so schlecht sein? So selten? So desinteressiert? Wenn wir miteinander schlafen, mache ich die Augen auf und sehe seine geschlossenen Augen, und nur die Bilder von ihm mit einer anderen bringen mich zum Orgasmus. Ein Mann vögelt nämlich noch zu Hause, auch wenn er mit einer anderen vögelt. Ein Mann vögelt, wo er kann. Das springt einer Frau ins Auge. Wenn sie es nur sehen will. Muss deshalb alles ins Wanken geraten? Früher verloren alle Frauen die Sinne. Heute keine mehr. Wo ist das Riechsalz? Wo sind die Frauen? Überall, aber sie sind heute so stark, so mächtig, so schön. Warum bin ich das nicht? Die

Frauen, bei denen die Liebe nicht sterben will, sterben aus Liebe. Ich bin dabei, zu verfaulen. Die Angst beschwert den Körper. Ich bin schwerer geworden, aber ich habe nicht zugenommen. Das ist kein Fett. Das ist kein Wasser. Das ist Angst. Die Angst beschwert den Körper. Ich merke es, wenn ich tanze. Ich habe keine Leichtigkeit mehr. Die Angst, ihn zu verlieren. Die Eifersucht ist ein Reizleiter zu den Gedanken, aber auch in den Körper, meine Muskeln und Nerven sind ganz und gar darauf ausgerichtet. Davon erfüllt. Die Gewebe meines Körpers sind dem Befehl der Eifersucht unterworfen. Ich ersticke.

Wie oft habe ich an seinen Tod gedacht. Ohne kriminelle Gedanken, nur aus Überlebensinstinkt. Ich fühle mich so gefährdet, dass ich ihn beseitigen möchte. Um etwas Geistesruhe wiederzufinden. So, wie man die Musik nicht abschaltet, um keine Musik mehr zu hören, sondern um die Stille wiederzufinden. Aber sogar die Vorstellung, die Phantasie seines Todes stimuliert noch meine Eifersucht. Dann stelle ich ihn mir allmächtig vor, omnipräsent, wie er sie alle sehen kann, nackt unter der Dusche, im Bad, in den Armen eines anderen, Vittorio, der Tote mit den tausend Geliebten. Aber zu mir, die er satthat, derer er überdrüssig, von der er angewidert ist, wird er niemals kommen.

Die, die er vor mir hatte. Die, mit der er mich betrügt. Und die, wegen der er mich verlassen wird. Ich habe keine Zuflucht. Weder in der Vergangenheit noch in der Gegenwart oder in der Zukunft. Keine zeitliche Zuflucht kann mich schützen. Ich habe gar nichts mehr. Ich würde so gern meine Doppelgängerin treffen, um mit ihr zu sprechen, und mein Gegenstück, um mich abzulenken. Ich ersticke. Die Eifersucht verbrennt den Schädel, das Gehirn. Die ganze rechte Seite meines Kopfes glüht. Die Elektrizität meiner Neuronen. Zu viele Bilder, zu viele Phantasien, zu viele Wahnvorstellungen. Ich habe Krämpfe im rechten Auge. Ich würde gern Fotos von meinem Gehirn machen. Wo sitzt der Bereich der Eifersucht, damit ich ihn entfernen kann? Ich brauche eine Gartenschere, einen Feuerstein, einen Cutter, um ihn in mein Gehirn zu stecken und sie rauszuschneiden. Keine Nervenenden mehr. Aber man kann die Eifersucht nicht überleben. Sie ist der Todesstoß für das Individuum. Eine Corrida. Eine Lanze, noch eine Lanze, eine dritte Lanze, die Picadores sind sehr beweglich. Da, zwischen die Augen, rot, rot, rot überall. Ich bin der wahnsinnige Stier, der nur in Freiheit leben kann, aber in einem Stadion freigelassen wird, in einer Arena, unter den erregten Blicken derer, die ihn sterben sehen.

»Warum gibst du deinen Patienten die Hand, wenn du ihnen guten Tag und auf Wiedersehen sagst?«

»Warum?«

»Ja. Warum?«

»Keine Ahnung. Das macht man so.«

»Alles nur, um sie alle berühren zu können, gib's zu, raus damit.«

Und immer frage ich mich, an welcher er sich aufgeilt. Vielleicht wäscht er sich nicht die Hände, um sich mit der Letzten, die er angefasst hat, einen runterzuholen.

Ich tue, was ich kann, um mich zu bezwingen. Mich durchzulavieren. Ich versuche, alles für mich zu behalten. So viel wie möglich. Oft lenke ich ab, benutze irgendeinen anderen Grund für einen Streit, etwas Alltägliches, um meinen Hass zu ergießen, der in Wahrheit von der Eifersucht stimuliert wird. Aber manchmal bricht sie aus. Sie quillt hervor, sie explodiert, das ist entsetzlich. Die Eifersucht mag keine Diskretion, die Eifersucht treibt ihre Opfer zur Raserei, dann, nur dann jubelt sie. Die Eifersucht beginnt im Kopf und endet im Körper, in Schlägen. Sie ist wie ein Windstoß. Der zunimmt. Innerhalb einer Sekunde. Ein Windzug, der meine Hände verstrahlt. Der durch mich hindurchrast und sich in meinen Handflächen einnistet. Ein kalter Windzug, und dann könnte ich ihn schlagen, ihn mit aller Kraft schlagen, ihn töten. Schreien, brüllen, schlagen. Damit er aufhört, damit er aufhört, mich zu verarschen, damit er gesteht, redet, damit er sich entscheidet. Geh doch, geh, wenn du nur daran denkst, geh doch, zisch ab, du schuldest mir nichts, geht doch, hau ab. Ihm den Schwanz abschneiden, ihn ausreißen und zermalmen. Wenn Vittorio in meinen Kopf gucken könnte, würde er fliehen, er kann sich nicht vorstellen, was sich da drin abspielt, das kann er nicht. Die Eifersucht ist eine Geisteskrankheit, die Mutter aller menschlichen Schwächen, von Bosheit, Hass, Misanthropie, Seelenenge, Egoismus, Geiz. Und das Schlimmste ist das Grauen, wenn man spürt, wie man verrückt wird. Denn ich spüre, dass ich verrückt werde. Und verrückt zu werden nützt gar nichts.

Natürlich habe ich versucht, mich zu heilen. Habe alles versucht. Aber Eifersucht lässt sich nicht heilen, man kann sie sezieren und analysieren, wenn sie einem bewusst ist, man kann versuchen, sie zu rechtfertigen, zu erklären, aber heilen kann man sie nicht. Ich habe alle Bücher über Eifersucht gelesen, alle, die ich in seinem Arbeitszimmer gefunden habe, alle Bücher, jedes Kapitel, jede Fußnote, ich habe versucht, die Nadel im Heuhaufen zu finden, mit der ich diesen Krebs aus meiner Seele reißen, mich heilen könnte. In den Büchern gibt es für Eifersüchtige zwei Möglichkeiten, entweder verdrängen sie den Trieb zur Untreue oder ihre Homosexualität. Eine *Verdrängende.* Das ist alles, was ich bin. Aber abgesehen von diesen erbärmlichen Erklärungen heilen die Texte über Eifersucht nicht, sie stellen nur fest. »Kein solides narzisstisches Fundament.« Ich weiß. Als Vittorio für immer in mich eingedrungen ist, als er mich zum ersten Mal umarmt hat, habe ich gespürt, wie mich mein Körper verließ und einem neuen Körper Platz machte, seinem in meinem. Dieser Mann ist mein Blut geworden. Vielleicht wegen des Kindes, das wir nie bekommen haben. Das Kind, das ich ihm niemals schenken wollte. Jetzt weiß ich es. Nicht die Eifersucht macht unglücklich, sondern das Unglück macht eifersüchtig. Das Entscheidende ist, zu wissen, welches Unglück uns eifersüchtig gemacht hat. Und ich kenne das Unglück, ich kenne die Wunde. Wir haben immer tausend Gründe, zu sein, was wir sind. Und ich weiß, aus welchen Gründen ich bin, was ich bin.

Deswegen bin ich Vittorio nicht böse. Ich kann nicht von ihm verlangen, was kein Mensch zu geben vermag. Ich bin diejenige, die zu viel verlangt. Er ist nicht der Henker. Ich bin der Tyrann. Aber ich werde nicht sein Gefängnis sein. Ich werde nicht diejenige sein, die er nicht mehr erträgt, weil er sie nicht verlassen kann. Ich werde ihn gehen lassen, ohne zu kämpfen, denn wenn man in der Liebe kämpft, hat man schon verloren. Deshalb brauche ich den Mut, zu gehen. Ich habe schon mehrmals meine Koffer gepackt. Aber plötzlich packt mich ein wütender Hass und lässt mich erstarren. Und dann eine Sturzflut von Gedanken. Wo ist er?

Und ich stelle ihn mir vor, wie er glücklich ist, wie er mich vergisst und lacht, ich existiere nicht mehr in seinen Gedanken, in seinem Leben, ich bin nicht mehr da, ich bin verschwunden, er findet die Freude wieder, an eine andere zu denken, bei einer anderen zu sein und sich nichts anderes auf der Welt zu wünschen als die Befriedigung durch eine andere. Dann packe ich meine Koffer wieder aus, bleibe und weine. Ich träume davon, weggehen zu können, und ich träume davon, mein Leben lang bei ihm bleiben zu können, auch wenn er andere Frauen hat. Sehen, ohne gesehen zu werden. Ich habe das Gefühl, dass ich nur so endlich glücklich werden kann. Sehen, ohne gesehen zu werden. Die Eifersucht, ein »verdrängter *Candaulismus*«, ich wusste nicht, was Candaulismus heißt, also habe ich in seinen Büchern gesucht. Und habe diese Liste entdeckt:

Abasiophilie – Wiederholte, intensive, nicht zu unterdrückende sexuelle Neigung für einen Partner, der sich nicht ohne Rollstuhl oder eine andere Gehhilfe fortbewegen kann.

Acomoclitismus – Sexuelle Anziehung durch rasierte Genitalien.

Allorgasmie – Sexuelle Erregung durch Phantasien über eine andere Person während des Geschlechtsverkehrs.

Baubophilie – Nicht zu unterdrückendes sexuelles Interesse einer Frau, verbunden mit dem Wunsch, ihre Genitalien zu zeigen. Nach der griechischen Mythologie schürzte Baubo ihren Rock, um der Göttin Demeter ihr Geschlecht zu zeigen. Das tat sie, um Demeter zu zerstreuen, die wegen des

Verschwindens ihrer Tochter Persephone litt, die Hades, der Herr des Totenreichs, entführt hatte.

Candaulismus – Erregung durch den Anblick des Geschlechtsverkehrs zwischen dem eigenen Partner und einer (oder mehreren) anderen Person.

Choreophilie – Sexuelle Erregung durch Tanz.

Dendrophilie – Sexuelle Neigung für Bäume.

Endytophilie – Sexuelle Erregung durch Sex mit einer bekleideten Person.

Erotophonophilie – Nicht zu unterdrückendes sexuelles Interesse für Sexualserienmörder.

Formicophilie – Nicht zu unterdrückendes sexuelles Interesse für kleine Tiere (Schlangen, Frösche) und Insekten (Ameisen), die sich auf den Genitalien bewegen.

Godivismus – Neigung, sich zu Pferd zu entblößen. Die Entblößung auf dem Fahrrad kann ebenfalls als Form des Godivismus angesehen werden.

Hierophilie – Erotische Neigung für Sakralgegenstände.

Koprophilie – Sexuelle Neigung für Exkremente oder für den Akt der Ausscheidung.

Laktophilie – Sexuelle Neigung für stillende Frauen.

Maeiusophilie – Sexuelle Neigung für schwangere Frauen.

Meteorophilie – Sexuelle Erregung, die durch Aufhängen ausgelöst wird.

Pentheraphilie – Übermäßige sexuelle Erregung durch die Schwiegermutter.

Podiaphilie – Fetischismus mit Frauenschürzen und Zofenkleidung. Oft kombiniert mit einer übermäßigen Neigung für Liebschaften mit den Hausangestellten.

Pygmalionismus – Sexuelle Erregung durch Statuen.

Siderodromophilie – Sexuelle Erregung durch Züge. Diese Phantasie umfasst mehrere Faktoren: die Intimität des Abteils und die erzwungene Nähe, risikolosen Exhibitionismus, wenn ein Zug an Wohnhäusern vorbeifährt, aber auch die Vibration des Zuges.

Somnophilie – Wiederholte intensive, nicht zu unterdrückende sexuelle Neigung für erotischen Kontakt (Liebkosung, orale und genitale Zärtlichkeit, ohne Zwang oder Vergewaltigung) mit einer schlafenden Person.

Stigmatophilie – Wiederholte, intensive, nicht zu unterdrückende sexuelle Neigung für Sexualpartner mit Tätowierungen, Spuren von Hautritzung oder Löchern in der Haut zur Aufnahme von Goldschmuck (Ringe oder Stifte), besonders in der Genitalregion.

Trichophilie – Sexuelle Erregung durch Haare.

Urophilie – Sexuelle Erregung in Verbindung mit dem Urinieren beim Subjekt selbst oder bei einem Partner desselben oder des anderen Geschlechts.

Vomiphilie – Sexuelle Neigung für Erbrochenes.

Zoophilie – Sexuelle Neigung für Tiere, die nicht in jedem Land grundsätzlich verboten ist.

Fast hätte ich eins vergessen:

Pädophilie – Sexuelle Neigung für Kinder.

Lisandra hat den Deckel zugemacht. Die Musiktruhe zugeknallt. Urplötzlich. Die Bewegung ihres Mundes, der verstummte. Diese entsetzliche Litanei, die sie auswendig kannte. Sie tanzten nicht mehr, standen reglos in der Mitte des Saals. Pepe drückte Lisandra an sich, und sie, den Kopf an seiner Brust, war nur noch der in einem klaustrophoben Gedanken gefangene Körper, ein Körper ohne Stimme, wie nach einem Exorzismus, ein entleerter Körper. Sie war jenseits des Schmerzes, und Pepe war fassungslos. Er legte die Hand auf Lisandras Augen wie bei einer Toten. Er hatte genug gehört. Es war ihm zwar gelungen, sie zum Sprechen zu bringen, aber er verstand ihre Irrwege nicht, er hätte selbst dieses eifersüchtige Labyrinth durchschreiten müssen, um die geringste Chance zu haben, ihre Qualen zu begreifen. Unmöglich, weiterzureden, alle Worte schienen ihm sinnlos angesichts der dunklen Gedanken, die Lisandra ihm gerade offenbart hatte. Kaum vermochte er in seinem tiefsten Innern in einem Atemzug einige Vermutungen anzustellen: *Du redest dir etwas ein. Vielleicht ist Vittorio unschuldig? Vielleicht zwingst du ihm deine eigene Vorstellung von der Welt auf, du überträgst deine Ängste auf ihn, du hast überhaupt keinen Beweis, dass er dich betrügt, und selbst wenn er dich betrügen würde, er verlässt dich nicht, das will etwas heißen, es ist nur etwas Vorübergehendes, das versichere ich dir, glaub mir, ich bin durchaus in der Lage, es einzuschätzen, und wenn ihr euch wirk-*

lich trennen solltet, geht die Welt auch nicht unter, du wirst dich wieder berappeln, du wirst jemand anderen kennenlernen, du bist jung, du bist schön, du bist intelligent, versteif dich nicht auf diese Liebe, Lisandra, versteif dich nicht auf die Liebe, es gibt so viel schöne Sachen im Leben. Aber dann hatte Pepe gar nichts gesagt, denn in all ihrer Verrücktheit hatte ihn Lisandras extremer Scharfsinn beeindruckt, und er wusste, dass sie schon ganz allein und nicht bloß einmal versucht hatte, sich zur Vernunft zu bringen. Pepes Schweigen war ein Ausdruck von Ohnmacht, keinesfalls von Missbilligung, das aber hatte Lisandra darin gesehen. Wenn die Paranoia erst einmal ausgelöst ist, wirkt sie nicht ausschließlich auf das Liebesleben, sie überträgt sich auf alle Ebenen des Umgangs.

»Verachtest du mich?«

Wie konnte sie das annehmen? Pepe drückte Lisandra noch fester an sich, um ihr das Gegenteil zu beweisen. Man drückt nicht jemanden fest an sich, den man verachtet. Und am Ende sprach er doch, ohne es zu merken, wie eine Feststellung, die Lisandras Schmerz nicht änderte, ihn aber nach seinem Verständnis bei den Schmerzen einstufte, von denen man weiß, dass sie vergehen. »Du bist so jung.« Lisandra bäumte sich empört auf: Ohne Vittorio könne sie nicht leben, egal wie alt sie sei.

»Ich würde dir so gerne helfen.«

»Du kannst mir nicht helfen. Niemand kann mir helfen.«

»Du kannst dich nicht so zerstören lassen, sprich mit Vittorio, sag ihm alles, er kann dir helfen, das ist sein Beruf, er wird dich verstehen.«

»Man kann keine Analyse beim Mann seines Lebens beginnen. Man öffnet ihm nicht das Innerste seiner Seele, wenn er ein Teil davon ist. Man offenbart ihm nicht so ein Bild von ihm.«

»Dann geh zu jemand anderem, einem anderen Psychologen, daran mangelt es hier nicht.«

Lisandra hatte daran gedacht. Aber sie hatte Angst, dass sie sich kannten, dass sie sich trafen, diese Leute waren doch ein Klüngel, *Lisandra Puig. Ist das nicht deine Frau*?, und dass sie untereinander tratschten. Lisandra würde es nicht ertragen, für Vittorio eine berufliche Frage, eine Problemstellung zu werden. Man kann sich in eine Problemstellung verlieben, das kommt sogar widerlich oft vor in diesem Beruf: Man kann sich in einen Fall verlieben, aber das passiert, bevor man mit dem fraglichen »Fall« geschlafen hat. Hat man erst einmal oder öfter mit dem »Fall« geschlafen, dann hat er keinen Reiz mehr, sondern bleibt eine gewöhnliche Entgleisung.

»Dann geh doch zu jemand anderem, jemandem, der kein Psychoanalytiker ist. Zu einem Psychiater.«

Damit er sie mit Antidepressiva vollstopfte, nein danke, das wollte Lisandra auch nicht. Aber sie war trotzdem einmal zu so einem Typen gegangen. Ihr Freund Miguel hatte ihn ihr empfohlen, Miguel kannte sie gut, er hatte sie besucht und gemerkt, dass es ihr schlechtging, er hatte ihr die Adresse auf dem Wohnzimmertisch liegen lassen, wie immer schweigsam und diskret. Im Wartezimmer lief das 23. Klavierkonzert von Mozart im Radio, Lisandra hatte gelächelt. Miguel ist ein großer Musiker, Lisandra hielt es für ein Zeichen, sie glaubte wirklich, dass der Arzt ihr helfen würde. Sie erzählte ihm, dass sie eifersüchtig sei. Sie fragte ihn, ob er ihr helfen könne. Er antwortete, das sei nicht so einfach. Sie erwiderte, dass sie durchaus wisse, dass es »nicht so einfach« sei, sie wolle nur wissen, ob er ihr helfen könne. Der Mann hatte ein sehr dickes rotes Buch aufgeschlagen und eine systematische Befragung durchgeführt, während er im Eiltempo mit seinem Finger über die Seiten fuhr: »Vertragen Sie eng anliegende Kleidung? Rollkragen? Bekommen Sie schnell blaue Flecke? Trinken Sie lieber Rotwein? Weißwein? Werden Sie früh schwer munter? Haben Sie Hitzewallungen? Warum drehen Sie sich ständig um? Stört Sie das Summen der Lampe? Sind Sie allgemein gegen kleine Geräusche empfindlich? Leiden Sie unter Tinnitus? Unter häufiger Angina? Neigen Sie dazu, Ihren Kummer für sich zu behalten? Weinen Sie krampfartig? Oder eher mit leisem Schluchzen? Sind Sie kälteempfindlich? Haben Sie Neuralgien? Kopfschmerzen? Muskelverspannungen? Regelschmerzen? Unregelmäßige? Mit krampfartigen Schmerzen?« Lisandra beantwortete alle Fragen mit größter Konzentration und Sorgfalt. Sie vermutete mehr dahinter, als es bedeutete. Sie hätte sich gewünscht, dass diese Litanei niemals aufhört. Sie hätte ihr ganzes Leben lang immer weiter diese Fragen beantworten können. Plötzlich hatte sie den Eindruck, dass dieser Mann alles konnte, dass er sie retten würde. Wie die Gegenprobe in der Mathematik; eine Gleichung, eine Addition, eine Subtraktion, eine Division, ein Ergebnis. *Das Ergebnis.*

»Leiden Sie unter Klaustrophobie?«

»Nein.«

»Leiden Sie unter Schwindelgefühlen?«

»Nein.«

»Sind Sie …«

»Eigentlich doch. Mir wird schwindlig. Auf Treppen. Beim Runtergehen.«

»Und beim Hochgehen?«

»Nein. Nur beim Runtergehen.«

Der Mann hatte noch einige Zeit weitergefragt, dann hatte er sein Buch zugeschlagen. Er war aufgestanden und hatte hinter dem Schreibtisch einen kleinen Schrank voll durchsichtiger Röhrchen mit winzigen weißen Kügelchen geöffnet. Er griff eins der Röhrchen heraus und ließ etwa eine Handvoll von dem Granulat in einen Briefumschlag gleiten, den er Lisandra reichte. »Nehmen Sie das morgen früh ein, nüchtern, unter der Zunge zergehen lassen.« Lisandra hatte den Abend und die Nacht in der Gewissheit verbracht, dass ihr Heil in diesem Umschlag stecke. Sie hatte ihn unter ihr Kopfkissen gelegt und sich vorgestellt, über Nacht würde die kleine Maus vorbeikommen. Als sie sich diese ganze Sitzung noch einmal vergegenwärtigte, als sie die Fragen und die Antworten rekapitulierte, soweit sie sich noch erinnerte, musste sie es einsehen, sie wusste sehr wohl, dass alles daher rührte.

Von diesen *Treppen.*

Sie konnte nicht länger so tun, als wäre nichts geschehen. Wenn sie wirklich eine Lösung finden wollte, musste sie anfangen, »der Wahrheit die Stirn zu bieten«. Bei diesen Worten hatte Lisandra ihr Gesicht plötzlich, geradezu brutal, zu Pepe gedreht. Ihr Eifersuchtsdelirium war vergessen.

»Willst du mir helfen, Pepe? Natürlich kannst du mir helfen. Du bist sogar der Einzige, der mir helfen kann. Mit dir kann ich hingehen. Wenn du mich begleitest, kann ich es tun.«

Pepe hatte genickt, ohne zu wissen, worauf er sich einließ, Lisandras plötzliches Strahlen hatte ihn sofort überzeugt, er stellte keine Frage mehr. Lisandra hatte sich aus seinen Armen gelöst.

»Du hast recht, Pepe, Schluss damit, Schluss mit dem Gejammer. Ich habe die Lösung. Schon lange. Jetzt muss ich sie nur noch umsetzen, genau jetzt. Ich weiß, wie ich alles klären kann. Ich weiß, was ich zu tun habe. Ich muss nur den Mut finden, ihm die Stirn zu bieten.«

Pepe freute sich über ihren plötzlich so entschiedenen, positiven Ton, aber er hatte nie gesagt, sie solle mit dem »Gejammer« aufhören, er hätte sich nie erlaubt, ihre Verzweiflung so vom Tisch zu wischen. Sie hatte ganz von selbst diese Worte gefunden, die er nicht ausgesprochen hatte, die Worte, die sie tatsächlich hören wollte, die einzigen, die sie wieder aktivieren, sie aus ihrer Welt der untätigen, zerstörerischen Beobachtungen herausführen konnten. Eifersucht als mystische Ekstase. Kurz darauf kam Lisandra geschminkt, parfümiert und gekämmt aus der Umkleidekabine, der straffe Pferdeschwanz hoch oben auf dem Kopf machte ihr Gesicht frei, endlich erkannte Pepe sie wieder. Immer noch mit ihrer Sonnenbrille, aber stabil und konzentriert. Nicht heiter – dazu hätte sie auch die Freude gebraucht, die ihr fehlte –, aber stark, ja, ihr Körper strahlte jetzt Stärke aus. Hätte Pepe es nicht gerade gehört, hätte er nie vermutet, dass Lisandras Seele vor schwarzen Gedanken überquoll. Sie fuhren mit dem Bus und sprachen unterwegs kaum ein Wort. Pepe fragte sich unentwegt, welche *Lösung* Lisandra wohl meinte. Er war aber nicht mehr so kühn, eine Frage zu stellen, er war äußerst behutsam – vielleicht feige –, er wollte nicht an weitere Wunden rühren, nicht noch mehr auslösen. Er stand noch unter dem Schock ihres furchtbaren Monologs. Außerdem wirkte Lisandra so konzentriert, sie biss immerzu auf ihren Lippen herum und stieß dabei tiefe Seufzer aus, ihr Blick war starr. Pepe fühlte sich etwas verlegen, er fragte sich, ob sie gerade alles überdachte, was sie ihm gebeichtet hatte, er hätte ihr gern gesagt, dass er nie wieder mit ihr darüber sprechen würde, es sei denn auf ihren Wunsch. Auf einmal sah sie ihn an. Sie wollte ins San-Telmo-Viertel.

»Ich muss ein Geschenk kaufen.«

Pepe sah sie in einem Laden verschwinden, ohne zu verstehen, was sie dort wollte. Was für einen zwanghaften Kauf hatte sie sich jetzt in den Kopf gesetzt? Er sah das Schild an, das im Wind quietschte.

Ein Spielzeugladen, komischer Ort, um eine eifersüchtige Seele zu trösten. Lisandra blieb nicht sehr lange fort. Aber doch ein Weilchen, lange genug, dass Pepe unruhig wurde und daran dachte, ihr zu folgen. Aber Lisandra hatte ihm das Versprechen abgenommen, dort zu warten und nicht in den Laden zu kommen. Pepe betrachtete den kleinen grünen Laden, niedlich wie die meisten im Viertel. Endlich kam Lisandra heraus, sie lief auf Pepe zu, ihr Blick war leer, sie versteckte die Hände hinter dem Rücken.

»Welche Hand?«

»Ich weiß nicht … die rechte.«

Lisandra öffnete die rechte Hand und reichte ihm eine kleine Porzellankatze, dann öffnete sie die linke Hand, die eine identische enthielt.

»Ich habe zwei gleiche genommen, eine für dich, eine für mich. Weil *eine Katze aus Porzellan bei der Liebe nicht miaut**. Manchmal schläft die Wahrheit in den Liedern.«

* *Aus dem Tango* A media luz *von Edgardo Donato und Carlos Lenzi, 1924.*

Lisandra dankte Pepe, weil er so nett zu ihr gewesen war. Weil er ihr zugehört hatte. Es hatte ihr gutgetan, zu sprechen. Lisandra umarmte Pepe und küsste ihn, löste sich aber schnell, sie hatte offensichtlich keine Lust, diesen Moment auszudehnen.

»Ich muss jetzt gehen.«

»Soll ich dich nicht mehr begleiten?«

»Nein danke, Pepe, jetzt kann ich nach Hause. Jetzt habe ich keine Angst mehr.«

»Angst wovor?«

»Angst vor nichts.«

Lisandra zuckte mit den Schultern, sie war noch etwas blass, aber das war keine Müdigkeit oder Erschöpfung mehr, sondern Aufregung, Pepe hätte schwören können: Aufregung. Aber vor allem, daran erinnerte er sich sehr gut, hatte er genau in jenem Moment die Intuition, dass etwas Endgültiges im Gange war – und nicht wegen dem, was passiert war, nein, er hatte wirklich einen Schauer, ein Unbehagen empfunden. Vielleicht hatte sein Körper auch einfach nur auf das Quietschen des Schildes im Wind reagiert: »Lucas Juegos«, ein typisches Geräusch für einen Gruselfilm. »Lucas«. Dabei hatte dieser Vorname nichts Erschreckendes. Lisandra winkte ihm ein letztes Mal. Pepe hatte nicht einmal die Geistesgegenwart, zurückzuwinken. Er sah, wie sich ihr blondes Haar entfernte, Lisandras Haar war schön, aber Pepe wusste jetzt, warum es nicht zu ihrem Teint zu passen schien. Schüler erteilen ihren Lehrern oft eine Lehre, das ist bekannt. Am selben Abend fragte Pepe, als er nach Hause kam, seine Frau, ob sie eifersüchtig sei, ob sie jemals eifersüchtig gewesen sei. Seine Frau drehte sich nicht um, aber er wusste, dass sie seine Frage gehört hatte: Sie hielt einige Sekunden inne, bevor sie sich wieder bewegte, sie drehte sich nicht um, aber er wusste, dass sie weinte: Sie zog mal die eine und mal die andere Schulter hoch, um die Tränen abzuwischen. »Wenn du so fragst, brauche ich es nicht mehr zu sein.« An jenem Abend gab Pepe seiner Frau einen langen Kuss, zu lang für einen Kuss, der keine Entschuldigung gewesen wäre. Als er das Licht ausmachte, dachte er an Lisandra und hoffte, dass es ihr gutging, dass sie auch dabei war, sich mit ihrem Mann auszusöhnen, dass sie ihm endlich »die Stirn geboten« hatte, wie sie es sich vorgenommen hatte. Ihr Mann würde ihr helfen: Das war sein Beruf. Man kann wohl sagen, dass Pepe mit diesen Annahmen weit von der Realität entfernt war. Er fühlte sich unendlich schuldig, er konnte nicht umhin, zu denken, dass Lisandra nichts zugestoßen wäre, hätte er sie weiter ihre Reigen tanzen lassen, von der Schlafzimmertür zu ihrem Stuhl, vom Stuhl zur Schlafzimmertür, ein letztendlich harmloser Reigen. Er hatte aus Hochmut gesündigt. Wenn er sie nicht an dem Tag zu Hause aufgesucht hätte, um sie aus diesem gewiss unglücklichen, aber letztlich betäubenden Kokon herauszuholen, wenn er sie nicht gedrängt hätte, ihr Drama preiszugeben, dann wäre nichts geschehen. Ist die Befreiung durch das Wort wirklich positiv? Pepe glaubte nicht daran. Das befreite Wort ist manchmal gefährlicher als das zurückgehaltene. Er fühlte sich entsetzlich schuldig. Aber das ist normal, es ist immer verwirrend, eine lebendige Person am Tag ihres Todes zu sehen, das weckt Schuldgefühle. Man denkt, man hätte ihren Tod verhindern können, verhindern müssen.

»War das denn am Tag ihres Todes, was Sie mir eben erzählt haben?«

»Ja. Am selben Nachmittag.«

»Sie sind also der Letzte, der sie lebend gesehen hat. Außer ihrem Mann.«

»Ich weiß nicht … vielleicht.«

»Und glauben Sie, dass Vittorio sie getötet hat?«

»Ich weiß es nicht … Alles spricht dafür. Vielleicht ein Verbrechen im Affekt.«

»Ich frage Sie nicht, ob *alles dafürspricht*, sondern ob Sie denken, dass er sie getötet hat.«

»Woher soll ich das wissen? Ich kenne ihn ja gar nicht. Ich weiß über ihn nur das, was mir Lisandra erzählen wollte. Ich habe ihn nur ein paarmal vor dem Studio auf sie warten sehen, als er sie abholte, ich erinnere mich, wie er sie umarmte und wie sich die beiden auf der Straße entfernten, aber das liegt schon mehrere Jahre zurück, ganz am Anfang ihrer Beziehung.«

»Und natürlich haben Sie den Polizisten gesagt, dass er sie nicht mehr von den Kursen abgeholt hat, dass die zärtliche Zeit der Harmonie vorbei war.«

»Den Polizisten? Welchen Polizisten? Mich hat niemand gefragt. Sie sind die Einzige, die zu mir gekommen ist, um über Lisandras Tod zu sprechen.«

Eva Maria schiebt die Hände in die Manteltaschen. Sie ist sicher, dass sie Pepe irgendwo schon einmal gesehen hat. Aber wo? Dieses Déjà-vu nervt sie. Eva Maria sieht sich im Bus um, er ist begabt, der Mann, der aus den Körpern liest, aber auch andere haben die Hände in den Taschen, und sicher haben nicht alle ein Kind verloren. Eva Maria ist zufrieden, ihre Haltung hat nichts zu bedeuten, Pepe hätte nichts daraus schließen können, außer dass ihr kalt ist. Das stimmt. »Verbrechen im Affekt«. Also nimmt auch er an, dass Vittorio Lisandra hätte töten können. Pepe wusste nicht, ob Lisandra die Wahrheit gesagt hatte, ob Vittorio wirklich eine Geliebte hat – da die Eifersucht nur von Verdächtigungen angetrieben wird, kann man nie wissen, ob die Aussagen einer Eifersüchtigen Wahrheit oder Hirngespinst sind. Pepe wusste aber auch, dass Lisandra möglicherweise recht hatte, er wusste, dass Vittorio durchaus eine Geliebte haben konnte. Eva Maria hatte ihm erklärt, dass die Polizei dahintergekommen wäre, wenn Vittorio eine Geliebte hätte. Pepe hatte dagegengehalten, dass die Polizei nicht immer alles aufdeckt. Das stimmt. Aber ihr hätte er es gesagt, wenn er eine Geliebte hätte. Pepe hatte ihr entgegnet, dass man so etwas nicht so leicht zugibt. Eva Maria steigt aus. Begabt ist er, der alte Mann, der aus den Körpern liest, aber eine Sache ist ihm entgangen. Eva Maria hätte beinahe gelächelt. Verschmitzt. Pepe ist meilenweit davon entfernt, sich vorzustellen, dass Lisandra Vittorio hätte betrügen können.

Eine Frau, die einen Geliebten hat, spielt nicht den Wachhund an der Tür ihres arbeitenden Mannes. Eine Frau, die einen Geliebten hat, nutzt es aus, dass ihr Mann arbeitet, um ihren Geliebten zu treffen.

Er ist stark, der alte Mann, der aus den Körpern liest, aber fehlbar. Lisandra betrog Vittorio, auf alle Fälle hat sie ihn mindestens mit einem anderen monatelang betrogen. Eva Maria bleibt davon überzeugt. Francisco hat nicht gelogen, dieses Intermezzo im Hotel, alles, was er ihr erzählt hat, so was erfindet man nicht, die untreue Lisandra ist eine Tatsache, auch wenn Pepe das Gegenteil denkt. Eva Maria hat ihn nicht aufgeklärt. Sie hat ihm nicht von Francisco erzählt, bloß nicht – unnötig, ihm ein neues Bild von Lisandra aufzudrängen, die er so gut zu kennen glaubt, sie lässt ihm das, was er bewahren will. Eva Maria denkt nach. Eine Frage lässt ihr keine Ruhe. Warum hat Lisandra Vittorio betrogen, obwohl sie ihn offenkundig so sehr liebte? Das passt nicht zu einer eifersüchtigen Seele. Eva Maria schüttelt den Kopf. Schließlich hat sie keine Ahnung von Eifersucht, dieses Gefühl ist ihr völlig fremd. Vielleicht schließen sich Eifersucht und Treulosigkeit gar nicht aus. Vielleicht wollte Lisandra mit anderen Männern versuchen, Vittorio zu vergessen, um seinen Einfluss auf sie zu verringern, um ein wenig Autonomie zurückzugewinnen, die lebenswichtige Unabhängigkeit, die ihr zu fehlen schien. Oder sie wollte überprüfen, ob die Treulosigkeit ihr Problem löste, wie es die Bücher zu suggerieren schienen. »Ein verdrängter Trieb zur Untreue«. Und die Choreographie beschrieb das, was sie gerne mit Vittorio gemacht hätte. Das Parfüm sollte sie an Vittorio erinnern, sie hinters Licht führen, damit sie ganz bei der Sache war. Eva Maria denkt an die Rabengeier, die die Vulkankrater bevölkern, treu wie nur wenige Männer. Eine einzige Gefährtin, ein Leben lang. Eva Maria denkt, dass Lisandra als Rabengeier hätte zur Welt kommen sollen. Eva Maria geht langsamer. Sie sieht zu ihrem Haus, plötzlich denkt sie an ihren Mann und fragt sich, ob sie ihn je geliebt hat. Liebt man, wenn man nicht eifersüchtig ist?

Eine Frau, die einen Geliebten hat, spielt nicht den Wachhund an der Tür ihres arbeitenden Mannes. Eine Frau, die einen Geliebten hat, nutzt es aus, dass ihr Mann arbeitet, um ihren Geliebten zu treffen.

Begabt ist er, der alte Mann, der aus den Körpern liest, aber was, wenn er nicht fehlbar wäre, sondern einfallsreich und geschickt? Machiavellistisch. Wenn Pepe Lisandras Neigung für Liebhaber bestens kannte? Vielleicht hatte er allen Grund, davon zu wissen.

Ein Monat ohne sie, Sie können sich vorstellen, dass ich beunruhigt war, also bin ich zu ihr nach Hause gegangen, was ich sonst nie mache – abwesende Schüler aufsuchen –, aber diesmal musste ich das einfach, sicher weil es Lisandra war. Ich hatte sie sehr gern.

Vielleicht liebte er sie. Ganz einfach.

Lisandra blieb einsam, jedenfalls glaubte ich das.

Und wenn sie sich eines Tages vor ihn hingestellt hatte wie vor Francisco, ihn aufgefordert hatte, mit ihr zu schlafen? Wie hätte er widerstehen können?

Sie war anmutig, so anmutig wie zehn Frauen zusammen. Sie hatte vielleicht den harmonischsten Körper, den ich je gesehen habe.

Und sie war jung, so jung. Und wenn Pepe Lisandras Liebhaber gewesen war? Sein hochgewachsener Körper hatte noch die Kraft dazu, mehr als nötig. Und wenn diese Mariana, von der Pepe ihr so ganz unvermittelt erzählt hatte, keine andere war als Lisandra, eine getarnte Lisandra? Das war auch möglich. Und wenn sich dieses irre Abenteuer erst kürzlich abgespielt hatte? Und wenn Lisandra Pepe sattbekommen hatte wie Francisco? Und wenn sie mit ihm gebrochen hatte? Diese »Hand auf der Türklinke« war vielleicht nicht der Wille, eine Liebe in aller Öffentlichkeit zu erleben, sondern vielmehr, mit dieser Liebe Schluss zu machen, ein Bruch aus Überdruss. Und wenn Pepe gegen die Abmachung verstoßen hatte wie Francisco? Das könnte erklären, warum Lisandra seit einem Monat nicht mehr zu den Kursen kam. Und wenn das andere, alles andere, nur Worte gewesen waren, um ihren Verdacht zu zerstreuen? Lisandras eifersüchtige Klagen? Seine, Pepes, eigene Dämonen, sein eigener Wahnsinn, Lisandra in den Mund gelegt? Und die Aussöhnung mit seiner Frau eine Kitschgeschichte, um sie vollkommen zum Narren zu halten? Eva Maria zieht den Mantel aus. Hängt ihre Tasche an die Garderobe. Ihre Bewegungen sind hastig. Sie stößt die Toilettentür auf. Und wenn dieser Mann sie missbraucht hatte? Nur weil seine Ahnungen stichhaltig waren, ist er noch kein guter Mensch. Im Gegenteil, dieser scharfe Blick auf die Menschen macht ihn außerordentlich furchterregend. Er kann kontrollieren, bezaubern, in die Irre leiten. Vielleicht hat er sie während der ganzen Unterhaltung manipuliert. Er hat sich keine Sekunde darüber gewundert, dass sie anrückte, um ihn über Lisandra auszufragen, hat sich mit erstaunlichem Verständnis und großem Eifer darauf eingelassen, wie Pyromanen den Feuerwehrleuten helfen, das Feuer zu löschen, das sie selbst gelegt haben. Und dieses Gefühl von Déjà-vu? Ihr sechster Sinn? Ihr sechster Sinn, der versuchte, ihre Aufmerksamkeit auf Pepe zu lenken: *Achtung, Mädchen, da geht's lang, pass bloß auf, lass ihn nicht so einfach davonkommen.* Vielleicht ist er der Liebhaber, den Eva Maria seit Tagen sucht? Vielleicht kam Pepe an dem Abend bei Lisandra vorbei, um sie zurückzugewinnen, ein letzter verzweifelter Versuch. Er hatte an ihre Tür geklopft. Lisandra öffnete ihm mit einem Glas Weißwein in der Hand. *Was machst du hier?* Pepe ließ ihr nicht die Zeit, zu reagieren, er stürmte durch die offene Tür in die Wohnung. Lisandra war allein. Pepe ging ins Wohnzimmer, wo eine Tangomelodie ertönte, er sah darin ein gutes Omen: Wenn sie einen Tango hörte, dachte sie vielleicht an ihn. Und er legte mit seiner ganzen Naivität los. *Lisandra, ich will nicht ohne dich leben. Ich habe meiner Frau alles erzählt. Dass ich dich liebe. Dass ich mit dir zusammenleben will. Lisandra. Sieh mich an. Sag nicht, dass du mich nicht liebst. Nicht nach dem, was wir erlebt haben. Weise mich nicht zurück. Du bist mein Leben. Nur wenn du bei mir bist, höre ich nicht die Sekunden klicken. Lisandra, komm zurück zu mir.* Vielleicht hatte Lisandra ihn weggeschickt? Ebenso kalt, wie sie die Beziehung zu Francisco beendet hatte. *Ich will aber nicht, dass du deine Frau verlässt. Darum habe ich dich nie gebeten. Tu nicht so erstaunt. Tu nicht so, als hätten wir einen großen Liebesroman erlebt. Lass dir von deiner Phantasie keinen Streich spielen. Wir haben gebumst, mehr nicht. Und das weißt du genau, wir haben gebumst, um die Lan-*

geweile zu vertreiben, weil zwischen einem Mann und einer Frau, die zu oft beisammen sind, immer ein Gefühl der Anziehung entsteht. Um die Verwirrung aufzulösen. Das kam einfach so. Eine Ausschweifung. Günstige Umstände. Aber, Pepe, günstige Umstände, eine Gelegenheit, das macht nicht das Leben aus. In deinem Alter … das muss ich dir doch nicht sagen. – Hör auf mit meinem Alter. – Das ist aber das eigentliche Problem, auch wenn du es nicht hören willst. Du hast den falschen Kummer. Du willst nicht mich behalten, sondern eine Ausflucht, keine Liebe, du willst nur weiter nicht an den Tod denken müssen. Es stimmt, ich habe mich von dir angezogen gefühlt, aber das ist vorbei. Es tut mir leid. Ich zwinge meine Anziehung zu nichts, wie ich sie auch nicht unterdrücke. Ich habe mit dir gevögelt, wie ich mit den anderen vögle, und mit dir war es mir nicht wichtiger als mit den anderen. Je länger Lisandra redete, desto lauter drehte Pepe den Kassettenrekorder, um sie nicht mehr zu hören. Sie hatte geschrien: *Stell ab, stell das sofort ab!* Ihr Blick fiel auf eine der kleinen Porzellankatzen aus ihrer Sammlung, auf einem Brett ihres Bücherregals – vielleicht ein Geschenk von Pepe –, sie hatte sie genommen und auf die Erde geschmissen. Und damit das Unumkehrbare ausgelöst. Vielleicht war Pepe Lisandras Mörder? Sein Körper hatte noch die Kraft dazu, mehr als nötig. Ein alter Vulkan ist manchmal gefährlicher als ein junger. Hatte einen anderen Körper verfolgt. Ihn gepackt. Ihn geschüttelt. Ihn aus dem Fenster gestoßen. »Ein Verbrechen im Affekt«. Vielleicht hatte er es begangen. »Schließlich klopft nicht jeden Tag so ein phantastischer Hintern an die Tür.« Francisco hat recht, Verrückte können einen verrückt machen, aber die Jugend auch. Francisco war zu jung, um das zu wissen, aber die Jugend kann das Alter verrückt machen. Besonders, wenn sich der Körper einmischt. Besonders, wenn sie ihm den Hintern hinstreckt. Die Haut ist zu glatt, die Schenkel sind zu fest und die Brüste zu stolz, als dass das Alter je bereit wäre, sie gehen zu lassen, ohne den eigenen Stolz zu verletzen. Und jeder verletzte Stolz kann kriminell werden. Wird denn das Feld der Möglichkeiten niemals kleiner? Das sind alles nur Vermutungen, Ahnungen. Keine handfesten Beweise. Keine materiellen Beweise. Das Reden der einen. Das Reden der anderen. Eva Maria hat den Kopf voller Wörter. Und ihr ist übel. Eva Maria kann nicht mehr denken. Und dieses Gefühl von Déjà-vu? Hat Pepes Stimme sie an jemanden erinnert? War Pepe ein Patient von Vittorio? Hatte er durch diesen Trick versucht, Lisandra noch einmal zu begegnen, oder schlimmer noch, wollte er Vittorio alles sagen, dass er seine Frau liebt, dass er verrückt nach ihr ist, viel verrückter als nach allen anderen Frauen, die er je geliebt hatte, weil er wusste, dass sie die letzte sein würde? War Pepes Stimme auf einer der Kassetten? Pepes Geständnis? Erzählte ein Mann Vittorio von seiner Leidenschaft für eine verheiratete Frau, in der Hoffnung, ihn hellhörig zu machen und ihm bei der allerletzten Sitzung zu eröffnen, dass diese verheiratete Frau keine andere sei als seine eigene? Eva Maria kann sich nicht erinnern.

Eva Maria greift zum Hörer. Immerhin hatte Lisandras letzter Weg dorthin geführt, vielleicht war das wichtig, sie durfte nichts dem Zufall überlassen.

»Guten Tag, ich hätte gern die Telefonnummer eines Spielwarengeschäfts in San Telmo: Lucas Juegos.«

»Einen Moment bitte. 361 75 16.«

»Danke, auf Wiedersehen.«

Eva Maria legt auf. Eva Maria hebt ab. Es klingelt lange. Endlich antwortet eine Männerstimme.

»Lucas, Sie wünschen?«

»Guten Tag. Entschuldigen Sie die Störung. Ich rufe Sie an, weil vor einiger Zeit, vor ein paar Wochen, eine junge Frau in ihrem Geschäft war. Sie hat zwei kleine Porzellankatzen gekauft. Und ich wollte wissen, entschuldigen Sie, ich weiß, das klingt ein bisschen komisch, aber ich wollte wissen, ob Ihnen etwas an ihrem Verhalten aufgefallen ist, ob sie vielleicht etwas Besonderes gesagt hat.«

»...«

»Vielleicht waren Sie nicht da?«

»Doch, ich bin allein in dem Laden. Zwei kleine Porzellankatzen?«

»Ja.«

»Nein, nicht dass ich wüsste, tut mir leid, aber ich kann mich nicht an alle Kunden erinnern.«

»Natürlich, natürlich, entschuldigen Sie, verzeihen Sie die Störung.«

Wieder eine falsche Fährte. Nur eine spontane Idee von Lisandra, Pepe ein kleines Geschenk zu machen, als Dank, weil er sie angehört hatte. Eva Maria unterdrückt einen Schrei. Genau! Ja, natürlich, dort war es, dort hatte sie Pepe schon mal gesehen.

Eva Maria rast wie eine Furie in ihr Schlafzimmer. Reißt die Schreibtischschublade auf. Sie erkennt ihn sofort. Pepe. Da. Auf dem Foto. Der alte Mann auf der Beerdigung, klar, da hat sie ihn gesehen. Eva Maria greift nach ihrer Brille. Betrachtet ein Foto nach dem anderen. Da ist er, von Kummer zerstört, er wirkte viel älter als der Mann, den sie gerade getroffen hat, aber er ist es. Eva Maria erinnert sich. Er und seine Frau hatten lange vor dem Sarg gestanden, sie hatte sie für Vittorios Eltern gehalten. So beweint man keine verstorbene Geliebte. Hand in Hand mit seiner Frau. Die alte Frau wirkte ebenso erschüttert wie Pepe. Nachträglich eine Geliebte zwischen dieses schöne Paar schieben zu wollen kommt ihr wie eine Verleumdung vor. Eva Maria schämt sich. Sie hat sich geirrt. Pepe war niemals Lisandras Geliebter. Man wagt sich nicht einfach so an ein Körperorakel. Eva Maria fragt sich, ob die alte Frau auch aus Körpern lesen kann, ob das gewissermaßen in der Familie liegt. Eva Maria betrachtet sie genauer. Sie greift zur Lupe. Das Gesicht so glatt wie das weiße Haar. Der offene Blick. Dieselbe Weisheit. Aber plötzlich wird Eva Maria auf ein anderes Gesicht aufmerksam. Sie hält die Lupe noch dichter an das Bild. Was macht die denn da? Dahinter. Diese schöne, junge, allzu unbekümmerte Frau. Eva Maria sucht aufgeregt ein Foto nach dem anderen ab. Da ist sie wieder. Da auch. Zu unbeteiligt für eine Beerdigung, fast gleichgültig. Irgendwas in ihrem Aussehen, in ihrer Haltung macht

Eva Maria stutzig. Nicht, dass sie schön ist, nein, das ist es nicht. Aber dass sie sich schöngemacht hat. Die junge Frau hat sich rausgeputzt. Die Augen sind mehr geschminkt als feucht, der Mund mehr angemalt als traurig, sie hat sich schöngemacht wie für ein Rendezvous, nicht wie für eine Beerdigung. Ihre Aufmachung offenbart Eitelkeit, nicht die übliche dezente Zurückhaltung, nur der schwarze Mantel ist dem Anlass angemessen, aber unter anderen Umständen wäre dieses Schwarz sexy. Eva Maria nimmt sich ein Foto nach dem anderen vor. Der Blick der Frau ist zwar verschleiert, aber dieser Schleier ist seltsam. Ein Schleier der Sehnsucht, wie wenn man jemanden erwartet, der nicht da ist, aber nicht der Schleier der Verzweiflung, wenn jemand für immer fort ist. Und auf diesem Foto starrt sie zum Polizeiauto, wem wirft sie die schweren Blicke zu, die Eva Maria als Begehren deutet? Dachte sie, dass Vittorio in diesem Auto sitzt? Hinter den getönten Scheiben? Diese zu schöne Frau beunruhigt Eva Maria. Sie sieht genau wie eine Geliebte aus, die ihrem Liebhaber ein Zeichen geben will, *ich bin da, ich bin immer da*. Natürlich würde sie da sein. Sie konnte Vittorio nicht im Gefängnis aufsuchen, ohne das Risiko einzugehen, Vittorio zu verraten, ein Mann, bei dem sich herausstellt, dass er eine Geliebte hat, ist noch verdächtiger, seine Frau getötet zu haben. Natürlich wollte sie da sein, diese geschminkte Puppe hoffte, Vittorio bei der Trauerfeier zu sehen, wenigstens von weitem, Blicke zu wechseln, von denen sie tagelang, wochenlang zehren würden, ein Lächeln, die erhobenen, ineinandergepressten Hände, vielleicht hatte sie ein paar Worte vorbereitet, einen erotischen Satz, einen Brief, ein Nacktfoto von sich, irgendwas, der Einfall einer Liebenden. Diese zu schöne Frau beunruhigt sie. Bisher war sie Eva Maria auf den Fotos nicht aufgefallen. Um sie zu bemerken, hätte sie wenigstens eine Sekunde lang den Verdacht haben müssen, dass Vittorio eine Geliebte haben könnte. Nun endlich sieht sich Eva Maria gezwungen, in Betracht zu ziehen, was sie von vornherein hätte ahnen müssen: Hat Vittorio wirklich eine Geliebte? Hat Lisandra davon gewusst? Eva Maria kann nicht mehr denken. Weil sie weiß, was sie als Nächstes denken müsste. Eva Maria steht auf. Geht ins Badezimmer. Öffnet die Wandschränke. Knallt sie wieder zu. Geht in ihr Zimmer. Öffnet die Kommode mit der Unterwäsche. Wühlt zwischen ihren Büstenhaltern, wirft sie auf den Boden, reißt die untere Schranktür auf, wühlt, donnert mit dem Fuß gegen die geöffnete Schublade. Die Schublade zerbricht. Eva Maria rast aus dem Zimmer. Wie eine Furie.

»Esteban! Esteban!«

Eva Maria kommt ins Wohnzimmer. Esteban liegt antriebslos auf dem Sofa. Sein Bandoneon zwischen den Füßen. Eva Maria baut sich vor ihm auf.

»Ich habe dir verboten, in meinem Zimmer rumzuwühlen! Wo sind sie?«

»Wovon sprichst du?«

»Hör auf damit, wo sind meine Flaschen? Antworte. Ich ertrage es nicht, wenn du mich anlügst.«

Esteban fährt sich mit der Hand durch die Haare, erst an der Seite, dann hinten.

»Ach so … du meinst: ›Wo sind *meine* Flaschen?‹ Wo ich dich immer volltrunken erlebe … kann man wohl sagen, dass es auch ein bisschen meine sind … He, stell dir vor … ich hab sie ausgetrunken, um zu sehen, Mama … um zu sehen, was dich besser tröstet als ich …«

Esteban steht auf, er schwankt. Eva Maria gibt ihm eine Ohrfeige. Esteban hält seine Wange fest.

»Meine Mutter hat mich berührt … zum ersten Mal in all den Jahren … Diese Ohrfeige ist für meine Wange wie ein Streicheln … da …«

Esteban holt einen Schein aus der Hosentasche. Wirft ihn Eva Maria ins Gesicht.

»Hol dir was zu trinken … stimmt, es tut gut … Du kannst feiern, dass du mich loswirst … Ich geh weg … Freust du dich? … Seit fünf Jahren gibst du mir zu verstehen, dass ich keine Mutter mehr habe … Heute Abend sage ich dir, dass du keinen Sohn mehr hast … Ich teile es dir mit … feierlich …

Esteban richtet sich auf.

»Denn wenn ich es dir nicht sage … wirst du es nicht merken … Obwohl ich jede Nacht später nach Hause komme … habe ich dich nicht einmal in tiefer Sorge auf diesem Sofa angetroffen … wie es alle Mütter auf der Welt täten … Hörst du, Mama? Ich weiß, dass du mich nicht mehr siehst, aber du verbringst doch deine Zeit damit, Kassetten mit meinem Rekorder zu hören … Das heißt, dass du hören kannst, oder? … Du findest Stellas Mörder unmenschlich, aber sieh dich doch an … Du hast uns getötet, genauso sicher wie die, die Stella getötet haben.«

Eva Maria ohrfeigt Esteban wieder. Mit viel Schwung. Auf beide Wangen. Esteban richtet den Kopf auf.

»Ich spreche über meine Schwester, wenn ich Lust habe, über meine Schwester zu sprechen … Dir tut es leid, dass nicht ich gestorben bin … statt Stella … Es wäre dir lieber gewesen, ich wäre gestorben statt Stella … Das hast du doch deinem Psychiater gesagt, oder? Also verzeih mir, Mama … Verzeih mir, dass ich lebe, aber ich zisch ab …

so … Der Kummer … der Egoismus des Kummers steht jedem zu, Mama, ich mache es genau wie du … Ich werde meine Schwester beweinen und versuchen zu vergessen, dass mir eine Mutter bleibt …«

Esteban schnappt sich sein Bandoneon. Er geht torkelnd aus dem Zimmer. Ein paar quietschende Töne kommen aus dem Instrument. Eva Maria rührt sich nicht. Sie hört, wie die Tür zuknallt. Sie blickt auf den Schein auf dem Boden. Eva Maria rührt sich nicht.

Eva Maria bückt sich zu ihrer Tasche. Ihre Hände zittern. Sie holt das Foto heraus. Jetzt, am Morgen, hat sie die Sicherheit der Nacht verloren. Auch weil sie ihm plötzlich wieder gegenübersitzt. Eva Maria legt das Foto auf den Tisch zwischen ihnen. Sie flüstert: »Wer ist diese Frau, Vittorio?« Dabei hatte Eva Maria alles vorbereitet. In Gedanken.

Vittorio, ich weiß, dass diese Frau Ihre Geliebte ist. Das war der Grund für den Streit mit Ihrer Frau an jenem Abend. Dass Sie eine Geliebte hatten. Zum x-ten Mal hatte Ihre Frau Sie gebeten, bei ihr zu bleiben, nicht schon wieder wegzugehen, sie hatte ein neues Kleid angezogen, um Sie leichter zu überzeugen, aber Sie haben es nicht bemerkt. Weil Sie Ihre Frau den ganzen Tag vor der Nase haben, weil sie Ihnen sowieso schon gehört, haben Sie sie nicht mehr gesehen; weil Sie vom Bild einer anderen erfüllt waren, haben Sie nicht nachgegeben, Sie waren gereizt, hatten es eilig, wegzugehen, wie alle Ehemänner, die glauben, das Beste könne nicht mehr in den eigenen vier Wänden geschehen. Darum können sich weder die Kassiererin noch die Platzanweiserin erinnern, Sie an dem Abend gesehen zu haben, schlicht und einfach, weil Sie nicht im Kino waren. Weil Sie bei einer anderen Frau waren, irgendwo, bei ihr oder im Hotel. Und als Sie fertig waren – denn eine Geliebte, die diesen Namen verdient, verlässt man in der Nacht –, kamen Sie nach

Hause zurück, und dann, sagen Sie, stand die Wohnungstür offen, ein heftiger Durchzug packte Sie an der Gurgel, laute Musik dröhnte aus dem Wohnzimmer, dort herrschte eine Unordnung, als hätte es einen Kampf gegeben, Sie wussten sofort, dass etwas passiert war, Sie haben das Fenster zugemacht und Lisandra überall gesucht, Sie sind in die Küche, ins Schlafzimmer, ins Bad gerannt, und erst in dem Moment bekamen Sie Angst, begriffen Sie, Sie machten einen großen Schritt über die zerbrochene Vase und das ausgelaufene Wasser, Sie hörten einen schrillen Schrei auf der Straße, Sie rissen das Fenster wieder auf, Lisandras Körper lag unten. Das alles glaube ich, Vittorio, ich will Ihnen glauben, aber sagen Sie mir die Wahrheit, geben Sie zu, dass diese Frau Ihre Geliebte ist, ich muss Ihnen vertrauen können, um Ihnen weiterhin zu helfen, machen Sie sich keine Sorgen, ich werde keine voreiligen Schlüsse ziehen, ich werde Sie nicht verurteilen.

Aber am Morgen hat sie die Sicherheit der Nacht verloren. Eva Maria flüstert.

»Vittorio, wer ist diese Frau?«

»Ich kenne sie nicht.«

»Sie kennen sie nicht?«

»Nein. Was ist das überhaupt für ein Bild?«

Eva Maria bückt sich zu ihrer Tasche. Ihre Hände zittern. Sie packt das Foto wieder ein. Und ihre Hoffnung. Auf Offenheit. Auf Ehrlichkeit. Eva Maria weiß, dass Vittorio lügt. Wenn Pepe da wäre, würde er es ihr bestätigen, der alte Mann, der aus den Körpern lesen kann, hätte es ihm bewiesen, und die Beweisführung wäre schonungslos gewesen: Eine hochgezogene Augenbraue, eine Kopfbewegung, der angespannte Kiefer hätten Vittorio verraten. Eva Maria packt das Foto in ihre Tasche. Sie denkt an Esteban, der nachts nicht zurückgekommen ist, der gar nicht wiedergekommen ist. Eva Maria hat keinen Mut mehr. Sie ist bereit, aufzugeben, daher kommt es, von einem Körper, der plötzlich zu schwer geworden ist. Die Beugung ihres Körpers, um sich wieder hinzusetzen, Vittorio gegenüber, gibt ihr den Rest. Eva Maria fängt an zu weinen. Vittorio beugt sich zu ihr vor.

»Was ist eigentlich los? Woher haben Sie dieses Foto?«

»Ich habe es auf Lisandrsa Beisetzung aufgenommen.«

»Warum weinen Sie? Beruhigen Sie sich.«

Eva Maria beruhigt sich nicht. Sie sieht Vittorio an und das schmutzige Beige der Wände des Besucherraums hinter ihm. Sie spricht mit Mühe.

»Der riesige Pfau in Ihrem Büro, das große Gemälde, das ist ein Geschenk von Lisandra, nicht wahr?«

»Woher wissen Sie das?«

Also hat sie recht. Zumindest irgendwo. Eva Maria fängt sich. Sie wird hier neu ansetzen.

»Kennen Sie nicht den Mythos?«

»Welchen Mythos?«

»Den Argos-Mythos?«

»Nein.«

Eva Marias Stimme ist wieder fest.

»Hera, die Frau von Zeus, ließ ihren Mann von Argos, dem Spion mit den hundert Augen, bewachen, das war schon nötig bei dessen Liebesleben. Argos hatte hundert Augen, über den ganzen Kopf verteilt: Fünfzig schliefen und fünfzig wachten, sodass es unmöglich war, seiner Wachsamkeit zu entkommen. Zeus, der in die Priesterin Io verliebt war, weckte Heras Eifersucht. Um seine Frau zu beruhigen, verwandelte Zeus Io in eine weiße Stute, aber sie setzten ihre Beziehung heimlich fort. Hera beschloss, Io Argos anzuvertrauen, um sie von Zeus fernzuhalten, aber Zeus beauftragte Hermes, Argos zu töten und Io zu befreien. Trotz seines Scheiterns belohnte Hera die Treue des toten Riesen, indem sie seine Augen auf die Federn des Pfaus, ihres Lieblingstiers, übertrug. Sehen Sie, dieses Bild in Ihrem Büro war für Lisandra ein Symbol. Und ich bin sicher, dieser Pfau sollte Sie überwachen. Wussten Sie, wie eifersüchtig Ihre Frau war?«

Vittorio ist meilenweit davon entfernt, jemals an eine solche Auslegung gedacht zu haben. Er braucht eine Weile, bevor er antwortet.

»Lisandra war eifersüchtig, das stimmt … so wie viele Frauen.«

»Nein, eben nicht so ›wie viele Frauen‹, Ihre Frau war krankhaft eifersüchtig, haben Sie das nicht gemerkt? Aber ich verstehe das, wenn man jemanden nicht mehr ansieht, will man sich auch nicht mit seinem Gemütszustand belasten.«

Eva Maria verzichtet auf Takt und Feingefühl, sie beschließt, mit offenen Karten zu spielen. Sie eröffnet Vittorio, dass Lisandra ihn betrogen hat. Vittorio glaubt ihr kein Wort: Das hätte er gewusst. Eva Maria zitiert ihn: »Das Prinzip eines Geliebten besteht darin, dass der Ehemann von seiner Existenz nichts weiß.« Vittorio bleibt stur: Lisandra gehörte nicht zu dieser Sorte Frauen. Eva Maria antwortet, dass so eine Einstufung nichts zu bedeuten hat. Vittorio bekräftigt, dass Lisandra ihn liebte. Eva Maria hält dagegen. »Ist denn beides unvereinbar? Gerade weil sie Sie liebte, hat sie Sie betrogen.« Und Eva Maria beschreibt ihm die Liebesszenen, die eindeutigen Worte, die Francisco ihr wiedergegeben hatte. Ebenso rückhaltlos.

»Erinnert Sie das an gar nichts? Oder erkennen Sie Ihre Frau darin wieder? Lisandra war in so großer seelischer Not, dass sie nur einen Gedanken hatte. In den Armen eines anderen das Beste wiederzufinden, was Sie ihr gegeben hatten. Was Sie ihr nun nicht mehr gaben. Das, worauf Sie nicht mehr reagierten, bot sie einem anderen an. Daran ist sie gestorben. Ich habe zwei Hypothesen, was am Abend des Mordes passiert sein könnte.«

Vittorio richtet sich auf. Eva Maria fährt fort.

»Ihre Frau empfängt ihren Geliebten bei sich, zum ersten Mal – oder wie immer? Das weiß ich nicht. Sie hat ein neues Kleid angezogen, hohe Absätze, um ihre Macht über Sie zu testen, sie weiß, sie kann Sie nicht zurückhalten, sie weiß, wie es um Sie steht, sie lässt sich nicht täuschen, weder über Ihre geschwundene Liebe noch über Ihr Verhältnis mit einer anderen, und sie weiß, dass auch das neueste Kleid nicht gegen eine neue Frau ankommen kann, egal wie die gekleidet ist, aber sie hofft, dass Ihr Blick wenigstens bei ihr verweilt, und obwohl sie sich für einen anderen in Schale geworfen hat, wirft sie Ihnen vor, ihr neues Kleid nicht zu bemerken. Schließlich ist dieser andere auch niemand anders als Sie, nur zugänglich, verfügbar, ein anderer, aber trotzdem Sie. Darum die Szene. Darum der Streit. Darum die Aussage Ihrer Nachbarin. Trotzdem gehen Sie weg. Dann holt sie zwei Gläser und eine Flasche Weißwein, dabei überlegt sie sich, wie ordinär eine Frau ist, die selbst den Wein eingießt. Dann macht sie das Radio an und wartet. Es klingelt. Sie fragt zweimal, wer da ist, denn sie ist ängstlich, sie bekommt die richtige Antwort und macht auf. Der Liebhaber wartet einige Sekunden, wie es der Ablauf erfordert, während sie ins Wohnzimmer zurückgeht, wo sie für ihn ihr Kleid hochzieht, um ihm den Blick zu gewähren, den sie immer gewährt. Ihr Ritual. Aber der Liebhaber legt einen Blumenstrauß auf den Tisch, sagen wir … einen Strauß roter Rosen … um sich frei zu machen, sich und seine Hose, und Lisandra sieht die Blumen von der Seite, sie richtet sich auf und zieht ihr neues Kleid runter, versucht sich zu beherrschen, sich von ihrem Zorn abzulenken, deshalb nimmt sie die Vase, füllt sie mit Wasser und kommt ins Wohnzimmer zurück, aber das hat nicht geholfen, der Anblick der Rosen ist immer noch unerträglich, also macht sie das Fenster auf und versucht den Zorn durch die Frischluft abzulenken, sie beugt sich vor, um einen tiefen Zug einzuatmen, aber das reicht auch nicht. Da dreht sie sich um, nimmt den Strauß roter Rosen und wirft sie ihrem Liebhaber ins Gesicht. *Verschwinde. Was denkst du von mir? Ich hasse Rosen.* Die Wahrheit ist nicht, dass sie Rosen hasst, die Wahrheit ist, dass Sie, Vittorio, ihr Lilien, ihre Lieblingsblumen, geschenkt hätten, das haben Sie mir doch erzählt. Der gekränkte Liebhaber hebt den Strauß auf und geht mit seinen Blumen unter dem Arm davon. Er lässt das Wasser, das in der Vase wartet, verwaist zurück, ja, ›verwaist‹, denn es reicht nicht, festzustellen, dass das Wasser aus der Vase auf den Boden geflossen ist, man muss sich auch fragen, wo die Blumen sind. Wie lässt es sich erklären, dass nirgends am Schauplatz des Verbrechens Blumen gefunden wurden, es sei denn, Ihre Frau hätte die merkwürdige Angewohnheit gehabt, alle Vasen im Haus mit Wasser zu füllen, ob mit oder ohne Blumen? Die einzige Erklärung kann nur sein, dass ihr Liebhaber mit dem Strauß unter dem Arm weggegangen ist. Aber nicht, bevor er Lisandra aus dem Fenster gestoßen hat, an dem sie immer noch stand, vielleicht um den Geruch der Rosen loszuwerden; hätte sich Lisandra nicht wenige Sekunden zuvor hinausgebeugt, um einen Zug frischer Luft einzuatmen, wäre er vielleicht nicht auf den Gedanken gekommen, aber das bleibt ein Geheimnis, welche Regung des anderen ein Individuum zum Mord treibt. Natürlich hat Lisandra Widerstand geleistet, dabei sind die Sessel umgefallen, die Lampe auch, die kleine Porzellankatze ist zerbrochen und die Vase natürlich auch, aber der verstoßene Liebhaber hat gesiegt. Hat die Frau, die keine Rosen liebt, aus dem Fenster geworfen. Die Frau, die nur Lilien liebt. Die nur Sie liebt. Hat sie in die Tiefe gestoßen, sie, die ihn in den Wahnsinn getrieben hatte. Dann hat der Mörder, der Geliebte, schleunigst den Tatort verlassen. Und Sie sind nach Hause gekommen. Das war's.«

Eva Maria verstummt. Sie denkt, es sei einfacher zuzugeben, dass man eine Geliebte hat, wenn man weiß, dass die eigene Frau einen Liebhaber hat. Deshalb versucht sie es noch einmal.

»Vittorio, wer ist diese Frau auf dem Foto?«

»Ich kenne sie nicht! Was wollen Sie eigentlich von mir hören? Dass sie meine Geliebte ist? Sie spinnen ganz und gar.«

»Einverstanden. Ich spinne ganz und gar, verzeihen Sie. Dann muss meine zweite Hypothese die richtige sein.«

»Und die wäre?«

»Erraten Sie es nicht?«

»Nein.«

»Als Sie aus dem Kino kamen, haben Sie Ihre Frau mit ihrem Liebhaber überrascht. Und die Blumen haben Sie weggeworfen. Und Ihre Frau haben Sie aus dem Fenster gestoßen.«

Vittorio schüttelt den Kopf.

»Ich glaube, Sie gehen jetzt besser.«

»Das denke ich auch.«

Eva Maria steht auf. Sie hätte sich gewünscht, dass Vittorio sagt: »Bleiben Sie, ja, diese Frau ist meine Geliebte, das stimmt, aber ich habe Lisandra nicht getötet, und ich brauche Sie noch, Sie müssen mir weiter helfen, den wahren Mörder zu finden.« Aber Vittorio sagt nichts, Vittorio versucht nicht, sie zurückzuhalten. Vittorio lässt Eva Maria gehen. Noch nicht ganz. Eine letzte Frage.

»Dieser Liebhaber. Wer war das?«

Eva Maria dreht sich zu Vittorio um.

»Der am Abend des Mordes bei ihr war? Ich weiß es nicht, anscheinend hatte sie mehrere.«

»Nein, der Ihnen erzählt hat, was sie miteinander getrieben haben.«

»Sie kennen ihn nicht.«

Vittorio schüttelt den Kopf.

»Sie vergessen meinen Beruf. Wenn Sie sagen, dass ich den Mann *nicht kenne,* beweist es im Gegenteil, dass ich ihn *kenne.* Würde ich ihn nicht kennen, hätten Sie mir einfach seinen Namen genannt, also sagen Sie es mir. Wer ist es?«

Eva Maria überlegt. Da Francisco der Polizei davon erzählt hatte, kann sie es auch Vittorio sagen.

»Francisco.«

»Francisco … der vom Pichuco?«

»Ja.«

Vittorio rührt sich nicht. Eva Maria geht ein paar Schritte in Richtung Tür. Sie dreht sich um. Die Hand auf der Klinke.

»Da fällt mir was ein. Wie ist es mit Ihnen? Wenn Sie sagen, dass Sie die Frau auf dem Foto *nicht kennen,* was soll ich daraus folgern? Dass Sie sie sehr wohl *kennen*?«

Eva Maria wartet nicht auf die Antwort. Sie verlässt das Sprechzimmer.

Eva Maria ist erschöpft. Sie wird gleich einschlafen. Aus Estebans Zimmer hört sie den Klang des Bandoneons. Esteban gehört zu den Menschen, die zu mutig sind, um fortzugehen, Esteban ist zurückgekommen. Eva Maria ist erleichtert. Zum ersten Mal in all den Jahren macht sie das Abendbrot. Zum ersten Mal in all den Jahren klopft sie an Estebans Tür. Esteban hört nicht sofort. Vielmehr traut er seinen Ohren nicht. Eva Maria macht die Tür nicht auf. Sie spricht durch die Tür. Die Blicke sind noch nicht bereit. Die Gesten vielleicht. Aber die Blicke nicht. Kaum die Worte.

»Ich habe Sandwichs gemacht, wenn du welche möchtest, sie sind in der Küche.«

Schweigen. Eva Maria hat drei Ängste. Dass Esteban nicht antwortet. Dass Esteban nein sagt. Dass Esteban die Tür aufmacht. Die Blicke sind noch nicht bereit. Auch nicht alle notwendigen Worte. Erleichtert hört Eva Maria Estebans Stimme. Immer noch im gleichen Abstand.

»Okay.«

Eva Maria tritt noch einmal an die Tür.

»Bis morgen.«
»Bis morgen.«

Eva Maria wird gleich einschlafen. Sie verzichtet darauf, den Schleier zu lüften. Sie hört auf. Vittorio wird ohne sie zurechtkommen müssen. Sie wird ohne ihn zurechtkommen müssen, Esteban ist da, das ist die Hauptsache. Eva Maria ist erschöpft. Sie wünscht sich eine Nacht, die zwei Wochen dauert, wie auf dem Mond. Als Kind dachte sie, dass die Einsenkungen auf dem Mond Krater seien, aber auf dem Mond gibt es keine Vulkane. Eva Maria denkt an den Berg Olymp auf dem Mars, einen dreiundzwanzig Kilometer hohen Vulkan. Zum ersten Mal seit Stellas Verschwinden denkt sie an eine Höhe, ohne an einen Sturz zu denken, sie denkt an eine Entfernung, dreiundzwanzig Kilometer, fragt sich, von wo bis wo so eine Strecke gehen könnte. Eva Maria wird gleich einschlafen. Sie wünscht sich eine Nacht, die zwei Wochen dauert, ohne Träume, ohne Albträume. Sie glaubt, dass es an der Tür geklingelt hat. Vielleicht klingt ein Ton des Bandoneons. Sie weiß es nicht. Sie weiß nur, dass Esteban zurückgekommen ist. Eva Maria lächelt.

»Mama?«

Esteban öffnet die Tür zu Eva Marias Schlafzimmer.

»Da sind zwei Männer, die zu dir möchten.«

Eva Maria schiebt die Laken zurück.

»Zwei Männer, die zu mir möchten?«

Eva Maria streift die Kleidungsstücke über, die sie gerade abgelegt hatte. Im Salon stehen zwei Männer.

»Eva Maria Darienzo?«

»Ja.«

»Guten Abend. Kommissar Pérez. Leutnant Sanchez.«

Die Männer stecken ihre Dienstausweise ein. Eva Maria geht durch das Zimmer. Leutnant Sanchez verlässt den Raum. Esteban stellt sich neben Eva Maria. Kommissar Pérez kramt in seiner Tasche.

»Tut uns leid, dass wir Sie so spät stören.«

Kommissar Pérez hält Eva Maria ein Papier hin.

»Wir werden eine Hausdurchsuchung vornehmen.«

Leutnant Sanchez kommt ins Wohnzimmer zurück. Er hat Eva Marias Tasche unter dem Arm. An seinem Finger hängen drei Schlüssel, an einem Schlüsselanhänger befestigt, der selbst die Form eines Schlüssels hat.

»Diese Schlüssel passen nicht zu dem Schloss in Ihrer Tür.«

Eva Maria schaut die vier Schlüssel an, von denen einer eine Attrappe ist.

»Es sind nicht meine.«

Kommissar Pérez übernimmt.

»Wem gehören sie dann?«

»Einem Freund.«

»Dieser Freund heißt nicht zufällig Vittorio Puig?«

»Doch.«

»Wie kommen diese Schlüssel in Ihren Besitz?«

»Man hat sie mir übergeben.«

»Man hat sie Ihnen übergeben?«

»Ja. Ein Junge, der am Abend des Mordes da war.«

»Am Abend des Mordes? Interessant.«

»Nicht, was Sie glauben. Vittorio hat seine Schlüssel neben Lisandras Leiche verloren, sie müssen ihm aus der Tasche gefallen sein, der Junge war auf der Straße, er hat sie gefunden und wollte sie ihm zurückbringen.«

»*Lisandra* – das klingt, als hätten Sie das Opfer gut gekannt.«

»Nein, überhaupt nicht. Es ist nur, weil …«

»Weil was?«

»Weil ich immer an diesen Mord denken muss. Da ist sie mir vertraut geworden.«

»Ich verstehe, aber wie kommen diese Schlüssel jetzt in Ihren Besitz?«

»Ich habe in der Zeitung gelesen, was passiert ist, vom Mord, von Vittorios Verhaftung, ich bin hingegangen, um nachzusehen, mich zu vergewissern, ich konnte es nicht glauben, ich war sehr schockiert, Sie müssen wissen, Vittorio war fünf Jahre lang mein Therapeut.«

»Das ist uns bekannt.«

»Ich habe bei Vittorio geklingelt, da traf ich den Jungen, der ihm seine Schlüssel zurückbringen wollte, ich sagte ihm, dass ich Vittorio kenne und sie ihm zurückgeben kann.«

»Ich dachte, dass Ihnen der Junge aufgefallen war, weil er sich irgendwie verdächtig auf dem Platz rumtrieb, genau da, wo man die Leiche des Opfers gefunden hat, dass er dann bis zu Doktor Puig hochgegangen ist, dass Sie ihm gefolgt sind und ihm dort – indem Sie sich als Nachbarin ausgaben – vorgeschlagen haben, Ihnen die Schlüssel zu geben.«

»So war es. Aber wer hat Ihnen das erzählt?«

»Frau Darienzo, das ist unser Job.«

Eva Maria denkt an Vittorios Nachbarin. Leutnant Sanchez legt die Schlüssel auf den Tisch. Er verlässt den Raum. Kommissar Pérez fährt fort.

»Frau Darienzo, wenn es so war, warum haben Sie uns eben eine andere Version der Fakten gegeben?«

»Um schneller zu machen, weil es auf dasselbe hinausläuft, der Junge hat mir die Schlüssel gegeben, so, das ist alles.«

»Versuchen Sie nicht, *schneller zu machen*, Frau Darienzo, nehmen Sie sich alle Zeit der Welt, um uns die ganze Wahrheit zu sagen, bis ins kleinste Detail. Können Sie uns diesen Jungen beschreiben? Wie sah er aus?«

»Ich weiß nicht mehr, fünfzehn, sechzehn. Kurze braune Haare, die Augen … weiß ich nicht mehr … Im Treppenhaus war es dunkel …«

Kommissar Pérez sieht Esteban an. Dann wieder Eva Maria.

»Ein bisschen wie Ihr Sohn?«

Esteban stellt sich zwischen Kommissar Pérez und Eva Maria.

»Was sollen diese ganzen Fragen? Mama, schweig, lass sie ihre Durchsuchung machen, aber beantworte keine Fragen mehr.«

Kommissar Pérez macht ein paar Schritte im Zimmer.

»Ach! Diese aufbrausende Jugend! Sie brauchen sich gar nicht so aufzuregen, junger Mann, wir finden bei Ihrer Mutter die Schlüssel zur Wohnung einer Frau, die getötet wurde, natürlich fragen wir da nach.«

Esteban fährt sich mit der Hand durch die Haare, erst an der Seite, dann hinten. Kommissar Pérez wendet sich wieder an Eva Maria.

»Und Sie haben Doktor Puig im Gefängnis besucht, um ihm seine Schlüssel zurückzugeben?«

»Ja. Um ihm zu helfen.«

»So, wie er Ihnen in Ihren Sitzungen half.«
»Gewiss.«
»Aber wobei helfen, Frau Darienzo?«
»Bei der Suche nach Lisandras Mörder.«
»Sie glauben also nicht, dass er der Mörder ist.«

Eva Maria zögert. Kaum. Den Hauch einer Sekunde.

»Nein.«
»Ich verstehe. Sie sollen außerdem im Besitz von Fotos von der Beerdigung des Opfers sein. Können wir sie sehen?«

Eva Maria verlässt das Zimmer. Sie geht den Flur entlang. Öffnet die Tür zu ihrem Schlafzimmer. Steht vor Leutnant Sanchez. Alle Bücher aus ihrem Regal liegen auf der Erde. Die neapolitanischen Gouachen sind von der Wand abgehängt. Sie öffnet die Schreibtischschublade. Holt die Fotos raus. Geht zurück ins Wohnzimmer. Reicht sie Kommissar Pérez. Er legt sie in eine große durchsichtige Hülle.

»Wie sind Sie zu den Fotos gekommen?«
»Ich habe sie bei der Beerdigung aufgenommen. Für den Fall der Fälle. Um sie Vittorio zu zeigen. Ich dachte, der Mörder könnte dorthin kommen.«
»Sie sollten bei uns anfangen!«

Kommissar Pérez holt andere Fotos aus der Tasche seines Regenmantels. Er reicht sie Eva Maria. Eva Maria nimmt ein Foto nach dem anderen. Sie sieht sich. In der Kirche. Inmitten der Gäste. Hinter dem Baum, aufgenommen, während sie fotografiert. Kommissar Pérez nimmt die Bilder wieder an sich. Er lächelt.

»Große Geister begegnen sich. Aber kommen wir noch eine Sekunde auf diese Fotos zurück, Frau Darienzo. Warum haben Sie sie Doktor Puig niemals gezeigt?«

Eva Maria erinnert sich. Sie hatte sie in der Tasche, als sie bei ihm war, dann aber überraschte Vittorio sie mit der Bitte, ihr die Sitzung von Felipe vorzulesen, sie kamen auf andere Themen, sie hatten sich gestritten, und in ihrer Wut hatte sie die Fotos vergessen.

»Gestritten? Mit Doktor Puig? Sie verstehen sich doch so gut mit ihm. Worüber haben Sie gestritten?«

Eva Maria antwortet nicht.

»Frau Darienzo, Sie scheinen seit dem Tod Ihrer Tochter eine ziemlich schwierige Zeit durchzumachen. Zuerst haben Sie sich von Ihrem Mann getrennt und vor allem … es heißt, dass Sie, wie soll ich sagen … gewisse Probleme mit Alkohol haben. Die Ihnen auf Ihrer Arbeitsstelle einen Tadel eingebracht haben.«

Esteban dreht sich zu Eva Maria.

»Was erzählt er da?«

Eva Maria senkt den Kopf. Esteban wird blass.

»Warum hast du mir nichts davon erzählt?«

»Frau Darienzo, wissen Sie, dass Doktor Puig vorhatte, Ihre Therapie zu beenden?«

Eva Maria richtet sich auf.

»Wieso denn das? Davon war niemals die Rede.«

»Er wollte Sie zu einem Psychiater schicken, der auf diese Art von … wie soll man sagen … Abhängigkeiten spezialisiert ist, er fühlte sich nicht mehr in der Lage, Ihnen zu helfen, und außerdem … vor allem … wurde es zu kompliziert.«

»Zu kompliziert? Was heißt das?«

»Er sagt, dass Sie eine Übertragung auf ihn vorgenommen haben.«

»Eine Übertragung? Was für eine Übertragung?«

»Eine emotionale Übertragung.«

»Das stimmt nicht, was ist das für ein Blödsinn? Vittorio kann Ihnen so etwas nicht erzählt haben, Sie lügen, das ist nicht wahr.«

»Regen Sie sich nicht auf, Frau Darienzo.«

»Ist Ihnen klar, was Sie da erzählen?«

»Waren Sie nicht ein bisschen in Vittorio Puig verliebt? Es soll häufig vorkommen, dass Frauen sich in ihren Therapeuten verlieben.«

»Nein. Ich schwöre es. Ich schwöre bei meinem Sohn.«

»Angesichts Ihrer Beziehung zu Ihrem Sohn hat das leider nicht viel Wert.«

»Ich verbiete Ihnen, mein Sohn ist das Liebste, was mir geblieben ist.«

»*Das Liebste, was Ihnen geblieben ist,* bedeutet aber noch lange nicht, dass er Ihnen lieb ist.«

»Hören Sie auf!«

»Am Tag des Mordes hatten Sie eine Sitzung mit Doktor Puig, da hätten Sie ihm seine Schlüssel entwenden können.«

»Niemals.«

»Um dann ganz einfach und ungestört am Abend bei ihm einzudringen. Waren Sie eifersüchtig auf Lisandra Puig?«

»Überhaupt nicht, ich kannte sie nicht mal.«

»Man braucht einen Menschen nicht zu kennen, um auf ihn eifersüchtig zu sein. Frau Darienzo, Sie sind anscheinend überzeugt, dass Ihre Tochter durch Einheiten der Armee gefoltert und getötet, genauer gesagt aus einem Flugzeug in den Rio de la Plata geworfen wurde. Wenn solche Sachen geschehen wären, wüsste man das.«

»Man weiß es. Was machen Sie mit all den Zeugenaussagen? All den Verschwundenen?«

»Hirngespinste. Frau Darienzo, erkennen Sie nicht eine gewisse Ähnlichkeit zwischen der Art, wie Sie den Tod Ihrer Tochter phantasieren, und dem Tod von Lisandra Puig, die in der fünften Etage aus dem Fenster geworfen wurde? In beiden Fällen sprechen wir von einem Sturz ins Leere. Wollten Sie diese Szene vielleicht nachspielen?«

Eva Maria erstarrt.

»Was erzählen Sie da? Ich wollte keine Szene nachspielen.«

Eva Maria steht auf.

»Jetzt reicht's! Verlassen Sie meine Wohnung.«

Esteban geht mit geballten Fäusten auf Kommissar Pérez zu. Der schüttelt den Kopf.

»Ich rate Ihnen, junger Mann, lassen Sie das.«

Kommissar Pérez wendet sich wieder an Eva Maria.

»Wissen Sie, Frau Darienzo, dass Sie die einzige Patientin von Doktor Puig sind, die sich die Mühe gemacht hat, ihn im Gefängnis zu besuchen?«

»Na und? Bedeutet das etwa, dass ich schuldig bin?«

»Dieser Gedanke liegt mir fern. Ich wollte Ihnen nur sagen, dass Doktor Puig intensiv verfolgt hat, wie Sie Ihre Ermittlungen geführt haben. Wir übrigens auch. Sie dachten doch nicht, dass wir jemanden ohne Aufsicht mit einem Gefangenen sprechen lassen. Die Akte, die Doktor Puig gegen Sie angelegt hat, wiegt schwer, Sie können sie selbst lesen, die Logik ist überzeugend. Alles stimmt überein.«

Eva Maria geht im Salon hin und her. Sie ist ganz durcheinander. Versucht zu verstehen. Vittorio beschuldigt also sie. Vittorio hat einen anderen potenziellen Mörder gesucht, egal wen, er hat die Wahrheit verdreht, sie seinen Bedürfnissen unterworfen. Wie mit Felipe. Er will um jeden Preis einen Schuldigen finden. Sie an seiner Stelle einsperren lassen. Eine Frau einsperren zu lassen, die ihr Leben damit verbringt, den Tod ihrer Tochter zu beweinen, ist schließlich nicht weiter schlimm. Macht es einen Unterschied, ob man seine Tochter im Gefängnis oder zu Hause beweint? Er hingegen hat noch tausend Dinge zu erleben, Hunderten Patienten zu helfen und Dutzende Frauen zu bumsen. Also hat er die Polizei auf ihre Spur gelenkt. Er musste ja einen Schuldigen finden, um sich selbst zu entlasten. Plötzlich hält sie inne. Rennt aus dem Zimmer. Kommt mit ihrem abgewetzten braunen Rucksack zurück. Macht ihn auf und lässt alle Kassetten vor die Füße von Kommissar Pérez fallen.

»Und das? Hat er Ihnen das auch erzählt, der hervorragende Doktor Puig? Dass er während der Sitzungen seine Patienten aufnahm, hat er Ihnen das gesagt?«

»Natürlich hat er uns das gesagt. Sie kommen mir zuvor, gerade wollte ich Sie bitten, uns diese Kassetten zu übergeben. Sie sind wichtig. Sie haben Doktor Puig nämlich erst hellhörig gemacht, besonders die Aufnahmen, die Sie hervorgehoben haben und die Ihre vermutlichen Motive offenbaren: erst Alicia, die Frau, die auf die Jugend eifersüchtig ist, dann Felipe, in dem Sie die Reinkarnation des Henkers Ihrer Tochter sehen wollten, dabei ist er bloß ein armer Kerl, der Probleme mit seiner Frau hat.«

»Und sein gestohlenes Kind, was ist mit seinem gestohlenen Kind?«

Kommissar Pérez lacht ihr ins Gesicht.

»Wovon sprechen Sie? Es gibt kein gestohlenes Kind. Nirgends.«

»Fragen Sie Vittorios Anwalt, er weiß davon.«

»Wir verkehren nicht gern mit Anwälten, diese Leute müssen immer Probleme erfinden, wenn sie arbeiten wollen …«

»Und die Aussage von Miguel, was machen Sie damit?«

»Miguel? Welcher Miguel? Von ihm hat Doktor Puig nichts erzählt.«

»Hören Sie sich seine Kassette an, dann werden Sie sehen! Sie werden sehen, ob es diese Dinge nicht gegeben hat.«

»Wir hören uns an, was wir uns anhören müssen, Frau Darienzo, Sie müssen uns nicht unsere Arbeit beibringen. Jetzt ist Schluss mit Ihren Spielchen als Ermittlerin. Dazu kommt, dass Sie die ganze Zeit eine grundlegende Tatsache vergessen haben: Ein Psychologe bleibt immer ein Psychologe. Auch hinter Gittern.«

Plötzlich zieht Eva Maria das Schlimmste in Betracht. Und wenn Vittorio wirklich schuldig ist? Eva Maria schließt die Augen. Wenn er wirklich seine Frau getötet hat? Und jetzt ihr den Schwarzen Peter zuschieben will, ihr, seiner sensibelsten Patientin, auf die er von Anfang an gesetzt hatte, ein machiavellistischer Plan, in allen Einzelheiten von Meisterhand ausgeheckt. Er kannte sie so gut, sie würde nicht tatenlos zusehen können, wie er eingesperrt wurde, zu sensibel, aber auch zu sehr durch das Unrecht gebrochen, um es noch einmal zu ertragen. Weil sie nicht um das Andenken ihrer Tochter kämpfen konnte, würde sie für ihn kämpfen, würde alles auf ihn übertragen, noch eine Übertragung, sie würde ihn im Gefängnis besuchen, sie würde versuchen, ihm zu helfen, er hatte alles geplant, Etappe für Etappe, eine Inszenierung nach der anderen, und diese Geschichte mit den Kassetten, diese sogenannte »persönliche Technik«, hatte er vielleicht sogar erfunden, um sie leichter in die Falle zu locken, er hatte ihr gesagt, wann die Beerdigung war, er kannte sie besser als irgendwer. Hatte er sie missbraucht, um sich vom Mord an seiner Frau reinzuwaschen? Eva Maria wird schwindlig. Sie öffnet die Augen. Aber er hat sie unterschätzt. Er hatte nicht damit gerechnet, dass sie aufdecken würde, dass er eine Geliebte hatte. Und jetzt war sein perfekter Plan im Begriff, zusammenzubrechen.

»Vittorio führt Sie hinters Licht. Er hat Ihnen das alles erzählt, weil ich entdeckt habe, dass er eine Geliebte hat, und weil er fürchtet, dass ich ihn verrate. Geben Sie mir die Fotos, ich werde sie Ihnen zeigen, es ist offensichtlich – wenn man es weiß, sieht man nur sie, vielleicht hatte ich von vornherein unrecht. Vielleicht hat er wirklich seine Frau getötet.«

Der Kommissar schiebt die Plastiktüte von Eva Maria weg.

»Das ist nicht nötig.«

»Was heißt, das ist nicht nötig?«

»Doktor Puig hat uns davon erzählt. Und in der Tat war das der letzte Puzzlestein, der ihn veranlasst hat, uns seinen Verdacht gegen Sie mitzuteilen. Es gehört schon ziemlich viel Phantasie dazu, in einer Frau die Geliebte eines Mannes zu sehen, nur weil sie geschminkt ist, Frau Darienzo.«

»Nur weil er behauptet, dass sie nicht seine Geliebte ist, werden Sie ihm doch nicht glauben!«

»Sie haben recht. Aber Sie können beruhigt sein, es ist unser Beruf, nichts dem Zufall zu überlassen. Wir kommen direkt von ihr. Tatsächlich ein hübsches Ding, aber nur eine Kindheitsfreundin von Lisandra, sehen Sie, kein Stoff für einen Roman.«

»*Eine Kindheitsfreundin von Lisandra*, wie praktisch, Lisandra kann Ihnen nicht mehr widersprechen. Na und? Das eine schließt das andere nicht aus. Auch wenn sie *eine Kindheitsfreundin von Lisandra* war, wer sagt Ihnen, dass sie nicht auch Vittorios Geliebte war?«

»Natürlich projizieren Sie die Vorstellung einer Geliebten auf diese Frau, Sie projizieren auf eine andere, was Sie sich selbst erträumen, Sie sind eifersüchtig.«

»Das ist totaler Unsinn. Was ist dann mit dem Wasser in der Vase? Was machen Sie daraus? Wie ist es möglich, dass Sie sich keine Gedanken über das Fehlen von Blumen am Tatort machen?«

»Das ist tatsächlich der einzige unklare Punkt in dieser Geschichte, wir machen uns durchaus Gedanken darüber, aber vielleicht werden Sie uns helfen, ihn aufzuklären.«

»Lisandra hat an dem Abend einen Liebhaber empfangen, Lisandra hatte nämlich auch Liebhaber.«

»Das ist uns bekannt.«

»Vittorio kommt nach Hause, er überrascht sie und wirft diesen Liebhaber mitsamt seinen Blumen raus, ein Streit bricht aus, du besuchst auch deine Geliebte, da werde ich wohl meine Liebhaber empfangen können, und so weiter. Die Sache läuft aus dem Ruder, vielleicht war es nur ein Unfall. Aber jetzt bin ich mir sicher, Vittorio hat wirklich seine Frau getötet.«

»Interessant. Doktor Puig hat allerdings eine andere Hypothese. Dieses Wasser in der Vase könnte das Symbol des einzigen Elements sein, das an jenem Abend in Ihrer Bilderwelt fehlte: das Symbol für das Wasser des Rio de la Plata, in dem Ihre Tochter Ihrer Überzeugung nach umgekommen ist, eine sinnlose Regung, die dichterische Freiheit einer Betrunkenen.«

Kommissar Pérez und Leutnant Sanchez stehen vor Eva Maria. Plötzlich betrachtet sie sie in anderem Licht. Vielleicht sind diese Kerle frühere Juntaknechte, heute brave Polizisten? Von ihnen muss es Unzählige geben. Vielleicht haben sie das alles mit Vittorio ausgeheckt, um sie einzusperren, Eva Maria, die die früheren Ausschreitungen nicht ruhen lässt, die immer gegen das alte Regime aussagen wird. Eine unschuldige Nonkonformistin einsperren lassen und einen mörderischen Konformisten freilassen. Der Deal mit Vittorio. Die Schuldzuweisungen austauschen, um die letzten Aufrührer anstelle der Mörder einsperren zu lassen. Alles wie früher. Nur dass sie ihr Treiben jetzt nicht mehr offen fortsetzen können und zu einer List greifen mussten. Vielleicht organisieren sie sogar Morde, bestimmte Verbrechen werden inszeniert, um Unschuldigen den Schwarzen Peter zuzuschieben und auf diese Weise böse Erinnerungen und böse Zungen endgültig zu ersticken. Eva Maria geht auf Kommissar Pérez zu. Sie spuckt ihm ins Gesicht. Leutnant Sanchez stürzt sich auf sie, um sie festzuhalten. Kommissar Pérez hält ihn mit einer Geste auf.

»Frau Darienzo, wo waren Sie in der Nacht vom 18. zum 19. August?«

Eva Maria antwortet nicht. Kommissar Pérez wiederholt.

»Frau Darienzo, wo waren Sie in der Nacht vom 18. zum 19. August?«

»Hier.«

»Kann das jemand bezeugen?«

»Nein. Ich war allein.«

Esteban schreitet ein.

»Als ich gegen drei Uhr morgens heimkam, war meine Mutter da, ich habe nach ihr geschaut.«

»Woher wissen Sie, dass Sie gerade an dem Abend nach ihr geschaut haben? Also wirklich, nur die Jugend kann so ein gutes Gedächtnis haben.«

»Ich überzeuge mich jeden Abend, wenn ich nach Hause komme, dass … dass alles in Ordnung ist.«

»Ich verstehe. Es tut mir leid, aber die Tatsache, dass Ihre Mutter um drei Uhr morgens da war, bedeutet nicht, dass sie um 22 Uhr da war. Das war die annähernde Uhrzeit des Verbrechens. Frau Darienzo, wir müssen Sie bitten, uns zu folgen. Sie sind vorläufig festgenommen.«

Eva Maria bricht auf dem Sofa zusammen.

»Ich habe doch nichts gemacht!«

Der Kommissar tritt näher.

»Vielleicht erinnern Sie sich einfach an nichts mehr. Falls es Ihnen hilft, das ist der Verdacht von Doktor Puig. Er glaubt, dass Sie in jener Nacht unter Alkoholeinfluss standen. Sie können sich auf mildernde Umstände berufen.«

Plötzlich packt Eva Maria die Angst. Angst, dass sie recht haben. Wenn sie trinkt, erinnert sie sich nicht mehr, darum trinkt sie ja, wegen der schwarzen Löcher, die ihr so guttun. Und wenn Vittorio ehrlich von ihrer Schuld überzeugt wäre? Aber die Schlüssel, diese Schlüssel, wie war sie an die Schlüssel gekommen? Sie erfindet niemals falsche Erinnerungen, und an den Jungen erinnert sie sich, Alkoholikerin vielleicht, aber nicht verrückt, o nein, nicht verrückt! Plötzlich weiß Eva Maria gar nichts mehr. Sie sieht Esteban an. Und wenn sie alles erfunden hat, wenn der Junge im Treppenhaus nichts anderes war als eine Projektion von Esteban und dieses »Verbrechen im Affekt« ihr Verbrechen? Aber das ist unmöglich, sie liebt Vittorio nicht, sie ist sich sicher, das immerhin weiß sie. Eva Marias Blick fällt auf den Stapel Kassetten, die Leutnant Sanchez gerade in die große Plastiktüte packt. Eva Maria springt auf, entreißt ihm die Tüte. Sie wirft sich darauf.

»Sie werden sehen, dass ich nicht in Vittorio verliebt bin. Sie werden meine Kassette anhören und es sofort begreifen.«

Eva Maria kniet auf dem Boden. Esteban verlässt das Zimmer. Eva Maria wühlt in den Kassetten. Wie eine Wahnsinnige.

»Ich verstehe das nicht … Sie war da, ich habe sie mehrmals gesehen … Ich weiß, dass sie da war …«

Esteban kommt zurück. Geht auf Eva Maria zu. Hilft ihr hoch.

»Ich habe sie, verzeih, Mama, ich konnte mich nicht beherrschen. Ich habe sie angehört.«

Esteban hat die Kassette in der Hand. Sie ist kaputt. Das Band herausgezerrt, zerknittert, zerrissen, unbrauchbar. Beschriftet mit einem Etikett. »Eva Maria«. Kommissar Pérez streckt die Hand danach aus.

»Sie haben sie zerstört, um Ihre Mutter zu schützen.«

Esteban fährt sich mit der Hand durch die Haare, erst an der Seite, dann hinten.

»Ich würde eher sagen, um mich zu schützen.«

»Wie das?«

»Man kann wohl sagen, dass ich auf dieser Kassette nicht besonders gut wegkomme. Das hat mich wütend gemacht.«

Esteban fährt sich mit der Hand durch die Haare, erst an der Seite, dann hinten.

»Aber ich kann bestätigen … nachdem ich diese Kassette gehört habe … dass meine Mutter für Doktor Puig keinerlei zweideutige Empfindungen hegt.«

Esteban fährt sich mit der Hand durch die Haare, erst an der Seite, dann hinten.

»Das kann man nicht von allen sagen.«

»Was wollen Sie damit andeuten, junger Mann?«

»Was ich damit andeuten will?«

Esteban fährt sich mit der Hand durch die Haare, erst an der Seite, dann hinten.

»Was, glauben Sie, geht einem *jungen Mann,* wie Sie sagen, durch den Kopf, wenn er sieht, dass seine Mutter allmählich zugrunde geht … Und je länger sie zu diesem Kerl ging, desto mehr entfernte sie sich von mir … Aber das Schlimmste ist, dass ich ihr selbst geraten hatte, ihn aufzusuchen, ich hätte besser geschwiegen, aber man hatte mir so viel Gutes von ihm erzählt … Meine Mutter war an dem Abend nicht bei Vittorio Puig.«

»Natürlich denken Sie das. Ein Kind glaubt nie an die Schuld seiner Mutter. Halten Sie sich da raus, junger Mann.«

»Hören Sie auf, mich *junger Mann* zu nennen, ich sage Ihnen, meine Mutter war an dem Abend nicht bei Vittorio Puig … Es stimmt, sie ging oft zu ihm, zu oft, es tat ihr nicht gut, aber sie ging niemals abends dorthin, das hätte gerade noch gefehlt … Dafür war ich dort.«

»Was sagen Sie da?«
»Ich habe Lisandra Puig getötet …«

Eva Maria stößt einen Schrei aus.

»… ich habe Lisandra getötet, um diesem Mistkerl zu zeigen, wie es sich anfühlt, wenn man den Menschen verliert, der einem am liebsten auf der Welt ist … Und nach dem, was ich auf dieser Kassette gehört habe, kann ich Ihnen versichern, dass ich keine Reue empfinde. Meine Mutter sagen zu lassen, dass es ihr lieber gewesen wäre, wenn ich anstelle meiner Schwester gestorben wäre, ohne zu widersprechen, ich kann Ihnen sagen, dass ich nicht die geringsten Gewissensbisse habe … Dieser Kerl hatte eine ordentliche Lektion nötig, jemand musste ihn daran hindern, noch mehr Schaden anzurichten.«

Der Leutnant geht zu Esteban.

»Herr Darienzo, Sie sind vorläufig festgenommen.«

Eva Maria wendet sich an die Polizisten.

»Glauben Sie ihm nicht, ich bitte Sie, glauben Sie ihm nicht, Sie sehen doch, dass er Unsinn erzählt, er sagt das, um mich zu schützen, mein Sohn ist unfähig, so etwas zu tun, er ist unfähig, zu töten.«

Eva Maria wendet sich zu Esteban. Geht zu ihm. Nimmt seine Hände.

»Esteban, hol dein Bandoneon, spiel ihnen vor, sie werden

sehen, wie schön deine Seele ist. Mein Kind hat Finger aus Gold, ein Herz aus Gold, er hätte diese Frau niemals töten können, er sagt das, um mich zu schützen, sehen Sie das denn nicht? Er kannte diese Frau nicht einmal. Und sie kannte ihn nicht. Sie hätte ihm nicht aufgemacht.«

Kommissar Pérez schüttelt den Kopf.

»Nichts ist weniger sicher als das.«

Esteban hält Leutnant Sanchez seine Handgelenke entgegen.

»Einem Blumenverkäufer macht jede Frau auf … Das Unglück wollte, dass meine Mutter beschloss, diesen Mann zu verteidigen … Das Unglück oder ihr Unterbewusstsein, weil sie mich nicht mehr wollte … und Sie zu mir führte, ohne es zu wissen. So wird sie meinen Anblick nicht mehr ertragen müssen, der sie ständig an meine verschwundene Schwester erinnert.«

Eva Maria wirft sich in Estebans Arme.

»Sag so etwas nicht, Esteban, sei still!«

Leutnant Sanchez legt Esteban die Handschellen an. Eva Maria drängt sich zwischen Esteban und Kommissar Pérez. Sie brüllt.

»Hören Sie auf! Vittorio hat recht. Ich hab ihm bei unserer letzten Sitzung die Schlüssel gestohlen, ich habe Lisandra getötet, ich war's, ich war's, Vittorio hat recht, auf der ganzen Linie, mit allem, was er Ihnen erzählt hat, ich bin labil, ich bin Alkoholikerin, ich komme nicht über den Tod meiner Tochter hinweg, ich bin in ihn verliebt, ich war eifersüchtig, ich gestehe, ich gestehe alles, was soll ich noch gestehen? Ich war es, ich war es, ich habe diese Frau getötet, sagen Sie mir, wo ich mein Geständnis unterschreiben kann, ich will sofort unterschreiben, aber nehmen Sie mir nicht meinen Sohn weg, ich beschwöre Sie, lassen Sie mir meinen Sohn, lassen Sie meinen Sohn da raus, nehmen Sie mich mit, ich bin bereit, ich folge Ihnen.«

Kommissar Pérez und Leutnant Sanchez nehmen Eva Maria in ihre Mitte.

»Sie werden sich im Kommissariat einigen. Erst mal nehmen wir Sie beide mit, wir müssen einen Unschuldigen freilassen.«

Vittorio Puig wurde freigelassen.

Eva Maria Darienzo hat ihr Geständnis nicht widerrufen.

Eva Maria Darienzo gibt an, Lisandra Puig getötet zu haben. Ein Ermittlungsverfahren wegen Mordes wurde eingeleitet. Eva Maria Darienzo droht lebenslänglich.

Esteban Darienzo hat sein Geständnis nicht widerrufen.

Esteban Darienzo gibt an, Lisandra Puig getötet zu haben. Ein Ermittlungsverfahren wegen Mordes wurde eingeleitet. Esteban Darienzo droht lebenslänglich.

Das Ermittlungsverfahren dauert einundzwanzig Wochen. Der Prozess neun Tage.

Die Geschworenen verlassen den Gerichtssaal.

Die Beratung dauert lange. Sie ist kompliziert. Unangenehm wegen der doppelten Selbstanzeige. In ihrer Unsicherheit beschließen die Geschworenen, sich als Ultima Ratio den Schlussfolgerungen des psychiatrischen Gutachters anzuschließen.

Eva Maria Darienzo kann Lisandra Puig getötet haben. Esteban Darienzo kann Lisandra Puig getötet haben. Beide aus unterschiedlichen Motiven. Aber aller Wahrscheinlichkeit nach will Eva Maria nur die Schuld ihres Sohnes decken. Esteban Darienzo ist der wahre Mörder.

Die Geschworenen betreten den Saal.

Esteban Darienzo wird wegen des Mordes an Lisandra Puig zu fünfzehn Jahren Gefängnis verurteilt.

Eva Maria Darienzo wird freigesprochen.

Eva Maria stürzt zu ihrem Sohn. Die Polizisten halten sie fest. Eva Maria ruft ihren Sohn. Sie schreit, dass sie ihn liebt. Esteban wendet sich zu seiner Mutter um. Eva Maria weint. Sie schreit, dass sie ihn liebt. Er lächelt. Sanft. Traurig. Esteban ist schön. Ungeschickt. Er fährt sich mit dem Oberarm durch die Haare. Mit den Handgelenken in Handschellen kann er sich nicht mehr mit der Hand durch die Haare fahren, wie er es sich nach Stellas Tod angewöhnt hat.

Vittorio sitzt im Publikum. Er legt den Kopf in die Hände. Erleichtert. Zufrieden. Er zieht die graue Jacke um sich zusammen. Die Jacke, die er am Tag seiner Entlassung zu Hause an der Flurgarderobe gefunden hatte. Sie gehörte ihm nicht. Sicher einem der vielen Polizisten, Journalisten oder Fotografen, die in seiner Wohnung Quartier bezogen hatten, während er im Knast verfaulte. Diese Primatenbande. Er hatte sie angezogen. Sie passte genau. Pech für den Kerl, der sie vergessen hat. Verloren ist verloren, jetzt war es seine. Für den Bruchteil einer Sekunde schoss ihm der Gedanke durch den Kopf, die Jacke könnte Lisandras Mörder gehören, aber er zuckte sofort mit den Schultern. Wenn die Polizei diese Jacke am Ort des Verbrechens gefunden hätte, hätte man sie sicher nicht an der Garderobe hängen lassen. Er muss jetzt aufhören, überall das Böse zu sehen. Der Mörder seiner Frau ist soeben verurteilt worden. Sein Herz schnürt sich zusammen. Lisandra hat ihm immer seine Sachen gekauft, ohne sie hätte er jeden Tag das Gleiche getragen. Diese Jacke – ein Zeichen von Lisandra? Zeichen, Zeichen … Jetzt fängt er auch schon an, so zu denken wie sie. Er hatte nicht in die Jackentaschen geschaut. Seine Neugier galt immer schon den Menschen, nicht Gegenständen, noch weniger Kleidungsstücken. Und wenn er diese Neugier gehabt hätte oder einfach nur diese ganz normale Regung, die Hand in die Tasche zu stecken, was wäre dann passiert? Er hätte in der rechten Jackentasche eine Visitenkarte gefunden. »Lucas Juegos«. Was hätte er dann gedacht? Sicher nichts. Was kann man schon über die Visitenkarte eines

Spielzeugladens denken? Er hätte sie weggeworfen. Das tat er übrigens ein paar Tage später, ohne es zu merken, mit anderen Quittungen von Parkplätzen und Restaurants, die er inzwischen in die Jackentasche gesteckt hatte. Mehrere Personen umringen Vittorio. Natürlich seine Familie. Und Patienten. Darunter Alicia. Felipe. Freunde. Miguel, der extra wegen des Prozesses aus Paris zurückgekommen ist. Alle beglückwünschen ihn, sagen, wie erleichtert sie sind.

Pepe ist der Einzige, der in einer Ecke steht und sich nicht freut. Er sieht, wie Vittorio lächelt und das Gesicht kurz einer Frau hinten im Saal zuwendet. *Der Frau auf dem Foto.* Eva Maria sieht sie nicht. Sie hat nur Augen für Esteban. Eva Maria hätte sie sowieso nicht erkannt. Die Frau trägt eine Sonnenbrille. Pepe hasst diese Gegenstände, die das Klima zwischen die Menschen stellt. Vittorio nickt ihr sehr zart zu. Die Frau von dem Foto lächelt ihn an. Sie ist eine der Ersten, die den Saal verlassen. Diskret. Erleichtert. Sie weiß, dass sie Vittorio heute Abend treffen wird. Nur Pepe bemerkt diese Blicke. Ihr Lächeln. Vittorios Lächeln. Aber er wird ihn nicht verraten. Es ist nicht das Lächeln eines Mörders, der eben einen anderen an seiner Stelle hat einsperren lassen. Es ist das Lächeln eines erleichterten Unschuldigen. Das Lächeln eines Verliebten.

Alle verlassen den Gerichtssaal. Jeder durch seine Tür. Eine Tür für das Gericht und die Geschworenen. Eine Tür für das Publikum. Eine Tür für den Täter.

Ich stehe unsichtbar im Saal. Ich brülle. Aber niemand hört mich. Ich brülle. Wird also niemand je erfahren, was passiert ist? Dabei hatte Lisandra doch alles inszeniert, damit der Täter bestraft wird. Ich brülle. Ich bin die Tochter der Zeit, ich bin die Mutter der Gerechtigkeit und der Tugend. Ich frage mich, warum mir das Leben nicht immer die Macht verleiht, mich zu offenbaren. Ich brülle, weil ich mich erinnere. Ich bin die Wahrheit.

Lucas Juegos
Verkauf und Reparatur alter Spielsachen

Defensa 1092, San Telmo	Montag bis Freitag
Buenos Aires	9–12 Uhr / 15–19 Uhr
(011)361.7516	Samstag 9–13 Uhr

Lisandra steckt die Visitenkarte in die Tasche. Verlässt den Laden. Geht auf Pepe zu, der auf einer Bank sitzt. »Welche Hand?« – »Ich weiß nicht … die rechte.« Lisandra öffnet die rechte Hand und reicht ihm eine kleine Porzellankatze, dann öffnet sie die linke Hand, in der sie eine identische hat. »Ich habe zwei gleiche genommen, eine für dich und eine für mich.« Pepe bedankt sich verständnislos. »*Weil eine Porzellankatze bei der Liebe nicht miaut*«, Lisandra summt leise. »Manchmal schläft die Wahrheit in den Liedern.« Sie dankt Pepe, dass er auf sie gewartet hat. Sie dankt ihm, dass er so nett zu ihr war. Dass er ihr zugehört hat. Es hat ihr gutgetan, zu sprechen. Lisandra umarmt Pepe und küsst ihn. Sie löst sich aber sehr schnell, sie hat keine Lust, diesen Moment auszudehnen. Jetzt kann sie nach Hause, jetzt geht es ihr besser, er braucht sie nicht zu begleiten. Lisandra winkt Pepe. Sie entfernt sich. Ihr Herz schnürt sich zusammen. Sie dreht sich nicht um. Bloß nicht umdrehen, bloß nicht, er würde verstehen. Sie hat Pepe so gern. Wenn bloß alle Männer so gut wären wie er. Lisandra ist aufgeregt. Sie will zu Fuß nach Hause. Obwohl es weit ist. Sie will laufen. Sie steckt die Hand in die Jackentasche, sie fühlt die Visitenkarte zwischen ihren Fingern. Sie kann es nicht fassen. Sie hat es getan! Wie mit den anderen. Und es war nicht schwieriger. Tu so, als wäre er ein anderer, tu so, als wäre er ein anderer, er kann dich nicht erkennen. Und er hat angebissen. Sie hatte so gehofft, dass es klappt, sie kann es nicht fassen.

Sie hat sich also nicht getäuscht. Als sie in den Laden kam, hat sie ihn nicht sofort angesehen. Sie ist zunächst zwischen den Regalen herumgeschlendert. Mit dem weichen, betonten Schritt, den sie gut beherrscht. Sie hat sich vorgebeugt, um die unten liegenden Spiele besser zu sehen. Sie hat sich vorgebeugt, ohne sich hinzuhocken. Um den Hintern rauszustrecken. Um seine Phantasie anzuregen. Lucas schaut ihr zu. Das weiß sie. Verstohlen. Sie sagt sich ständig, dass Pepe draußen auf sie wartet. Dass ihr nichts passieren kann. Dann tut sie so, als wollte sie nach einem Spielzeug greifen, das für sie zu hoch liegt. Sie reckt sich auf die Zehenspitzen. Streckt den Arm nach dem unerreichbaren Spielzeug aus. Ihr Pullover schiebt sich hoch, sie spürt die Luft an ihrer Taille. Ein Stück nackte Haut. Eine kleine Verlockung. Lucas beobachtet sie. Sie weiß es. Sie ist auf dem richtigen Weg. Anscheinend findet er sie nicht mehr so hässlich wie früher. Er tritt näher.

»Kann ich Ihnen helfen? Wonach greifen Sie?«

Im Kopf antwortet sie: nach dir.

»Nach der kleinen Katze da oben.«

»Dem Plüschtier?«

»Ja, und auch der aus Porzellan, daneben. *Weil eine Porzellankatze bei der Liebe nicht miaut.*«

»Diese Katzen hier machen jedenfalls keinen Lärm.«

Lisandra tut so, als würde sie die beiden kleinen Spielsachen vergleichen. Sie sieht Lucas nicht an.

»Haben Sie eine Katze?«

»Nein.«

Lisandra wendet ihm ihr Gesicht zu. So ungerührt und neutral wie möglich, damit er alles hineinprojizieren kann, was er sich wünscht. Und auch, weil sie nicht lächeln kann.

»Ich bin sicher, dass Sie einen Hund haben.«

»Sind Sie eine Zauberin?«

»Ein bisschen.«

Lisandra wendet sich wieder zu den beiden Spielsachen. Sie nimmt ihren Vergleich wieder auf.

»Ich bin allergisch gegen Hunde.«

»Wie schade.«

»Sie haben recht. Wie schade.«

Lisandra reicht ihm die kleine Porzellankatze.

»Ich möchte zwei solche.«

»Sehr gern.«

Lisandra geht vor ihm her zur Kasse. Sie spürt seinen Blick hinter sich. Auf ihrem Körper. Sie schließt die Augen. Unterdrückt ein Schaudern. Beißt die Zähne zusammen. Spürt, wie er sie streift, um hinter die Kasse zu treten. Lisandra holt zwei Scheine heraus. Legt sie auf den Tresen. Er nimmt die Scheine mit der rechten Hand. Lässt die linke unter dem Tresen. Ein gutes Zeichen. Sie ist auf dem richtigen Weg. Sie sieht die Visitenkarte des Geschäfts.

»Darf ich?«

»Natürlich. Wohnen Sie in der Nähe?«

Na bitte, er erkundigt sich. Lisandra antwortet nicht. Sie nimmt die Visitenkarte. Tut erstaunt.

»Reparieren Sie auch Spielsachen?«

»Natürlich.«

»Auch Puppen?«

»Natürlich.«

»Ich habe eine kaputte Puppe zu Hause. Eine große Puppe.«

Lisandra betont den letzten Satz. Sie weiß, dass die Männer solche Andeutungen lieben.

Nichts ist aufreizender als Ziererei. Natürlich nur, wenn sie von einem aufreizenden Körper kommt.

»Würden Sie vielleicht vorbeikommen und sich ansehen, ob Sie sie reparieren könnten? Es ist ein Andenken aus meiner Kindheit. Sie liegt mir sehr am Herzen.«

»Selbstverständlich, ich mache gelegentlich Hausbesuche.«

»Wie ein Arzt?«

Zweite Ziererei, Lucas schmunzelt.

»Kann man so sagen.«

Lisandra geht aufs Ganze.

»Heute Abend?«

»Warum nicht?«

Fast gewonnen.

»Ach nein, nicht heute Abend ... ich bin dumm, heute Abend arbeite ich. Ich bin nicht vor halb zehn zu Hause, das ist für Sie sicher zu spät, wie schade. Es hätte gut gepasst.«

Lisandra legt sehr viele Andeutungen in ihren Satz. Lucas versteht.

»Halb zehn, doch, da kann ich vorbeikommen ...«

Gewonnen.

»Ich werde die Gelegenheit nutzen und zuvor Inventur machen, das schiebe ich schon lange vor mir her.«

»Gut. Sind Sie sicher, dass es Ihnen passt?«

»Ganz sicher.«

Lisandra sagt ihm ihre Adresse. Ein Mal. Sie ist sicher, dass sie sie nicht wiederholen muss. Die Konzentration eines Mannes ist phänomenal, wenn er einen schnellen Fick wittert. Lisandra weiß, dass sie ihn ihre Haut berühren lassen sollte. Aber sie kann nicht. Das ist zu hart. Sie reicht ihm nicht die Hand, sondern wartet, dass er das Wechselgeld auf den Tresen legt.

»Soll ich die Katzen als Geschenk einpacken?«

»Nein, sie sind für mich, für meine Sammlung.«

»Sie haben eine Sammlung?«

»Ja.«

Außerdem würdest du beim Einpacken beide Hände brauchen, lass bloß deinen Ehering gut versteckt, du weißt sehr wohl, was heute Abend passieren wird, auf der Treppe bei mir wirst du ihn abnehmen, ich weiß nicht, ob du das schon mal gemacht hast, aber heute Abend wirst du es tun, wie alle anderen. Lisandra nimmt die beiden kleinen Katzen vom Tresen. Sie blickt Lucas gerade in die Augen.

»Also bis heute Abend, es wäre wunderbar, wenn Sie sie reparieren könnten.«

Lucas senkt als Erster den Blick. Das ist das erste Mal. Lisandra hätte nie geglaubt, dass sie Lucas gerade in die Augen sehen kann, sie hatte zu große Angst, dass er sie erkennt, aber ihm steht der Sinn nicht mehr nach Analyse, ihm steht der Sinn nur noch nach Phantasie. Er sieht sie nicht mal mehr so, wie sie vor ihm steht, er stellt sie sich schon nackt vor, stöhnend unter seinem Betatschen, mit reingeschobenem Schwanz. Lisandra muss raus. Das ist zu hart. Lisandra steckt die Visitenkarte ein. Lisandra geht. Geht. Sie hat es getan. Sie hat es getan, weil ihr nichts anderes mehr übrigbleibt. Jetzt weiß sie es, sie ist ganz sicher. Sie hat keine Angst. Sie kann bis zum Ende gehen. Ihr bleibt keine Wahl. Alles ist gesagt. Sie hat alles in Betracht gezogen. Hat alles versucht. Hat alles durchdacht. Alle Möglichkeiten erwogen. Wenn man alles durchdacht hat, wiederholt man die Gedanken immer wieder, aber ewige Wiederholung ist eine Art Tod. Wiederholung ist Lebensüberdruss. Und Vittorio ist ihrer Liebesgeschichte überdrüssig. Lucas wird zahlen. Er ist an allem schuld. Sie hat lange gebraucht, um das zu begreifen. Sie musste zuerst das Ausmaß des Schadens erfassen. Und nur das Leben, das vergeht, lässt einen das Ausmaß des Schadens erfassen. Sie musste erst größer werden.

Sie musste erst älter werden. Das Schema musste sich wiederholen. Und dann musste sie bereit sein, der Wahrheit ins Auge zu sehen. Sie ist selbst ihre ärgste Feindin gewesen. Gewiss. Aber weil man sie gelehrt hatte, sich selbst zur Feindin zu werden. Weil Lucas sie gelehrt hatte, es zu sein. Zuerst hat sie gedacht, das sei nicht schlimm. Sie würde damit leben können. Das sei Vergangenheit, sie würde einen Schlussstrich ziehen. Vergangenheit vergisst man. Aber sie konnte keinen Schlussstrich ziehen, da sie selbst Teil dieser Vergangenheit war. Sie hat die Vergangenheit nicht vergessen können. Dann wollte sie alles wissen. Für ihr Gleichgewicht, für ihren Seelenfrieden konnte sie nicht weiter so leben. Es musste sein. Für Vittorio. Um zu verstehen. Nein, eigentlich nicht, nicht um zu verstehen, denn es gab nichts zu verstehen. Solche Sachen kann man nicht verstehen. Sie wollte nur wissen. Wie alles begonnen hatte. Wie lange es gedauert hatte. Von dem Moment an, wo man weiß, richtet man sich ein. Sich an alles zu erinnern würde ihr endlich helfen, alles zu vergessen. Sie hatte die Vergangenheit heraufbeschworen. Mit aller Macht herbeigerufen. Sie hatte sich nur darauf konzentriert. Hatte so viele Träume analysiert. Hatte alles versucht. Hypnose. *Écriture automatique.* Sogar zum Tanzen war sie von diesem Wunsch angeregt worden. Erinnerung an die Vergangenheit. Aber die Erinnerung ist unbeständig. Undurchdringlich. Assoziationen. Halbschlaf. Nichts kam wieder. Es gehört zum geheimnisvollen Wesen der Erinnerung, dass sie sich schenken oder verweigern kann. Erinnerungen sind frei. Sie halten uns zum Besten. Sie schwächen sich ab, lösen sich auf, ziehen sich zurück, meiden oder erdrücken uns. Hat das Leben sie einmal geschaffen, beherrschen sie es. Sie sind die kleinen Soldaten der Zeit, die uns in den Wahnsinn treiben. Ohne Erinnerungen wären wir freie Menschen. Das Gedächtnis ist der böse Geist der Zeit. Erinnerungen sind ihre finsteren Mächte. Keine Erinnerung schenkt einem echte Freude und Ausgeglichenheit. Ob Nostalgie oder Schuldgefühle, Erinnerungen sind wie unzählige kleine disharmonische Glöckchen, die in uns läuten. Je mehr das Leben vorübergeht, desto stärker wird der Missklang in der kleinen Musik der Erinnerungen. Man glaubt, man selbst zu sein, aber man besteht nur aus seinen Erinnerungen. Lisandra hat gegen den Gedächtnisverlust angekämpft. Gegen den elektrischen Strom im Gehirn, der schwarze Laken über Erinnerungen ausbreitet, die nur das sanfte, weiße Licht der Kindheit ausstrahlen sollten. Der Gedächtnisverlust hatte ihr Gehirn verschlüsselt, hatte es gedrillt. Lisandra musste sich den Tatsachen beugen. Vier Gemälde. Vier Momente. Vier Bilder, die sich bewegen, seit dem Tag, an dem sie sich erinnert hat. Ihre Erinnerungen beginnen immer im selben Moment und enden immer im selben Moment. Niemals ein Detail mehr. Vielleicht erinnert man sich nur an das, was man ertragen kann? Seither ist Lisandra in ihrem Jetztsein eingesperrt, unersättliche Wächterin, geisteskranke Wächterin, Späherin mit den Augen, ihrem Körper, ihrer Seele. Von welcher Seite kann das Unrecht sie noch angreifen? Andere hätten sicher anders reagiert. Sie hatte sich schließlich auf das grausame Feld der Eifersucht zurückgezogen. Andere wären in den Zorn geflüchtet. Wieder andere in hyperaktive, gespielte Freude, in ermüdende, weil obligatorische Freude. Oder in Wohltätigkeit, Altruismus um jeden Preis, um sich selbst zu vergessen. Warum Eifersucht? Da rührt man an die Rätsel der Dramen und der Individuen. An die Persönlichkeit. Lucas hatte sie gelehrt zu sein. Vier Gemälde. Vier Momente. Vier Bilder, die sich bewegen, seit dem Tag, an dem sie sich erinnert hat. Ihre Erinnerungen beginnen immer im selben Moment und enden immer im selben Moment. Niemals ein Detail mehr. Aber sie wollte sich an alles erinnern, an alle Male, die es gegeben hatte. Wie alles angefangen hatte. Wie lange es gedauert hatte. Dann hatte sie gehofft, dass er ihr alles erzählen könnte, woran sie sich nicht mehr erinnerte. Hatte gehofft, sie könnten ihre Erinnerungen in einen Topf schmeißen, um die Geschichte zu rekonstruieren. Diese Seelengröße war Lucas ihr schuldig. Sie hatte lange gebraucht, bis sie sich entschloss, und als der Entschluss feststand, war es nicht schwer, ihn wiederzufinden. Sein Vorname war ihr immer gegenwärtig. Sein Nachname war ihr immer gegenwärtig. Sie gingen ihr oft durch den Kopf. Ihn wiederfinden. Es musste sein. Für ihr Gleichgewicht, für ihren Verstand, sie konnte so nicht weiterleben. Vittorio würde vielleicht nicht zu ihr zurückkehren. Aber wenn es ihr besserginge, würde sie sich damit abfinden, dass er sie verließ. Sie hatte gedacht, wenn sie Lucas wiedersehen würde, käme vielleicht alles zurück. Sie würde ihn von weitem sehen, und bang bang, alles würde ihr wieder einfallen, was zwar nicht sehr angenehm wäre, aber alles würde ihr wieder einfallen. Dann würde sie ihr kleines Bündel mit vollständigen Erinnerungen nehmen und sich wieder hinaus ins Leben wagen, zu etwas anderem übergehen, schlimmstenfalls den Schlammhaufen, in dem sie sich festgefahren hatte, gegen einen anderen eintauschen. Sie würde stärker werden. Stabiler. Sie ertrug es nicht mehr, sich so zerbrechlich zu fühlen. Wenn sie sich an alles erinnerte, würde sie endlich alles vergessen können. Sie hatte also die Anschrift gefunden. Monatelang hatte sie in dieser neuen Lage verharrt. Sie hatte seinen Vornamen. Sie hatte seinen Nachnamen. Sie hatte seine Anschrift. Vittorio vernachlässigte sie. Dann hatte sie sich aufgerafft. Und war bei Lucas vorbeigegangen. So, wie man überall vorbeigeht, wenn man unterwegs ist. Sie hatte ihr Tempo nicht verlangsamt, als wenn dieser Ort gar nichts mit ihr zu tun hätte. Bloß nicht. Sie war schneller geworden. Auch nicht gut. Man kann nicht perfekt sein. Sie wäre so gerne perfekt gewesen. Dann wäre Vittorio bei ihr geblieben. Hätte sich nicht woanders umgesehen. Aber das hätte nichts geändert. Lisandra weiß es. Die Zeit zerbricht die Perfektion. Perfekt für ein paar Tage. Ein paar Wochen. Bestenfalls ein paar Monate. Den Rest der Tage nicht perfekt. Weil die Liebe ein bewegtes Prinzip ist. Irgendwann hat man den anderen genug gesehen. Das Prinzip der Unzufriedenheit. Unzufriedenheit mit sich selbst, die einen zum anderen führt. Dann die Unzufriedenheit mit dem anderen, die einen zum Zweiten führt. Und zum Dritten. Das alles, um nicht zu sehen, dass nicht man selbst oder die anderen unbefriedigend sind, sondern das Leben. Weil es zum Tode führt. Das war ein Tag. An einem anderen Tag war sie wieder bei Lucas vorbeigegangen. So, wie man überall vorbeigeht, wenn man unterwegs ist. Aber sie war langsamer gegangen. Das war ein Tag. An einem anderen Tag war sie stehen geblieben. Als hätte dieser Ort etwas mit ihr zu tun. Sie hatte sich vor sein Haus postiert. Und sie hatte gesehen, wie er herauskam. Lucas hatte sich verändert, aber sie erkannte ihn. Würde er sie erkennen? Er hatte sich wenig verändert, sie mächtig, das macht der Altersunterschied. Er war da, vor ihren Augen, aber nichts kam wieder. Das war das Schlimmste, was sie sich vorgestellt hatte. Sie begriff, dass sie ihn nicht ansprechen würde. Sie konnte nicht auf ihn zugehen und ihn fragen. Seine eigenen Erinnerungen waren auch mangelhaft. Wegen der abgelaufene Zeit. Und vor allem wegen der Schande. Wegen des Schuldgefühls.

Lucas würde ihr nicht nur nichts sagen, er würde es leugnen. Niemals würde er es zugeben. Er würde tun, als halte er sie für verrückt. Und wenn er mutig genug war und sie ihm bedrohlich genug erschien, würde Lucas sie töten. Sie ließ mehrere Wochen vergehen. Aber je mehr ihre Beziehung zu Vittorio litt, desto mehr wuchs ihr Mut, »ihre kleine Ermittlung« voranzutreiben. So nannte sie es. An einem anderen Tag hatte sie nicht nur gesehen, wie Lucas herauskam, sondern war ihm gefolgt. Bis zu seiner Arbeit. Hundert Möglichkeiten hatte sie sich ausgemalt. Was für einen Beruf hatte er sich wohl ausgesucht? Sie hatte keinen Beruf. Außer zu lieben. Außer eifersüchtig zu sein. Er steigt in den Bus. Sie steigt in den Bus. Sie steht so weit entfernt wie möglich. Er steigt aus. Sie steigt aus. Er geht. Sie geht. Er bleibt stehen, holt ein Schlüsselbund aus der Tasche und schließt einen grüngestrichenen kleinen Laden auf. Lisandra sieht nach oben. Sie starrt auf das Schild. »Lucas Juegos«. Der Schock lässt sie wie angewurzelt stehen bleiben. Der grüne Eisenrollladen wird hochgezogen. Kinderspielzeug füllt das Schaufenster. Übelkeit steigt in ihr auf. Dann, von ihm gepackt, von ihm beherrscht, ohne dass er es wusste, hat sie angefangen, ihm zu folgen. Wie einem Objekt der Begierde, das er nicht war. Tag für Tag. Die Faszination des Bösen. Die Faszination der Vergangenheit. Sie folgte ihm von weitem durch sein Leben. In die Bar, wo er mittags aß. Sie setzte sich hinter ihn und starrte auf seinen Rücken. Auf seine Bewegungen. Seinen Körper. Seine Haare. Mit einem Messer fing es an. Sie stahl die Gegenstände, die er berührt hatte. Eine Serviette. Eine Gabel. Eine Zeitung, die er in den Papierkorb warf. Leere Zigarettenschachteln. Sie verstaute alle Gegenstände zu Hause. In einem kleinen Koffer. Ab und zu öffnete sie ihn und betrachtete jeden einzeln. Ohne Gedanken. Das war ein Tag. An einem anderen Tag hatte sie gesehen, wie er vor der Tür seine Frau umarmte. Lucas hatte also eine Frau, das hätte sie sich denken können. Was sie sich nie hätte vorstellen können, war die kleine Hand, der kleine Arm, der in der Tür auftauchte, im letzten Moment, und der kleine Körper, der rannte, rannte, zu ihm rannte, um ihm einen letzten Kuss zu geben. Einen Kuss für einen guten Tag. Lucas hatte gelächelt. Also hatte Lucas ein Kind. Ein kleines Mädchen. Sie nicht. Lisandra hat sich nie vorstellen können, ein Kind zu haben. Kinder machen ihr Angst. Sie sind wie kleines Ungeziefer, oft hübsch, aber immer noch Ungeziefer. Sie kann nicht mit einem Kind alleine sein, dann bekommt sie Angst vor sich selbst. Als ob es nicht genügte, es selbst erlitten zu haben, man muss auch mit dem Gedanken leben, dass man eines Tages einen anderen dasselbe erleiden lassen wird, das sagen doch alle, oder? Lisandra hätte ihn so gerne gehabt, diesen Kinderwunsch, vielleicht wäre dann mit Vittorio alles anders. Ein Kind verhindert nicht das Ende der Liebe, aber vielleicht wäre ihr das Ende der Liebe egal. Lucas lächelt. An diesem Tag, wegen dieses Lächelns und wegen dieses kleinen Mädchens, weiß Lisandra, dass sie sich rächen wird. Ihr Wunsch, die Vergangenheit zu ergründen, hat sich in Hass auf die Vergangenheit verwandelt. Als sie verstanden hat, dass er glücklich ist und sie nicht, dass er alles erreicht hat, was man im Leben erreichen kann, und sie nicht. Lucas wird bezahlen. Er ist an allem schuld. Lisandra wusste nicht, worauf sie wartete. Sie wartete. Auf irgendwas. Sie hatte keine genaue Vorstellung. Sie wusste, dass ihr das Leben irgendwann eine Gelegenheit bieten würde. Eine Situation, aus der die Idee entstehen würde. Das ist immer so. Sie wartete. Sie hatte es nicht eilig. Bei solchen Dingen muss man sich nicht beeilen. Und Vittorio schlief noch mit ihr. Es war nicht mehr so gut wie früher. Nicht mehr so oft. Aber immerhin. Dann war es so weit. An einem Morgen war Lucas mit einer Tasche in der Hand aus dem Haus gekommen. Er war mit dem Bus gefahren. War an der gewohnten Haltestelle ausgestiegen. War an seinem grünen Laden vorbeigegangen, ohne ihn aufzuschließen. War weitergelaufen. Und in eine Reinigung gegangen. Da war die Idee. Lisandra wusste, was sie tun würde, ohne je daran gedacht zu haben. Was sie tun musste. Sie geht auch in die Reinigung. Sofort. Hinter ihm, ohne zu warten. Sie sieht seinen Rücken vor sich. Daran ist sie gewöhnt. Aber sie hat nie so nah neben ihm gestanden, niemals seit damals, vor all den Jahren. Lucas macht die Tasche auf und legt eine graue Jacke auf den Ladentisch. Sie hört seine Stimme. Zum ersten Mal hört sie seine Stimme. Sie erkennt sie nicht wieder. Kein Wunder, damals hatte er diese Stimme noch nicht. Er nimmt den Abholschein. »Auf Wiedersehen.« Lisandra wendet den Kopf ab. Sie hört, wie sich die Tür öffnet. Hört, wie er hinausgeht. Schnell, jetzt ist sie dran, schnell die Jacke sicherstellen, bevor sie weggeräumt wird. Denken wird sie später. Analysieren wird sie später. Jetzt ist keine Zeit. Sie wendet sich an den Ladenbesitzer hinter der Kasse. »Guten Tag, es ist mir sehr unangenehm, mein Mann hat vor ein paar Tagen einen Rock hier abgegeben und den Schein verloren.« Lisandra starrt auf die graue Jacke, da, genau vor ihr, wenige Zentimeter entfernt, in greifbarer Nähe. »Ein roter Rock. Ein Wollrock.« – »Sagten Sie, rot? Ich werde nachsehen. Lang?« – »Nein, kurz.« *Nimm nicht die Jacke. Nimm nicht die Jacke.* Der Mann, der sich voll dieser neuen Aufgabe widmet, lässt die graue Jacke neben der Kasse liegen und verschwindet in dem Gang mit Kleidungsstücken unter Plastikhüllen. Lisandra schnappt sich die Jacke auf dem Ladentisch, dreht sich um und verlässt die Reinigung. Sie rennt. Sie rennt die Straße entlang. So schnell sie kann. Die graue Jacke in der Hand. Sie rennt. Jetzt weiß sie, was sie tun wird. Jetzt hat sie alles, was sie braucht. Sie weiß es. Sie weiß es, ohne es je geplant, beschlossen, vorbereitet zu haben. Jetzt muss sie nur auf den geeigneten Moment warten. Das Leben wird ihr den geeigneten Moment bescheren. So geht das immer. Sie wird Lucas vor dem Tag X nicht mehr sehen. Sie hofft, dass es keinen Tag X geben wird. Sie hofft, dass Vittorio zu ihr zurückkommt. Vittorio ist nicht zu ihr zurückgekommen. Heute ist der Tag X. Sie weiß, dass Vittorio nicht zu ihr zurückkommen wird. Wozu also weitermachen? Ohne ihn kann sie nicht weitermachen. Sie muss nur noch die Rechnung begleichen. Vittorio geht immer öfter abends aus, Vittorio wird sie bald verlassen wollen, sie will kein Gefängnis für ihn sein. Das Gespräch mit Pepe hat ihr die Augen geöffnet. Pepe hat recht. Sie muss eine Lösung finden. Und sie hat die Lösung. Schon lange. Jetzt muss sie sie verwirklichen. Lisandra kommt endlich zu Hause an. Als sie die Wohnungstür aufschließt, spürt sie, wie sie schwankt. Ein bisschen. Nicht sehr. Also heute Abend? Sie geht duschen. Normalerweise entspannt sie sich unter dem fließenden Wasser. Jetzt nicht. Kein Wunder. Sie ist ein Mensch. Sie zieht ein neues Kleid an. Hohe Absätze. Das hat sie schon immer gewusst. Lisandra denkt immer wieder daran. Eine Chance. Eine letzte Chance. Sich schönmachen. Sehr schön. Er muss mich sehen. Er muss. Vittorio ist der Einzige, der sie noch zurückhalten kann. Er ist ihre letzte Chance. Er muss sich erinnern, wie sehr wir uns geliebt haben. Er muss bleiben. Er kann uns nicht gänzlich vergessen haben. Was wir waren. Wie schön es war. Vittorio sieht sie kaum an. Er ist woanders. Lisandra kann sich nicht beherrschen, die Macht der Gewohnheit. »Du hast nicht mal mein neues Kleid bemerkt.« Die Fortsetzung, das Ordinäre behält sie für sich, *geh doch zu deiner Geliebten, du glaubst wohl, ich habe es nicht begriffen.* Sie muss nur überprüfen, ob er sie heute Abend belügen wird wie jeden Abend.

»Wohin gehst du?«

»Ins Kino.«

»Schon wieder?«

»Dass du nicht mehr ins Kino willst, ist für mich kein Grund, auch nicht mehr hinzugehen.«

Lisandra kann sich nicht beherrschen. Die Macht der Gewohnheit.

»Früher bist du seltener gegangen.«

»Kann sein. Das ändert sich mit der Zeit. Ich komme auf andere Gedanken. Ich brauche das.«

»Klar, du brauchst das …«

Lisandra fängt sich sofort. Sie will nicht, dass es in den gewohnten Streit ausartet. Heute Abend nicht. Heute Abend steht etwas anderes auf dem Spiel. Sie wiederholt die Frage. Um ihn zu schützen. Um ganz sicher zu sein, dass er keinen Ärger bekommen wird.

»Bist du sicher?«

Aber Vittorio stellt sich stur, und dieser Streit endet wie alle anderen in den letzten Wochen.

»Du erstickst mich, Lisandra, ich kann nicht mehr! Ich sage dir doch, dass ich ins Kino gehe, komm einfach mit, wenn du mir nicht glaubst.«

Sie weiß, dass er sie anlügt. Vittorio weiß genau, dass sie nicht mitgehen wird. Wenn man die Hoffnung verloren hat, bleibt nur noch der Stolz. Er hätte es verdient, dass ihm alles auf die Füße fällt. Plötzlich fällt ihr ein, dass Vittorio Ärger bekommen könnte, wenn sie die graue Jacke nicht hinlegt. Aber sie wird die graue Jacke hinlegen. Es geht ihr nicht darum, einen untreuen Ehemann zu bestrafen. Lisandra schafft es sogar, ihn bis zur Tür zu begleiten. Lisandra bringt sogar ein Lächeln zustande.

»Schönen Abend.«

Lisandra schließt die Tür hinter ihm zu. Ihr Wille gerät erneut ins Wanken. Nur ein bisschen. Nicht sehr. Sie geht zum Radio. Stellt die Musik lauter. Singt mit. »*Alte Straße in meinem Viertel, wo ich die ersten Schritte tat, ich komme zurück, die Karten abgegriffen vom vielen Mischen, eine Wunde in der Brust und mein Traum in tausend Stücke zerbrochen von einer Umarmung, die mir die Augen öffnen sollte.*«* Sie darf nicht zu viel nachdenken. Auch wenn sie tapfer ist, darf sie nicht zu viel nachdenken. Sie sieht zur Wanduhr. Er wird kommen. Lisandra kann es kaum glauben. Lucas wird in einer knappen Stunde kommen. Er wird klingeln. Bei ihr. Sie geht ins Schlafzimmer. Öffnet die Schublade ihrer Kommode. Nimmt die Jacke heraus. Brei-

* Aus dem Tango *Las cuarenta* von Francisco Gorrindo und Roberto Grela, 1937.

tet sie aus. Eine Männerjacke. Die graue Jacke aus der Reinigung. Sie hält sie vor ihre Brust. Betrachtet sich im Spiegel. Er hat recht, sie ist nicht schön. Sie holt die Visitenkarte aus ihrer Handtasche. »Lucas Juegos«. Das widert sie an. Sie steckt die Karte in die rechte Tasche der grauen Jacke. Lucas ist Rechtshänder, das weiß sie. Von den Erinnerungen. Von den Bildern. Einmal Rechtshänder, immer Rechtshänder. Und wenn er nicht kommt? Sie legt die Jacke auf die Sessellehne. Er wird sie nicht sehen. Aber die Polizisten werden sie finden. Sie lacht wie ein Kind, das einen Streich ausheckt. Eine Überraschung. Sie lacht. Ein wenig auch aus Angst. Pepe ist nicht mehr da, um sie zu beschützen. Sie vergewissert sich, dass der Riegel vorgeschoben ist. Lucas kann nicht unbemerkt reinkommen. Er wird klingeln. Lisandra geht wieder ins Wohnzimmer. Holt eine Weißweinflasche. Ein Glas. Zwei Gläser. Sie schenkt sich ein Glas ein. Leert es in einem Zug. Nicht zu viel trinken. Sie wirft das Glas auf den Boden. Das andere hinterher. Sie tanzt, tanzt, tanzt. Wie wird Lucas wohl reagieren, wenn er begreift? Sie dreht sich um den Sessel. Dreht sich um die Lampe. Dreht sich um die Vase, und da gerät ihr Wille ins Wanken. Nein, nicht ihr Wille. Ihr Herz. Lisandra denkt an Vittorio. An die vielen schönen Blumen, die einmal in dieser Vase waren. Blumen der Liebe. Sie nimmt sie in die Arme. Will sie füllen. Füllen. Füllen. Sie drückt die Vase an sich. Geht ins Bad. Stellt die Vase in die Badewanne, kniet sich davor und lässt Wasser hineinlaufen. Blickt auf die Kleidungsstücke auf dem Boden. Neben der Wanne ihre Sachen. Neben der Dusche Vittorios. Früher waren ihre Sachen auf ein und demselben Haufen, und da fängt sie an zu weinen. Ihre Tränen vermischen sich mit dem Wasser in der Vase. Vielleicht ist die Vase voller Tränen? Die Knie tun ihr weh. Aber sie spürt es nicht. Sie steht auf. Geht zurück ins Wohnzimmer. Stellt die schwere Vase auf den kleinen Tisch. Dreht die Musik noch lauter. Sieht zur Wanduhr. Sieht auf die Vase. Unterdrückt ein Schluchzen. Führt beide Hände an den Mund. Beißt hinein. Da. Da, wo man gut zubeißen kann, zwischen Daumen und Zeigefinger. Diese Vase wird nie die Blumen einer anderen aufnehmen. Sie stößt die Vase mit gestreckten Armen um. Die Bissstelle an ihrer Hand ist blau angelaufen. Aber sie spürt es nicht. Die Vase zerspringt. Das Wasser ergießt sich auf den Boden. Sind es Tränen auf dem Boden? Sie dreht sich um, stößt die Lampe runter, wirft einen Sessel um. Dann den anderen, den mit der Jacke. Sie überzeugt sich, dass man sie nicht gleich sieht, wichtig ist nur, dass die Polizisten sie sehen, wenn sie den Sessel aufheben. Sie kann es sich nicht verkneifen, nachzuprüfen, ob die Visitenkarte immer noch in der Tasche steckt. Wenn die Polizisten darauf stoßen, werden sie direkt zum Laden gehen und Lucas verhaften, der sich nicht verteidigen kann. Es sei denn, er sagt die ganze Wahrheit und bekennt sein wahres Verbrechen. Lisandra tanzt, sie tanzt. Und sie wartet. Wenn sie wüsste. Als Kommissar Pérez einige Stunden später den Sessel hochhebt, zuckt er mit den Schultern. »Die Jacke muss dem Ehemann des Opfers gehören. Welcher Mörder würde seine Jacke am Tatort vergessen? Obendrein mitten im Winter?« Kommissar Pérez wird die Jacke an die Flurgarderobe hängen, sich aber die Größe merken: 52. Und weil es zu seinem Beruf gehört, nichts dem Zufall zu überlassen, wird er Vittorio nach seiner Jackengröße fragen. »52.« Das hat er sich gedacht, er hat wieder mal recht: Die Jacke gehört Doktor Puig. Lisandra wartet, und sie tanzt, tanzt. Wo bleibt er? Sie geht zum Fenster, um es aufzumachen. Fast hätte sie vergessen, es aufzumachen. Wie dumm. Sie spürt, wie die Kälte sie packt. Sofort. Manchmal sieht sie sich beim Tanzen zu. Jetzt geht das nicht. Es klingelt. Es ist so weit, er ist da. Sie sieht sich um. Alles ist vorbereitet. Sie geht zur Tür. Sieht durch den Spion. Lucas ist da. Sie betrachtet sein Gesicht, er sieht nicht, dass sie ihn betrachtet. »Eine Minute. Ich komme.« Sie öffnet den Riegel. Jetzt ist Schluss, die Angst ist vorbei.

»Kommen Sie rein, ich werde Ihnen meine kaputte Puppe zeigen. Sie heißt Lisandra.«

Lisandra geht ins Wohnzimmer. Sie hört, wie er hinter ihr für sich den Namen »Lisandra« wiederholt. Sie geht schnell, einfach geradeaus. Die Glassplitter knirschen unter ihren Füßen, aber sie spürt es nicht. Sie lehnt sich ans Fenster. Sieht zu Lucas. Lächelt ihn an. In dem Augenblick erkennt er sie. Sie weiß es. Sie sieht es. Ganz schnell stößt sie sich mit dem Fuß ab. Sie springt nicht. Nein, sie springt nicht. Bloß nicht springen. Nur ein ganz kleiner Schwung mit dem Fuß, als hätte man sie gestoßen. Als hätte Lucas sie gestoßen. Sie spürt, wie ihr Körper fällt. Sie hätte es ohne ihn machen können, aber dann hätte er vielleicht ein Alibi gehabt. Er durfte kein Alibi haben. Lucas muss zahlen. Lisandras Denken explodiert. Die Bilder rasen vorbei. Wie es das Leben verlangt, wenn es einen verlässt.

FÜNFTE ETAGE

Lucas ist der Sohn von meinem Kindermädchen Nati. Nati ist lieb, aber sie ist die Mama von Lucas. Papa bringt mich jeden Morgen vor der Arbeit zu ihr, und Mama holt mich jeden Abend nach der Arbeit ab – wenn man arbeitet, muss man seine Kinder hüten lassen, und man muss arbeiten, um die Kinder am Leben zu halten. Das Haus liegt an der Straße, ich gehe durch ein hohes Eisentor, durch den Patio, ich springe von weißen Steinen auf weiße Steine, um den Krokodilen zu entgehen, die auf den gelben Steinen lauern. An der Eingangstür steht Negrito, der mich mit freundlichem Gebell empfängt, rechts ist die Küche, links das Wohnzimmer zum Fernsehen und gegenüber ein Flur, der sich ewig hinzieht, mit der Tür zum Keller, dahinter die Treppe, die wie ein Komma ist. Eigentlich ist das Haus ganz ähnlich wie mein Haus, wie viele Häuser, das ist mein Pech, ich werde es überall ein bisschen wiederfinden. Ich war da am Montag Dienstag Mittwoch Donnerstag Freitag von vier Monaten bis fast fünf Jahren, ich will morgens nicht meine Zähne putzen wie viele Kinder, es stimmt, ich habe morgens keinen Hunger wie viele Kinder, es stimmt, abends auch nicht, mir ist morgens im Auto übel wie vielen Kinder, es stimmt, man kann es nicht erraten, aber ich habe mir so gewünscht, dass jemand es errät, weil das, was ich da erlebt habe, auch stimmt. Ich sitz auf dem Teppich, den Rücken an die Couch gelehnt, und sehe fern, und Nati sagt: »Ich geh einkaufen, du passt auf sie auf, es dauert nicht lange.« Lucas' Körper auf der anderen Couch antwortet: »Ja.« Als die Haustür zugeht, steht er auf und sagt zu mir: »Komm mit.« Ich stehe auf, ich kenne den Weg gut, ich mache die Tür im Flur auf und gehe die Treppe runter, die wie ein Komma ist, mein Kopf dreht sich, wie wenn ich zu viel geschaukelt bin, ich bleibe auf jeder Stufe stehen, aber Lucas schiebt mich von hinten, damit ich weitergehe, unten ist ein Raum mit einer Waschmaschine und einem Bügeltisch und einem Bett, ich setze mich auf das Bett, Lucas zieht mir alle Sachen aus, ich kann mich noch nicht alleine ausziehen, dann zieht er seine Hose aus, er steht, er ist groß, und er zwingt mich, ich sehe zur Tür, weil ich will, dass jemand kommt, Negrito kommt, aber er kann nichts machen, ich hör das Geräusch der Waschmaschine

VIERTE ETAGE

»Hör auf, mir überall hinterherzurennen!«
»Wann kommt Mama? Wann kommt Mama?«
»Später.«
»Wann kommt Mama?«
»Hör auf zu fragen.«
»Wann kommt Mama?«
»Niemals.«
Ich fange an zu weinen vor Angst, ich hab solche Angst.
»Nein, das war nur Spaß. Deine Mama kommt bald«, und Nati nimmt mich auf den Schoß.
»Du gehst nicht einkaufen, nein, du gehst nicht einkaufen?«
»Nein, ich brauche heute nicht einzukaufen.«
»Lisandra hat heute ständig nach Ihnen gefragt.«
Mama: »Stimmt das?«
Ich: »Ja.«

Mama: »Das sollst du nicht, mein Schatz, du weißt doch, dass ich dich nicht vergesse.«
Ich senke den Kopf, ich möchte ein Junge sein, denn wenn ich ein Junge wär, würde Lucas das nicht mit mir machen, ich bin unter dem Esszimmertisch, mein Kuscheltier ist immer bei mir, Lucas zieht mich unter dem Tisch vor, er weiß genau, dass ich nicht Verstecken spiele, er tut aber so, er will so tun, als ob er mit mir spielt, aber ich will nicht, diesmal ist Nati da, sie wäscht ab, sie ist nicht einkaufen gegangen, ich fühle mich stark und beschützt, da beiß ich ihn, er zieht seine Hand zurück, ich bin ganz froh, habe aber auch ein bisschen Angst. »Komm her!« Nati ruft mich. »Warum hast du das gemacht? Sag Entschuldigung.« Ich sage nicht Entschuldigung. »Du willst nicht Entschuldigung sagen? Soll ich dir zeigen, wie das ist? Soll ich es dir zeigen?« Und Nati beißt mich kräftig in die Hand, da, wo man gut rankommt, zwischen Daumen und Zeigefinger, sie sagt zu mir: »Da siehst du, dass es wehtut, sag Entschuldigung.« Ich sage nicht Entschuldigung. »Du bist ein sehr böses kleines Mädchen, das werde ich heute Abend deiner Mama erzählen.« Und sie spricht den ganzen Tag nicht mehr mit mir. »Ich spreche nicht

DRITTE ETAGE

mit bösen Mädchen«, sagt sie zu mir, und abends im Auto gibt mir Mama einen Kuss auf die Bissstelle, das tut gut, ich glaube, dass sie versteht, aber sie sagt, dass man andere nicht beißen darf, nur böse kleine Mädchen beißen, also sind alle mit ihm einverstanden, ich bin böse, also wird er mir weiter wehtun, wenn er seinen Schniepel zwischen meine Pobacken steckt, neben dem Bett ist die Waschmaschine, und in der Waschmaschine bin ich, um keine Angst zu haben, ich höre dem Drehgeräusch zu, und das beruhigt mich, weil ich weiß, dass eine Waschmaschine aufhört, und das heißt, er wird auch aufhören. Meine Nase klebt an der Scheibe, ich starre auf das Haus gegenüber, wo ich auf Mama warten könnte, das wäre das Gleiche, aber nicht das Gleiche, es wäre besser. Lucas geht hinter mir vorbei, und er zieht mich ganz doll an den Haaren, einfach so, ohne richtigen Grund, ganz doll im Vorbeigehen, und ich sage nichts, ich kann nichts mehr sagen, dabei ist Nati da, ich könnte zu ihr petzen gehen wie alle kleinen Mädchen, »Lucas hat mich an den Haaren gezogen«, aber ich kann nichts mehr petzen, kleine und große Boshaftigkeiten bleiben mir in der Kehle stecken, ich kann nichts mehr petzen, ich bin kein kleines Mädchen mehr, ich bin eine hässliche Lügnerin, die es verdient und deren Eltern bald sterben werden, die Haustür knallt, die Schlüssel drehen sich im Schloss, Nati geht einkaufen, Lucas steht auf, geht an mir vorbei, er berührt mich nicht, ich weiß nicht, ob er mich ansieht, ich starre auf den Boden, mein Daumen steckt in meinem Mund, und ich versuche im Geruch der blauen Decke zu versinken, mit der ich mir die Nase reibe, wenn mein Daumen in meinem Mund steckt, den Daumen im Mund behalten, schön den Daumen im Mund behalten, damit er nichts anderes reinstecken kann, er geht aus dem Zimmer, die Tür knallt, es herrscht Stille, ich wage nicht, mich zu rühren, welche Tür wird wohl als Erste aufgehen, die, die alles gutmacht, wenn Nati vom Einkaufen kommt, oder die schreckliche andere, die Lucas zurückbringt, es ist die andere, ich schnappe mir die Puppe von der Erde und fange an, mit ihr zu spielen, ich lasse sie Puppensprache sprechen und schüttle den Kopf, um so zu tun, als wäre ich in das Spiel vertieft und man könnte mich nicht stören, Lucas geht zur anderen Couch, mit einer Zeitschrift in den Händen, ich spreche weiter Puppensprache, aber leiser, um ihn nicht

ZWEITE ETAGE

zu stören, wenn er lesen will oder fernsehen, nicht stören, er soll mich vergessen, ich trau mich nicht, das Zimmer zu verlassen, ich denke, er wird mich eher vergessen, wenn ich zusammengekauert vor ihm bleibe, als wenn ich weggehe, wenn sich mein Körper bewegt, wird er an meinen Körper erinnert, aber wenn mein Körper sich nicht bewegt, hoffentlich nicht, und Lucas vertieft sich in seine Zeitschrift, ich weiß nicht, was mir einfällt, ich lasse die Puppe los, ich habe solche Angst, dass ich nicht mehr die Kraft habe, mich zu verstellen, »Komm her«, was ist mir nur eingefallen, die Puppe loszulassen, ich nehme die

Puppe wieder, konzentriere mich auf sie und antworte ihm nicht, wenn ich nicht mit ihm spreche, wird Lucas vielleicht etwas anderes machen, vielleicht nichts mit mir, ich spüre, wie er sich zu mir beugt. »Komm her, habe ich gesagt«, ich steh auf, bleib aber auf meinem Platz, vielleicht zeigt er es mir von weitem, und ich kann mich hinterher wieder hinsetzen, und es ist vorbei, seine Beine liegen auf dem Couchtisch, sieht aus wie ein A mit der Zeitschrift auf seinen Oberschenkeln, ich kenne den Buchstaben A wie in MAMA, wie in PAPA, Lucas sieht mich nicht an, er sieht in seine Zeitschrift. »Guck mal, das ist meine Liebste, komm endlich her«, Lucas schlägt mit der Hand auf die Seite, die auf seinem Schenkel liegt, ich gehe näher ran, ich bleib stehen und beug mich über die Zeitschrift, eine blonde Frau mit sehr dicken Brüsten und gespreizten Beinen sieht mich an mit rausgestreckter Zunge, doll geschminkt, splitternackt, »Komm«, und noch mal die Flurtür nach unten und die Treppe, die wie ein Komma ist, und mein Kopf, der sich dreht, und hinter mir Lucas, der mich bei jeder Stufe schubst, ein kleines dunkelhaariges Mädchen ohne Brüste, nicht geschminkt, die Beine gespreizt, ganz nackt, das ihm die Zunge rausstreckt. »Mach gefälligst die Augen auf und guck mich an, hab ich gesagt, du bist wirklich unfähig, so nicht, bist du blöd, oder was? Mach es wie sie, guck mich an!« Er fordert mich auf, so zu tun, als wäre ich seine *Liebste,* und es geht von vorne los, seine Zunge, sein Schniepel, alles von vorne wie immer, aber ich bin nicht seine *Liebste,* er wiederholt immer wieder, dass ich hässlich bin, so hässlich, dass er das mit mir macht, weil ich nicht schön bin, so hässlich. »Ich weiß nicht, wie dich deine Eltern lieben können, und außerdem bist du böse«, und ich weiß nicht, warum ich

ERSTE ETAGE

nicht schön bin, und ich weiß nicht, warum ich böse bin, er hätte das mit mir machen können und so tun, als wär ich seine Liebste, wenn er älter gewesen wäre, hätte er mir vielleicht wenigstens vorher oder nachher Bonbons gegeben, er hätte mir gesagt, dass ich eine Prinzessin bin, seine Prinzessin, so hübsch mit meinen hübschen Haaren meinen hübschen Augen meinem hübschen Lächeln, aber Lucas ist erst fünfzehn, er ist noch nicht in dem Alter, wo man versucht, das Laster mit Bonbons mit Streicheln mit Nettigkeit zu verbergen, er ist erst fünfzehn, ein Alter, wo man noch den Fliegen die Flügel ausreißt, und denen, die sagen, dass man mit fünfzehn keiner Fliege was zuleide tut, kann ich sagen, was Fliegen aushalten müssen, es tut nicht gut, Fliege in Lucas' Händen zu sein. Lucas macht das mit mir, weil ich es verdient habe, und wenn ich es erzähle, wird mir sicher keiner glauben, und alle werden mich eine Lügnerin nennen, und vor allem werden meine Eltern sterben, wenn ich das erzähle, meine Eltern werden sofort sterben, und dann bin ich ganz alleine alleine alleine alleine. »Was?

Er hatte eine Puppe am anderen Ende der Stadt? Und keiner wusste Bescheid? Nein, kannst du dir das vorstellen? Also, immerhin scheint das viel häufiger vorzukommen, als man denkt. Übrigens hat der Notar gesagt, in fast allen Familien findet man so ein Püppchen, anscheinend haben alle Männer ihre Püppchen.« Ich werde beim Essen hellhörig, ich glaube, man spricht über mich, ich bin jetzt zehn, es ist Sonntag, alle um mich herum essen, warum haben Männer ein Püppchen? Vielleicht ist das so was wie ein kleines Mädchen für Jungs, und ich fühle mich ein wenig getröstet, dann passiert das also vielen kleinen Mädchen, dann bin ich also normal, und als die Erinnerungen, die Bilder noch einmal in mir hochkommen, die Tür im Flur die Treppen das Zimmer, denke ich, das ist nicht schlimm, ich bin nur ein *Püppchen, wie es sie in fast allen Familien gibt*, und es scheint nicht weiter schlimm zu sein, ein kleines Mädchen für die Jungs zu sein, wenn alle am Tisch lachen, aber ich verstehe nicht, warum sie so lachen, es tut so schrecklich weh und macht einen so ängstlich, ein *Püppchen* zu sein.

0. FESTER BODEN

Das ist ihr letztes Bild. Lisandras Körper knallt auf den Boden. Sie stirbt auf der Stelle. Lisandra spürt nicht, wie ihre hohen Absätze die Sprunggelenke durchbohren. Ihre Oberschenkelknochen brechen. Ihre Hüften auseinandergehen. Sie spürt nicht, wie ihr Körper abprallt. Ihr Hinterkopf auf den Boden schlägt. Zerbricht. Sie spürt nicht, wie ihr Blut fließt. Außerhalb der Adern. Lisandra spürt nicht, wie ihr Körper ein letztes Mal zuckt. Sie spürt nicht, wie sich ihre Haare um ihren Kopf ausbreiten. Ihre blonden Haare, die nicht so richtig zu ihrem Teint passen. Lisandra weiß nicht, dass Lucas niemals verurteilt werden wird. Dass er am Tag nach Eva Marias Anruf umgezogen ist und fortan ein armseliges Leben führen wird, in ständiger Angst vor einem neuen Anruf wegen der *Frau mit den zwei kleinen Porzellankatzen.* Lisandra weiß nicht, dass sich ein Unschuldiger einsperren lassen wird. Aus Liebe zu seiner Mutter. Die sich ihm endlich wieder zuwenden wird. Woche um Woche wird Eva Maria keine Besuchszeit versäumen, um Esteban zu sehen. Lisandra weiß nicht, dass Vittorio ein Kind haben wird. Mit einer anderen Frau. Dass es ein kleines Mädchen sein wird. Und dass er es Lisandra nennen wird. Hoffen wir, dass niemand dieses kleine Mädchen anrühren wird.

DANKSAGUNG

Dieses Buch würde es ohne Charlotte Liébert-Hellman, die wichtigste Gesprächspartnerin, ebenso wenig geben wie ohne Teresa Cremisi, die mir von Anfang an vertraut hat, auch nicht ohne Alice d'Andigné, die sein Entstehen mit großer Sensibilität begleitet hat, und ihre Partnerin Anavril Wollman.

Ich danke Bertrand de Labbey, der mich unter seine Fittiche genommen hat.

Ich danke meinem Liebsten, der mich mit so viel Verständnis auf dem chaotischen Weg des Schreibens begleitet. Ich danke Léonard, dessen Überfälle in meinem Arbeitszimmer die schönsten Bilder sind, die ich von meiner Arbeit bewahre. Ich danke meinen Eltern und meinem Bruder, die mir immer Halt gegeben haben. Ich danke meinen »Schwieger«-Kindern, die einen so großen Platz in meinem Leben eingenommen haben. Ich danke Marine Autexier und meinen Freunden, die so gut und immer da sind. Ich danke Brigitte Rouillon, der wunderbaren Assistentin. Ich danke Ludy und Elsie, den Engeln des Alltags.

Für die »Sitzung« von Miguel verdanke ich sehr viel dem Zeugnis von Miguel-Angel Estrella, ich danke ihm dafür, zu denen gehört zu haben, die bereit waren zu reden (Tristan Mendès France: *Gueule d'Ange*, Lausanne 2003, und Gérald Grunberg (Hg.): *D'encre et d'exil 5. Buenos Aires–Paris, allers-retours,* Paris 2006).

Ich danke Lucía V., meinem argentinischen *Auge.* Stéphane Durand-Souffland, meinem juristischen *Auge.*

Da der Tod traurigerweise zum Leben gehört, widme ich dieses Buch auch der Erinnerung an Françoise Cachin und Isabelle de Roux Revay. Zu früh verstorben.